Catedral

Raymond Carver

Catedral

Traducción de Benito Gómez Ibáñez

EDITORIAL ANAGRAMA
BARCELONA

Título de la edición original:
Cathedral
Alfred A. Knopf
Nueva York, 1983

Diseño e ilustración: © lookatcia

Primera edición en «Panorama de narrativas»: septiembre 1986
Primera edición en «Compactos»: octubre 1992
Primera edición fuera de colección: octubre 2024

© EDITORIAL ANAGRAMA, S. A. U., 1986
   Pau Claris, 172
   08037 Barcelona

ISBN: 978-84-339-2853-5
Depósito Legal: B 11484-2024

Printed in Spain

Liberdúplex, S. L. U., ctra. BV 2249, km 7,4 - Polígono Torrentfondo
08791 Sant Llorenç d'Hortons

A Tess Gallagher

Y a la memoria de John Gardner

PLUMAS

Ese amigo mío del trabajo, Bud, nos había invitado a cenar a Fran y a mí. Yo no conocía a su mujer y él no conocía a Fran. Así que estábamos a la par. Pero Bud y yo éramos amigos. Y yo sabía que en casa de Bud había un niño pequeño. Aquel niño debía de tener ocho meses de edad cuando Bud nos invitó a cenar. ¿Qué ha sido de esos ocho meses? ¡Qué deprisa ha pasado el tiempo desde entonces! Recuerdo el día en que Bud fue al trabajo con una caja de puros. Los repartió en el comedor. Eran puros de importación. Masters holandeses. Pero llevaban una etiqueta roja y un envoltorio que decía: ¡ES UN NIÑO! Yo no fumo puros, pero cogí uno de todos modos.

—Coge un par de ellos —dijo Bud, sacudiendo la caja—. A mí tampoco me gustan los puros. Es idea de ella.

Se refería a su mujer. Olla.

Yo no conocía a la mujer de Bud, pero una vez oí su voz por teléfono. Era un sábado por la tarde, y no me apetecía hacer nada. Así que llamé a Bud para ver si él quería hacer algo. La mujer cogió el teléfono.

–¿Dígame?

Me desconcerté y no pude recordar su nombre. La mujer de Bud. Bud me lo había dicho una buena cantidad de veces. Pero me entraba por una oreja y me salía por otra.

–¡Dígame! –repitió la mujer. Oí un aparato de televisión. Luego, la mujer añadió–: ¿Quién es?

Oí llorar a un niño.

–¡Bud! –gritó la mujer.

–¿Qué? –oí contestar a Bud.

Seguía sin acordarme de cómo se llamaba. Así que colgué. Cuando volví a ver a Bud en el trabajo no le dije que había llamado, claro está. Pero insistí y logré que mencionara el nombre de su mujer.

–Olla –dijo.

Olla, repetí para mí. *Olla.*

–Nada especial –dijo Bud. Estábamos en el comedor, tomando café–. Sólo nosotros cuatro. Tu parienta y tú, y Olla y yo. Sin cumplidos. Venid sobre las siete. Olla da de comer al niño a las seis. Después lo acuesta, y luego cenamos. Nuestra casa no es difícil de encontrar. Pero aquí tienes un mapa.

Me dio una hoja de papel con trazos de todas clases que indicaban carreteras principales y secundarias, senderos y cosas así, con flechas que apuntaban a los cuatro puntos cardinales. Una amplia X marcaba el emplazamiento de su casa.

—Lo esperamos con impaciencia —le dije.

Pero Fran no estaba muy emocionada.

Por la noche, mientras veíamos la televisión, le pregunté si deberíamos llevar algo a casa de Bud.

—¿Como qué? —me contestó—. ¿Te ha dicho él que llevemos algo? ¿Cómo voy a saberlo? No tengo ni idea.

Se encogió de hombros y me lanzó una mirada torva. Ya me había oído hablar de Bud. Pero no le conocía y no tenía interés en conocerle.

—Podríamos llevar una botella de vino —añadió—. Pero a mí me da igual. ¿Por qué no llevas vino?

Meneó la cabeza. Sus largos cabellos se balanceaban hacia adelante y hacia atrás por encima de sus hombros. ¿Por qué necesitamos a más gente?, parecía decir. Nos tenemos el uno al otro.

—Ven aquí —le dije.

Se acercó un poco más para que pudiera abrazarla. Fran es como un gran vaso de agua. Con ese pelo rubio que le cae por la espalda. Cogí parte de su cabello y lo olí. Hundí la cara en él y la abracé más fuerte.

A veces, cuando el pelo le cae por delante, tiene que recogerlo y echárselo por encima del hombro. Eso la pone furiosa.

—Este pelo —dice— no me da más que molestias.

Fran está empleada en una lechería, y en el trabajo tiene que llevar el pelo recogido. Ha de lavárselo todas las noches, y se lo cepilla cuando estamos sentados delante de la televisión. De vez en cuando amenaza con cortárselo. Pero no creo que lo haga. Sabe que me gusta mucho. Que me vuelve loco. Le digo que me enamoré de ella por su pelo. Que, si se lo cortara, posiblemente dejaría de quererla. A veces la llamo «Sueca». Podría pasar por sueca. En los momentos que pasábamos juntos por las noches, cuando se cepillaba el pelo, decíamos en voz alta las cosas que nos gustaría tener. Anhelábamos un coche nuevo; ésa es una de las cosas que deseábamos. Y nos apetecía pasar un par de semanas en Canadá. Pero niños no queríamos. No teníamos niños por la sencilla razón de que no queríamos tenerlos. A lo mejor alguna vez, nos decíamos. Pero por entonces lo dejábamos para más adelante. Pensábamos que podíamos seguir esperando. Algunas noches íbamos al cine. Otras, simplemente nos quedábamos en casa y veíamos la televisión. En ocasiones Fran me hacía algo al horno y nos lo comíamos todo de una sentada, fuera lo que fuese.

—A lo mejor no beben vino —dije.

—Llévalo de todos modos —dijo Fran—. Si no lo quieren, nos lo beberemos nosotros.

—¿Blanco o tinto? —pregunté.

—Llevaremos algo dulce —contestó, sin prestarme atención alguna—. Pero si nos presentamos sin nada, me da igual. Esto es cosa tuya. No le demos muchas vueltas, de lo contrario se me quitarán las ganas de ir. Puedo hacer una tarta de frambuesas. O unas pastas.

–Tendrán postre –observé–. No se invita a cenar a nadie sin preparar un postre.

–A lo mejor tienen arroz con leche. ¡O gelatina de frutas! Algo que no nos gusta. No sé nada de la mujer. ¿Cómo nos podríamos enterar de lo que nos va a dar? ¿Y si nos pone gelatina? –dijo, sacudiendo la cabeza. Me encogí de hombros. Pero ella tenía razón, y añadió–: Esos puros viejos que te regaló. Llévalos. Así tú y él podréis iros al salón después de cenar para fumar y beber vino de oporto, o lo que sea que beba esa gente de las películas.

–De acuerdo, nos presentaremos sin nada.

–Haré una hogaza de pan y la llevaremos.

Bud y Olla vivían a unos treinta kilómetros de la ciudad. Hacía tres años que vivíamos allí, pero Fran y yo no habíamos dado ni una puñetera vuelta por el campo. Daba gusto conducir por aquellas carreteras pequeñas y sinuosas. La tarde estaba empezando, hacía bueno y veíamos campos verdes, cercas, vacas lecheras que avanzaban despacio hacia viejos establos. También mirlos de alas encarnadas posados en las cercas, y palomas dando vueltas alrededor de los pajares. Había huertas y esas cosas, flores silvestres y casitas apartadas de la carretera.

–Ojalá tuviéramos una casa por aquí –dije.

Sólo era una idea vana, otro deseo que no iría a ninguna parte. Fran no contestó. Estaba ocupada mirando el mapa de Bud. Llegamos a la encrucijada de cuatro caminos que nos había señalado. Giramos a la derecha, como decía el mapa, y recorrimos exactamente cuatro kilómetros y ochocientos cincuenta metros. Al lado izquierdo de la carretera, vi un sembrado de maíz, un buzón de correos y un largo camino de grava. Al final del camino, rodeada por algunos árboles, se erguía una casa con porche. Tenía chimenea. Pero era verano, de modo que no salía humo, claro está. Sin embargo, me pareció un bonito panorama, y así se lo dije a Fran.

—Parece un campamento de vagabundos —dijo ella.

Torcí y entré en el camino. Crecía maíz a los dos lados. Era más alto que el coche. Oí rechinar la grava bajo las ruedas. Al acercarnos a la casa, vi un huerto con cosas verdes del tamaño de pelotas de béisbol que colgaban de un emparrado.

—¿Qué es eso? —pregunté.

—¿Cómo voy a saberlo? —dijo Fran—. Calabazas, tal vez. No tengo ni idea.

—Oye, Fran, tómatelo con calma.

No contestó. Se mordió el labio. Al llegar a la casa apagó la radio.

En el jardín había una cuna y en el porche unos juguetes desperdigados. Paré delante de la casa y apagué el motor. Entonces oímos aquel berrido horrible. Había una criatura en la casa, desde luego, pero el grito era demasiado fuerte para ser de niño.

—¿Qué ha sido eso? —dijo Fran.

Entonces, algo del tamaño de un buitre descendió de un árbol dando fuertes aletazos y aterrizó justo delante de nosotros. Se agitó. Torció su largo cuello hacia el coche, alzó la cabeza y nos miró.

—¡Joder! —dije.

Me quedé inmóvil, con las manos en el volante y mirando aquella cosa.

—Es increíble —dijo Fran—. Nunca había visto uno de verdad.

Ambos sabíamos que era un pavo real, claro, pero no pronunciamos la palabra en voz alta. Sólo lo miramos. El pájaro echó la cabeza hacia arriba y lanzó de nuevo su áspero bramido. Había ahuecado las alas y parecía tener el doble de tamaño que cuando aterrizó.

—¡Joder! —volví a decir.

Nos quedamos donde estábamos, en el asiento delantero.

El pájaro avanzó un poco hacia adelante. Luego volvió la cabeza a un lado y se puso en tensión. No nos quitaba los ojos de encima, brillantes y frenéticos. Tenía la cola levantada, y era como un abanico enorme abriéndose y cerrándose. En aquella cola relucían todos los colores del arco iris.

—¡Dios mío! —dijo Fran en voz baja, poniéndome la mano en la rodilla.

–¡Joder! –repetí.

No se podía decir otra cosa.

El pájaro lanzó de nuevo aquel grito extraño y que-jumbroso. *«¡Mii oo, mii oo!»*, decía. Si hubiese oído algo así en plena noche por primera vez, habría pensado que procedía de una persona agonizante o de un animal salvaje y peligroso.

Se abrió la puerta y Bud apareció en el porche. Se esta-ba abrochando la camisa. Tenía el pelo mojado. Parecía como si acabara de salir de la ducha.

–¡Cierra el pico, Joey! –dijo al pavo real.

Dio unas palmadas y el pájaro retrocedió un poco.

–Basta ya. ¡Ya está bien, cállate! ¡Calla, fiera!

Bud bajó los escalones. Mientras venía hacia el coche se remetió la camisa. Llevaba lo mismo que en el trabajo: pantalones vaqueros y una camisa de algodón. Yo me ha-bía puesto pantalones de vestir y una camisa de manga corta. Los mocasines buenos. Cuando vi lo que llevaba Bud, me sentí incómodo tan elegante.

–Me alegro de que lo hayáis encontrado –dijo Bud al llegar al coche–. Entrad.

–Hola, Bud –le saludé.

Fran y yo bajamos del coche. El pavo real se mantuvo apartado, moviendo de un lado para otro la innoble cabe-za. Tuvimos cuidado de guardar cierta distancia entre él y nosotros.

–¿Alguna dificultad en encontrar el sitio? –me preguntó Bud. Ni había mirado a Fran. Esperaba que se la presentase.

–Las indicaciones eran buenas –contesté–. Oye, Bud, ésta es Fran. Fran, Bud. Te conoce de oídas, Bud.

Se echó a reír y se dieron la mano. Fran era más alta que Bud. Bud tuvo que levantar la vista.

–Él habla de ti –dijo Fran, retirando la mano–. Bud por aquí, Bud por allá. Casi eres la única persona de por aquí de la que habla. Es como si ya te conociera.

No perdía de vista al pavo real, que se había acercado al porche.

–Es que es amigo mío –repuso Bud–. *Tiene* que hablar de mí.

Entonces sonrió y me dio un suave puñetazo en el brazo.

Fran seguía sosteniendo su hogaza de pan. No sabía qué hacer con ella. Se la dio a Bud.

–Os hemos traído algo.

Bud cogió la hogaza. Le dio la vuelta y la miró como si fuese la primera que hubiera visto en la vida.

–Es muy amable de vuestra parte.

Se llevó la hogaza a la cara y la olió.

–La ha hecho Fran –expliqué a Bud.

Bud asintió con la cabeza.

–Vamos dentro; os presentaré a la esposa y madre.

Se refería a Olla, desde luego. Olla era la única madre de la casa. Bud me había contado que su madre había muerto y que su padre se había largado cuando él era pequeño.

De una carrera, el pavo real se plantó delante de nosotros, saltando al porche cuando Bud abrió la puerta. Quería entrar en la casa.

–¡Ah! –exclamó Fran mientras el pavo real se apretaba contra su pierna.

–¡Joey, maldita sea! –dijo Bud, dándole un golpe en la cocorota. El pájaro retrocedió por el porche y se estremeció. Las plumas de la cola resonaron al agitarse. Bud hizo como si fuera a darle una patada, y el pavo real retrocedió un poco más. Luego, Bud sostuvo la puerta para que entráramos.

–Ella deja entrar en la casa al puñetero bicho. Dentro de poco el condenado este querrá comer en la mesa y dormir en la cama.

Fran se detuvo nada más pasar el umbral. Se volvió y miró al maizal.

–Tenéis una casa muy bonita –dijo. Bud seguía sujetando la puerta–. ¿Verdad, Jack?

–Ya lo creo.

Me sorprendió oírla decir eso.

–Un sitio como éste no resulta todo lo enloquecedor que pueda parecer –dijo Bud sin soltar la puerta. Hizo un movimiento amenazador hacia el pavo real–. Te ayuda a ir tirando. Nunca hay un momento de aburrimiento. Pasad dentro, amigos.

–Oye, Bud –le dije–, ¿qué es lo que crece allí?

–Son tomates –contestó.

—Vaya granjero que me he echado —comentó Fran, meneando la cabeza.

Bud se echó a reír. Entramos. Una mujercita regordeta con el pelo recogido en un moño nos aguardaba en el cuarto de estar. Tenía las manos cogidas debajo del delantal. Y las mejillas de un color subido. Al principio pensé que estaría sofocada, o enfadada por algo. Me echó una mirada y se fijó en Fran. No de manera hostil, sólo mirándola. Con la vista en Fran, siguió ruborizándose.

—Olla, ésta es Fran. Y éste es mi amigo Jack. Lo sabes todo de Jack. Amigos, ésta es Olla —dijo Bud.

Le dio el pan a Olla.

—¿Qué es esto? —dijo la mujer—. ¡Ah, es pan casero! Pues gracias. Sentaos en cualquier sitio. Poneos cómodos. Bud, ¿por qué no les preguntas qué quieren beber? Tengo algo en el fogón.

Dejó de hablar y se retiró a la cocina con el pan.

—Tomad asiento —dijo Bud.

Fran y yo nos dejamos caer pesadamente en el sofá. Saqué los cigarrillos. Él cogió un objeto pesado de encima del televisor.

—Utiliza esto —dijo, poniéndolo delante de mí, en la mesa de centro.

Era uno de esos ceniceros de cristal moldeados en forma de cisne. Encendí y dejé caer la cerilla por la abertura de la parte posterior del cisne. Vi cómo salía del cisne un hilillo de humo.

El televisor en color estaba funcionando, así que lo miramos durante unos momentos. En la pantalla, unos coches preparados corrían a toda velocidad por una pista. El comentarista hablaba con voz solemne. Pero parecía estar conteniendo la emoción.

—Aún estamos a la espera de confirmación oficial —decía el locutor.

—¿Queréis ver esto? —preguntó Bud, que seguía de pie.

Yo dije que me daba igual. Y era verdad. Fran se encogió de hombros. ¿Qué más me da?, pareció decir. De todos modos, el día estaba echado a perder.

—Sólo quedan unas veinte vueltas —anunció Bud—. Ya falta poco. Antes se ha producido una buena carambola. Media docena de coches destrozados. Algunos pilotos han resultado heridos. Todavía no han dicho si muy graves.

—Déjalo puesto —dije—. Vamos a verlo.

—A lo mejor, uno de esos condenados coches explota delante de nosotros —dijo Fran—. O si no, puede que alguno se precipite contra la tribuna y mate al chico que vende esas raquíticas salchichas.

Se pasó los dedos por un mechón de pelo y mantuvo la vista fija en el televisor.

Bud miró a Fran para ver si estaba bromeando.

—Lo otro, el choque múltiple, fue digno de verse. Cada accidente provocaba otro. Gente, coches, piezas por todos lados. Bueno, ¿qué queréis que os traiga? Tenemos cerveza, y hay una botella de Old Crow.

20

–¿Qué bebes tú? –pregunté a Bud.

–Cerveza. Es buena y está fría.

–Tomaré cerveza –dije.

–Yo tomaré de ese Old Crow con un poco de agua –dijo Fran–. En un vaso alto, por favor. Con un poco de hielo. Gracias, Bud.

–Eso está hecho –dijo Bud.

Lanzó otra mirada al televisor y se marchó a la cocina.

Fran me dio con el codo y movió la cabeza en dirección al televisor.

–Mira ahí encima –susurró–. ¿Ves lo que yo?

Miré a donde ella decía. En un estrecho florero rojo alguien había apretujado unas cuantas margaritas. Junto al florero, sobre el tapete, estaba expuesta una de las dentaduras más melladas y retorcidas del mundo. Aquella cosa horrible no tenía labios ni mandíbulas tampoco, eran sólo unos viejos dientes de yeso metidos en algo semejante a gruesas encías de color amarillento.

Justamente entonces Olla volvió con una lata de frutos secos y una botella de cerveza sin alcohol. Ya se había quitado el delantal. Puso la lata en la mesa, junto al cisne.

–Servíos –dijo–. Bud está preparando la bebida.

Volvió a ruborizarse. Se sentó en una vieja mecedora de mimbre y la puso en movimiento. Bebió de su cerveza sin alcohol y miró la televisión. Bud volvió trayendo una bandejita de madera con el vaso de whisky con agua para Fran y con mi botella de cerveza. En la bandeja traía otra para él.

—¿Quieres vaso? —me preguntó.

Negué con la cabeza. Me dio una palmadita en la rodilla y se volvió hacia Fran.

—Gracias —dijo ella, cogiendo el vaso.

Su mirada se dirigió de nuevo a la dentadura. Bud se dio cuenta de adónde miraba. Los coches chirriaban por la pista. Cogí la cerveza y presté atención a la pantalla. La dentadura no era asunto mío.

—Así es como Olla tenía los dientes antes de ponerse el aparato corrector —explicó Bud a Fran—. Yo estoy acostumbrado a ellos. Pero supongo que parecen una cosa rara ahí encima. La verdad es que no sé por qué los guarda.

Miró a Olla. Luego a mí, haciéndome un guiño. Se sentó en su butaca y cruzó las piernas. Bebió cerveza y fijó la vista en Olla.

Olla volvió a ponerse encarnada. Tenía en la mano la botella de cerveza sin alcohol. Bebió un trago.

—Me recuerdan lo mucho que le debo a Bud —dijo.

—¿Cómo has dicho? —preguntó Fran. Estaba picando de la lata de frutos secos, comiendo anacardos. Dejó lo que estaba haciendo y miró a Olla—. Disculpa, pero no me he enterado.

Fran miró fijamente a la mujer y aguardó su respuesta. Olla se ruborizó de nuevo.

—Tengo muchas cosas por las que estar agradecida

—dijo—. Ésa es una por la que tengo que darle las gracias. Tengo los dientes a la vista para recordar lo mucho que le debo a Bud. —Bebió otro trago. Luego apartó la botella y añadió—: Tienes los dientes bonitos, Fran. Me di cuenta enseguida. Pero a mí me salieron torcidos de pequeña. —Se dio unos golpecitos con la uña en un par de dientes delanteros—. Mis padres no podían permitirse el lujo de arreglármelos. Me salían cada cual por su lado. A mi primer marido le traía sin cuidado mi aspecto. ¡A él qué iba a importarle! Lo único que le importaba era de dónde iba a sacar la próxima copa. Sólo tenía un amigo en el mundo, y era la botella. —Sacudió la cabeza—. Luego apareció Bud y me sacó de aquel lío. Cuando estuvimos juntos, lo primero que dijo Bud fue: «Vamos a ir a que te arreglen los dientes.» Ese molde me lo hicieron justo después de que Bud y yo nos conociéramos, en mi segunda visita al ortodoncista. Antes de que me pusieran el aparato.

El rostro de Olla seguía colorado. Se puso a mirar a la imagen de la pantalla. Bebió cerveza de la suya y no parecía tener más que decir.

—Ese ortodoncista debía ser un mago —comentó Fran, echando otra mirada a la dentadura terrorífica, encima de la televisión.

—Era estupendo —repuso Olla. Se volvió en la mecedora y añadió—: ¿Veis?

Abrió la boca y nos mostró los dientes de nuevo, esta vez sin timidez alguna.

Bud se dirigió a la televisión y cogió la dentadura. Se acercó a Olla y le puso el molde junto a la mejilla.

–Antes y después –dijo.

Olla alzó la mano y le quitó el molde a Bud.

–¿Sabéis una cosa? El ortodoncista quería quedarse con esto. –Mientras hablaba, lo tenía en el regazo–. Le dije que, de eso, nada. Le hice ver que eran *mis* dientes. Así que, en cambio, le sacó unas fotografías al molde. Me dijo que las iba a publicar en una revista.

–Imaginaos qué clase de revista sería. No creo que haya mucha demanda para esa clase de publicación –dijo Bud, y todos reímos.

–Cuando me quitaron el aparato, seguí llevándome la mano a la boca cuando me reía. Así –dijo–. Todavía lo hago a veces. La costumbre. Un día dijo Bud: «Ya puedes dejar de hacer eso, Olla. No tienes por qué taparte unos dientes tan bonitos. Ahora tienes una dentadura preciosa.»

Olla miró a Bud. Bud le guiñó un ojo. Ella sonrió y bajó la vista.

Fran dio un sorbo a su copa. Tomé un poco de cerveza. Yo no sabía qué decir sobre todo aquello. Y Fran tampoco. Pero estaba seguro de que después haría muchos comentarios.

–Olla –dije–, yo llamé una vez aquí. Tú contestaste al teléfono. Pero colgué. No sé por qué lo hice.

Di un sorbo de cerveza. No sabía por qué había sacado el asunto a relucir.

24

—No me acuerdo –repuso Olla–. ¿Cuándo fue?

—Hace tiempo.

—No lo recuerdo –dijo, sacudiendo la cabeza.

Pasó los dedos por la dentadura de yeso que tenía en el regazo. Miró la carrera y siguió meciéndose.

Fran me miró. Se mordió el labio. Pero no dijo nada.

—Bueno –dijo Bud–, ¿qué contáis?

—Tomad más frutos secos –dijo–. La cena estará lista dentro de poco.

Se oyó un grito en una habitación al fondo de la casa.

—Ya empieza –dijo Olla a Bud, haciendo una mueca.

—Es el pequeño –explicó Bud.

Se reclinó en la butaca y vimos el resto de la carrera, tres o cuatro vueltas, sin sonido.

Una o dos veces volvimos a oír al niño, grititos inquietos que venían de la habitación del fondo.

—No sé –dijo Olla. Se levantó de la mecedora–. Casi está todo listo para que nos sentemos a la mesa. Sólo tengo que terminar de hacer la salsa. Pero antes será mejor que le eche una mirada. ¿Por qué no os sentáis a la mesa? Sólo tardaré un momento.

—Me gustaría ver al niño –dijo Fran.

Olla seguía con los dientes en la mano. Se acercó al televisor y volvió a ponerlos encima.

—Ahora se podría poner nervioso. No está acostumbrado a los extraños. Espera a ver si puedo dormirle otra vez. Luego podrás verle. Mientras esté dormido.

Después se alejó por el pasillo hacia una habitación y abrió la puerta. Entró en silencio y cerró la puerta. El niño dejó de llorar.

Bud apagó el televisor y fuimos a sentarnos a la mesa. Bud y yo hablábamos de cosas del trabajo. Fran escuchaba. De vez en cuando incluso hacía alguna pregunta. Pero yo sabía que estaba aburrida, y quizá un poco molesta con Olla por no permitir que viera al niño. Echó una mirada por la cocina de Olla. Se retorció un mechón de pelo entre los dedos y pasó revista a las cosas de Olla.

Olla volvió a la cocina.

—Le he cambiado y le he dado su pato de goma. Es posible que ahora nos deje comer. Pero no me hago ilusiones.

Levantó una tapadera y apartó una cazuela del fogón. Echó una salsa roja en un tazón y lo puso en la mesa. Levantó las tapaderas de otras cazuelas y miró a ver si todo estaba listo. En la mesa había jamón asado, boniatos, puré de patatas, habas, mazorcas de maíz, ensalada de lechuga. La hogaza de pan de Fran estaba en un lugar destacado, junto al jamón.

—He olvidado las servilletas —dijo Olla—. Empezad vosotros. ¿Qué queréis beber? Bud bebe leche en todas las comidas.

—Leche está muy bien —dije.

—Agua para mí —dijo Fran—. Pero puedo ponérmela yo. No quiero que me sirvas. Ya tienes bastante que hacer.

Hizo ademán de levantarse de la silla.

–Por favor –dijo Olla–. Eres la invitada. Quédate quieta. Deja que te la traiga.

Se estaba ruborizando de nuevo.

Permanecimos sentados con las manos en el regazo, esperando. Pensé en la dentadura de yeso. Olla volvió con servilletas, grandes vasos de leche para Bud y para mí y otro de agua con hielo para Fran.

–Gracias –dijo Fran.

–De nada –repuso Olla.

Luego se sentó. Bud carraspeó. Inclinó la cabeza y dijo algunas palabras para bendecir la mesa. Hablaba en voz tan baja que apenas distinguí lo que decía. Pero comprendí su sentido; le daba gracias al Altísimo por los alimentos que íbamos a tomar.

–Amén –dijo Olla cuando él terminó.

Bud me pasó la bandeja del jamón y se sirvió puré de patatas. Entonces empezamos a comer. No hablamos mucho, salvo en alguna ocasión en que Bud o yo dijimos: «El jamón está muy bueno.» O: «Ese maíz dulce es el mejor que he comido en la vida.»

–Lo que es extraordinario es el pan –dijo Olla.

–Tomaré un poco más de ensalada, por favor, Olla –dijo Fran, tal vez ablandándose un poco.

–Coge más de esto –decía Bud, pasándome la bandeja del jamón o el tazón de la salsa roja.

De cuando en cuando oíamos los ruidos que hacía el

niño. Olla volvía la cabeza para escuchar; luego, satisfecha de que fuese una agitación sin importancia, prestaba de nuevo atención a la comida.

–El niño está de mal humor esta noche –dijo Olla a Bud.

–De todos modos, me gustaría verle –insistió Fran–. Mi hermana tiene una niña. Pero viven en Denver. ¿Cuándo podré ir a Denver? Tengo una sobrina que no conozco.

Fran pensó en ello un momento y luego continuó comiendo.

Olla se llevó a la boca el tenedor con un poco de jamón.

–Esperemos que se duerma –dijo.

–Queda mucho de todo –dijo Bud–. Comed todos un poco más de jamón y de boniatos.

–Yo no puedo comer ni un bocado más –dijo Fran. Dejó el tenedor en el plato–. Está estupendo, pero estoy llena.

–Tendrás que hacer sitio –dijo Bud–. Olla ha hecho tarta de ruibarbo.

–Creo que comeré un poco –repuso Fran–. Cuando los demás hayáis terminado.

–Yo también –dije, pero sólo por cortesía. Odiaba la tarta de ruibarbo desde que a los trece años cogí una indigestión comiéndola con helado de fresa.

Terminamos lo que nos quedaba en los platos. Entonces volvimos a oír al condenado pavo real. Esta vez el bicho estaba en el tejado. Hacía un ruido sordo al andar de un lado para otro por las tejas.

—Joey se quedará frito enseguida —anunció Bud, moviendo la cabeza—. Se cansará y se irá a acostar dentro de un momento. Duerme en uno de esos árboles.

El pájaro lanzó su grito una vez más. «*¡Mii OO!*», decía. Nadie dijo nada. ¿Qué había que decir?

—Quiere entrar, Bud —dijo Olla al cabo de poco.

—Pues no puede —replicó Bud—. Tenemos invitados, por si no te has dado cuenta. Estas personas no quieren tener a un puñetero pajarraco en la casa. ¡Ese pájaro asqueroso y tu dentadura vieja! ¿Qué va a pensar la gente?

Meneó la cabeza. Se rió. Todos reímos. Fran rió con todos nosotros.

—No es asqueroso, Bud —dijo Olla—. ¿Qué te pasa? A ti te gusta Joey. ¿Desde cuándo has empezado a llamarle así?

—Desde la vez que se cagó en la alfombra —dijo Bud, y, dirigiéndose a Fran, añadió—: Perdona el lenguaje. Pero te aseguro que a veces me dan ganas de retorcerle el pescuezo a ese pajarraco. Ni siquiera vale la pena matarlo, ¿verdad, Olla? A veces me saca de la cama en plena noche con ese grito suyo. No vale un pimiento, ¿eh, Olla?

Olla meneó la cabeza ante las tonterías de Bud. Removió unas cuantas habas por el plato.

—¿Cómo es que tenéis un pavo real? —quiso saber Fran.

—Siempre había soñado con tener uno —dijo Olla, levantando la vista del plato—. Desde que era niña y vi la fotografía de uno en una revista. Pensé que era la criatura más hermosa que había visto nunca. Recorté la fotografía y la puse encima de la cama. Conservé la fotografía muchísimo tiempo. Luego, cuando Bud y yo vinimos a esta casa, vi mi oportunidad. Le dije: «Bud, quiero un pavo real.» Bud se rió de la idea.

–Finalmente, pregunté por aquí –siguió Bud–. Oí hablar de un viejo que los criaba en el condado vecino. Aves del paraíso, los llamaba. Pagamos cien machacantes por esa ave del paraíso. –Se dio una palmada en la frente–. ¡Dios Todopoderoso, me he echado una mujer con gustos caros!

Sonrió a Olla.

–Sabes que eso no es cierto, Bud –dijo Olla, que, dirigiéndose a Fran, añadió–: Aparte de todo, Joey es un buen guardián. Con Joey no necesitamos perro. Lo oye casi todo.

–Si los tiempos se ponen difíciles, como suele pasar, meteré a Joey en la cazuela –dijo Bud–. Con plumas y todo.

–¡Bud! Eso no tiene gracia –dijo Olla. Pero se rió y todos echamos otra buena mirada a su dentadura.

El niño empezó a llorar de nuevo. Esta vez iba en serio. Olla dejó la servilleta y se levantó de la mesa.

–Si no es una cosa es otra –dijo Bud–. Tráelo aquí, Olla.

–Ya voy –dijo Olla, yendo por el niño.

El pavo real gimió otra vez, y sentí que se me erizaba el pelo en la nuca. Miré a Fran. Cogió la servilleta y luego la dejó. Miré por la ventana de la cocina. Afuera había oscurecido. La ventana estaba levantada y en el marco había una alambrada. Creí oír al pájaro en el porche de la entrada.

Fran torció la cabeza para mirar al pasillo. Aguardaba a Olla y al niño.

Al cabo del rato, Olla volvió con él. Le miré y contuve el aliento. Olla se sentó a la mesa con el niño. Lo sujetó por las axilas para que pudiera sostenerse con los pies sobre su regazo y nos mirase. Olla miró a Fran y luego a mí. Esta vez no se ruborizó. Esperaba que uno de nosotros hiciera algún comentario.

—¡Ah! —exclamó Fran.

—¿Qué ocurre? —se apresuró a decir Olla.

—Nada. Creí haber visto algo en la ventana. Pensé que era un murciélago.

—No hay murciélagos por aquí —aseguró Olla.

—Quizá fuese una mariposa nocturna —dijo Fran—. Era algo raro. ¡Vaya, menudo niño!

Bud estaba mirando al niño. Luego miró a Fran. Echó la silla sobre las patas de atrás y asintió con la cabeza.

—Está bien —dijo, volviendo a asentir—, no te preocupes. Sabemos que ahora mismo no ganaría ningún concurso de belleza. No es ningún Clark Gable. Pero dale tiempo. Con un poco de suerte, ya sabes, crecerá y se parecerá a su padre.

El niño estaba de pie en el regazo de Olla mirando en torno a la mesa, observándonos. Olla había bajado las manos hasta ponerlas en la cintura del niño para que él pudiera mecerse hacia atrás y hacia adelante sobre sus gordas piernas. Sin excepción, era el niño más feo que había visto nunca. Era tan feo que no pude decir nada. Las palabras no me salían de los labios. No es que estuviese enfermo ni desfigurado. Nada de eso. Simplemente era feo. Tenía una cara grande y roja, ojos saltones, frente amplia y labios grandes y gruesos. Carecía de cuello propiamente dicho, y tenía tres o cuatro papadas bien llenas. Se le formaban pliegues justo debajo de las orejas, que le brotaban de la cabeza calva. Carne grasienta le colgaba sobre las muñecas. Sus brazos y dedos eran gruesos. Llamarle feo era decir mucho en su favor.

El niño feo hizo ruidos y saltó una y otra vez sobre el regazo de su madre. Luego dejó de brincar. Se inclinó hacia adelante y trató de meter su gruesa mano en el plato de Olla.

Yo he visto niños. Mientras iba creciendo, mis dos hermanas tuvieron un total de seis hijos. Me crié entre niños. Los he visto a montones y de todas clases. Pero aquél lo superaba todo. Fran también lo miraba fijamente. Supongo que tampoco sabía qué decir.

–Es un tío fuerte, ¿no? –dije.

–Por Dios que no tardará mucho en dedicarse al fútbol. Y con toda seguridad que no le faltará la comida en esta casa.

Como para corroborarlo, Olla pinchó con el tenedor un trozo de boniato y lo llevó a la boca del niño.

–Tú eres mi niño, ¿verdad que sí? –le dijo a la criatura gorda, ignorándonos.

El niño se inclinó hacia adelante y abrió la boca para engullir el boniato. Alargó la mano hacia el tenedor que Olla le daba y luego apretó los puños. Masticó y se balanceó un poco más sobre el regazo de la madre. Tenía los ojos tan saltones que parecía conectado a algún enchufe.

–Es un niño estupendo, Olla –dijo Fran.

El niño torció el gesto. Empezó a agitarse otra vez.

–Deja entrar a Joey –dijo Olla a Bud.

Bud dejó que las patas de su silla tocaran el suelo.

–Creo que al menos deberíamos preguntar a esta gente si les importa –dijo.

–Somos amigos –repuse–. Haced lo que queráis.

–A lo mejor no les gusta tener en casa a un viejo pajarraco como Joey. ¿Se te ha ocurrido pensar en eso, Olla?

–¿Os importa a vosotros? –nos preguntó Olla–. ¿Os importa que entre Joey? Esta noche las cosas no van bien con el pájaro. Con el niño tampoco, me parece. Está acostumbrado a que Joey esté dentro y a jugar un poco con él antes de irse a la cama. Ninguno de los dos está tranquilo esta noche.

–A nosotros no nos preguntes –dijo Fran–. A mí no me importa que pase. Nunca he tenido uno cerca, hasta hoy. Pero no me importa.

Me miró. Supongo que quería que yo dijese algo.

–No, por Dios –dije–. Que entre.

Cogí mi vaso y terminé la leche.

Bud se levantó de la silla. Fue a la puerta y la abrió. Encendió las luces del jardín.

–¿Cómo se llama vuestro niño? –dijo Fran.

–Harold –contestó Olla. Le dio al niño más boniato de su plato–. Es muy inteligente. Listo como el hambre. Siempre entiende lo que le dices. ¿Verdad, Harold? Espera a tener un niño, Fran. Ya verás.

Fran sólo la miró. Oí que la puerta de entrada se abría y luego se cerraba.

–Ya lo creo que es listo –dijo Bud al volver a la cocina–. Ha salido al padre de Olla. Ése sí que era un viejo listo.

Miré detrás de Bud y vi que el pavo real se había quedado en el cuarto de estar, moviendo la cabeza de un lado para otro, como mirándose en un espejo de mano. Se sacudió, y el ruido fue como cuando se baraja un mazo de cartas.

Avanzó un paso. Luego otro.

–¿Puedo coger al niño? –pidió Fran. Lo dijo como si Olla le hiciese un favor permitiéndoselo.

Olla le pasó el niño por encima de la mesa.

Fran trató de que el niño se acomodara en su regazo. Pero él empezó a retorcerse y a hacer pucheros.

–Harold –dijo Fran.

Olla miraba a Fran con el niño.

–Cuando el abuelo de Harold tenía dieciséis años, se propuso leer la enciclopedia de cabo a rabo. Y lo hizo. La terminó a los veinte. Justo antes de que conociera a mi madre.

–¿Dónde vive ahora? –pregunté–. ¿A qué se dedica? –Quería saber qué había sido de un hombre que se había marcado un objetivo así.

–Ha muerto –repuso Olla.

Miraba a Fran, que para entonces tenía al niño tumbado y atravesado sobre sus rodillas. Le dio unos golpecitos bajo una de las papadas. Empezó a decirle cosas de esas que se dicen a los niños.

–Trabajaba en el bosque –dijo Bud–. Unos leñadores dejaron caer un árbol encima de él.

–Mamá recibió algo de dinero del seguro –prosiguió Olla–. Pero se lo gastó. Bud le envía un poco todos los meses.

–No mucho –explicó Bud–. A nosotros no nos sobra. Pero es la madre de Olla.

Para entonces, el pavo real se había envalentonado y empezaba a avanzar despacio, con pequeños movimientos bruscos y oscilantes, en dirección a la cocina. Llevaba la cabeza erguida, aunque torcida hacia un lado, con los ojos rojos fijos en nosotros. La cresta, un ramillete de plumas, sobresalía unos centímetros por encima de su cabeza. Un penacho se alzaba en su cola. El pájaro se detuvo a unos pasos de la mesa y se quedó observándonos.

–No los llaman aves del paraíso sin razón –comentó Bud.

Fran no levantó la vista. Dedicaba toda su atención al niño. Empezó a hacerle cosquillitas, lo que, en cierto modo, le gustaba a la criatura. Es decir, al menos dejó de estar inquieto. Lo alzó a la altura de su cara y le musitó algo al oído.

–Y ahora, no le cuentes a nadie lo que te he dicho.

El niño la miró fijamente con sus ojos saltones. Luego alargó la mano y agarró un mechón de los cabellos rubios de Fran. El pavo real se acercó más a la mesa. Ninguno de nosotros dijo nada. Simplemente nos quedamos quietos. Harold vio al pájaro. Soltó el pelo de Fran y se irguió sobre su regazo. Señaló al ave con sus gruesos dedos. Empezó a brincar y a hacer ruido.

El pavo real dio rápidamente una vuelta a la mesa y se aproximó al niño. Frotó su largo cuello por las piernas de la criatura. Metió el pico bajo la parte de arriba del pijama del niño balanceando la cabeza de un lado para otro. El niño rió agitando los pies. Apoyándose en la espalda, el niño bajó rápidamente de las rodillas de Fran hasta el suelo. El pavo real siguió arremetiendo contra el niño, como si estuvieran metidos en un juego suyo. Fran retuvo al niño apretándolo contra sus piernas mientras la criatura se esforzaba por avanzar.

–Es sencillamente increíble –dijo.

–Ese pavo real está loco, eso es todo –dijo Bud–. El puñetero bicho no sabe que es un pájaro; ése es su principal problema

Olla sonrió y nos mostró los dientes de nuevo. Miró a Bud, que retiró la silla de la mesa y asintió con la cabeza. Harold *era* un niño feo. Pero, por lo que yo sé, creo que eso no les importaba mucho a Bud y a Olla. O si les importaba, tal vez pensasen: Bueno, es feo, ¿y qué? Es nuestro niño. Y eso es sólo una etapa. Muy pronto vendrá otra. Hay esta etapa y luego viene la siguiente. Las cosas acabarán bien a la larga, una vez que se hayan recorrido todas las etapas. Quizá pensaron algo así.

Bud cogió al niño y le hizo girar por encima de la cabeza hasta que Harold se puso a chillar. El pavo real plegó las plumas y se quedó mirando.

Fran meneó la cabeza otra vez. Se alisó el vestido por la parte donde había tenido al niño. Olla cogió el tenedor y jugueteó con las habas de su plato.

Bud se colocó al niño sobre la cadera.

–Todavía queda la tarta y el café –dijo.

Aquella noche en casa de Bud y Olla fue algo muy especial. Comprendí que era especial. Aquella noche me sentí a gusto con casi todo lo que había hecho en la vida. No podía esperar a estar a solas con Fran para hablarle de cómo me sentía. Aquella noche formulé un deseo. Sentado a la mesa, cerré los ojos un momento y pensé mucho. Lo que deseaba era no olvidar nunca, o dejar escapar, de algún modo, aquella noche. Ése es uno de los deseos míos que se han realizado. Y me dio mala suerte que resultase así. Pero, desde luego, eso no lo sabía entonces.

–¿En qué estás pensando, Jack? –me preguntó Bud.

–Sólo estoy pensando –le contesté, sonriendo.

–¿En qué? –dijo Olla.

Me limité a sonreír otra vez, sacudiendo la cabeza.

Aquella noche, cuando ya habíamos vuelto a casa y estábamos bajo las sábanas, Fran dijo:

–¡Cariño, lléname de tu semilla!

Sus palabras me llegaron hasta los dedos de los pies, aullé y me dejé ir.

Más adelante, después de que las cosas cambiaran para nosotros y de que hubiese venido el niño, después de todo eso, Fran recordaba aquella noche en casa de Bud como el principio del cambio. Pero se equivocaba. El cambio sobrevino más tarde; y cuando ocurrió, fue como si les hubiese pasado a otros, no como algo que nos estuviese sucediendo a nosotros.

–Maldita sea aquella gente y su niño feo –decía Fran, sin razón aparente, mientras veíamos la televisión ya entrada la noche–. Y aquel pájaro maloliente. ¡Por Dios, qué necesidad hay de todo eso!

Repetía mucho esa clase de cosas, aun cuando no volvió a ver a Bud y Olla desde aquella vez.

Fran ya no trabaja en la lechería, y hace mucho que se ha cortado el pelo. Y también ha engordado. No hablamos de ello. ¿Qué podría decir?

Sigo viendo a Bud en la fábrica. Trabajamos juntos y abrimos juntos las fiambreras del almuerzo. Si le pregunto, me habla de Olla y de Harold. Joey no aparece en la conversación. Una noche voló a su árbol y todo terminó para él. No volvió a bajar. «La vejez, quizá», dice Bud. Luego las lechuzas se apoderaron de él. Bud se encoge de hombros. Se come el bocadillo y dice que Harold será defensa algún día.

—Tendrías que ver a ese niño –dice Bud.

Yo digo que sí con la cabeza. Seguimos siendo amigos. Eso no ha cambiado nada. Pero tengo cuidado con lo que le digo. Sé que él lo nota y que desearía que fuese diferente. Yo también.

Muy de tarde en tarde me pregunta por mi familia. Cuando lo hace, le digo que todo va bien.

—Todo va estupendamente –le digo.

Cierro la fiambrera del almuerzo y saco los cigarrillos. Bud asiente con la cabeza y bebe a sorbos el café. Lo cierto es que mi chico tiene tendencia al disimulo. Pero no hablo de ello. Ni siquiera con su madre. Con ella aún menos.

Hablamos cada vez menos, ésa es la verdad. Por lo general, lo único que hacemos es ver la televisión. Pero recuerdo aquella noche. Me acuerdo de la manera en que el pavo real levantaba sus patas grises y recorría centímetro a centímetro el contorno de la mesa. Y, luego, mi amigo y su mujer dándonos las buenas noches en el porche. Olla le dio a Fran unas plumas de pavo real para que se las llevara a casa. Recuerdo que todos nos dimos la mano, nos abrazamos, diciéndonos cosas. En el coche, Fran se sentó muy cerca de mí mientras nos alejábamos. Me puso la mano en la pierna. Así volvimos a casa desde el hogar de mi amigo.

LA CASA DE CHEF

Aquel verano Wes alquiló una casa amueblada al norte de Eureka a un alcohólico rehabilitado llamado Chef. Luego me llamó para pedirme que olvidara lo que estuviese haciendo y que me fuese allí a vivir con él. Me dijo que no bebía. Yo ya sabía qué era eso de no beber. Pero él no aceptaba negativas. Volvió a llamar y dijo: Edna, desde la ventana delantera se ve el mar. En el aire se huele la sal. Me fijé en cómo hablaba. No arrastraba las palabras. Le dije que me lo pensaría. Y lo hice. Una semana después volvió a llamar preguntándome si iba. Contesté que lo seguía pensando. Empezaremos de nuevo, dijo él. Si voy para allá, quiero que hagas algo por mí, le dije. Lo que sea, contestó Wes. Quiero que intentes ser el Wes que conocí antes. El Wes de siempre. El Wes con quien me casé. Wes empezó a llorar, pero lo interpreté como una señal de sus buenas intenciones. Así que le dije, de acuerdo, iré.

Había dejado a su amiga, o ella le había abandonado a

él, ni lo sé ni me importa. Cuando me decidí a irme con Wes, tuve que decirle adiós a mi amigo. Mi amigo me dijo que estaba cometiendo un error. No me hagas esto. ¿Qué pasará con nosotros? Tengo que hacerlo por el bien de Wes, le dije. Está intentando dejar de beber. Ya recordarás lo que es eso. Lo recuerdo, pero no quiero que vayas, contestó mi amigo. Iré a pasar el verano. Luego, ya veremos. Volveré, le dije. ¿Y qué pasa conmigo?, preguntó él. ¿Qué hay de *mi* bien? No vuelvas más.

Aquel verano bebimos café, gaseosa y toda clase de zumos de fruta. Eso es lo que bebimos durante todo el verano. Me encontré deseando que el verano no terminase nunca. Debí figurármelo, pero al cabo de un mes de estar con Wes en casa de Chef, volví a ponerme el anillo de boda. Hacía dos años que no lo llevaba. Desde la noche en que Wes estaba borracho y tiró el suyo a un huerto de melocotones.

Wes tenía algo de dinero, así que yo no tenía que trabajar. Y resultó que Chef nos dejaba la casa por casi nada. No teníamos teléfono. Pagábamos el gas y la luz y comprábamos de oferta en el supermercado. Un domingo por la tarde salió Wes a comprar una regadera y volvió con algo para mí. Me trajo un precioso ramo de margaritas y un sombrero de paja. Los martes por la tarde íbamos al cine. Otras noches iba Wes a lo que denominaba sus reuniones de secano. Chef lo recogía a la puerta en su coche y después lo traía a casa. Algunos días Wes y yo íbamos a pescar truchas en una de las lagunas que había cerca. Pescábamos desde la orilla, y nos pasábamos el día entero para atrapar unas pocas. Nos vendrán muy bien, decía yo, y por la noche las freía para cenar. A veces me quitaba el sombrero y me quedaba dormida sobre una manta, junto a la caña de pescar. Lo último que recordaba eran nubes que pasaban por encima hacia el valle central. Por la noche Wes solía tomarme en sus brazos y preguntarme si seguía siendo su chica.

Nuestros hijos mantenían sus distancias. Cherly vivía con otra gente en una granja en Oregón. Cuidaba de un rebaño de cabras y vendía la leche. Tenía abejas y vendía tarros de miel. Tenía su propia vida, y yo no la culpaba. No le importaba lo más mínimo lo que su padre y yo hiciéramos con tal de que no la metiéramos en ello. Bobby estaba en Washington, trabajando en la siega del heno. Cuando se acabara la temporada, pensaba trabajar en la recolección de la manzana. Tenía novia y estaba ahorrando dinero. Yo escribía cartas y las firmaba: «Te quiere siempre.»

Una tarde estaba Wes en el jardín arrancando hierbas cuando Chef paró el coche delante de la casa. Yo estaba fregando en la pila. Miré y vi cómo se detenía el enorme

43

coche de Chef. Yo veía el coche, la carretera de acceso y la autopista, y más allá, las dunas y el mar. Había nubes sobre el agua. Chef bajó del coche y se subió los pantalones de un tirón. Comprendí que pasaba algo. Wes dejó lo que estaba haciendo y se incorporó. Llevaba guantes y un sombrero de lona. Se quitó el sombrero y se secó el sudor con el dorso de la mano. Chef se acercó a Wes y le pasó el brazo por los hombros. Wes se quitó un guante. Salí a la puerta. Oí a Chef decir a Wes que sólo Dios sabía cómo lo sentía, pero que tenía que pedirnos que nos marcháramos a fin de mes. Wes se quitó el otro guante. ¿Y por qué, Chef? Chef dijo que su hija, Linda, la mujer que Wes solía llamar Linda la Gorda desde la época en que bebía, necesitaba un sitio para vivir, y el sitio era aquella casa. Chef le contó a Wes que el marido de Linda había salido a pescar con la barca hacía unas semanas y nadie había vuelto a saber de él desde entonces. Había perdido a su marido. Había perdido al padre de su hijo. Yo la puedo ayudar, me alegro de estar en disposición de hacerlo, dijo Chef. Lo siento, Wes, pero tendrás que buscar otra casa. Luego Chef volvió a abrazar a Wes, se alzó los pantalones, subió a su enorme coche y se marchó.

Wes entró en casa. Dejó caer en la alfombra el sombrero y los guantes y se sentó en la butaca grande. La butaca de Chef, pensé. La alfombra de Chef, también. Wes estaba pálido. Serví dos tazas de café y le di una.

Está bien, dije. No te preocupes, Wes.

Me senté con el café en el sofá de Chef.

Linda la Gorda va a vivir aquí en lugar de nosotros, dijo Wes. Sostenía la taza, pero no bebía.

No te excites, Wes, le dije.

Su marido aparecerá en Ketchikan, dijo Wes. El marido de Linda la Gorda se ha largado, sencillamente. ¿Y quién podría reprochárselo?

Dijo Wes que, llegado el caso, él también se hundiría con su barca antes que pasar el resto de su vida con Linda la Gorda y su hijo. Entonces Wes dejó la taza en el suelo, junto a los guantes. Hasta ahora éste ha sido un hogar feliz, dijo.

Tendremos otra casa, le sugerí.

Como ésta, no, afirmó Wes. De todos modos, no sería lo mismo. Ésta ha sido una buena casa para nosotros. Esta casa alberga muchos recuerdos. Ahora Linda la Gorda y su hijo estarán aquí, dijo Wes. Cogió la taza y dio un sorbo.

La casa es de Chef, le recordé. Él hace lo que tiene que hacer.

Lo sé, repuso Wes. Pero no tiene por qué gustarme.

Wes tenía una curiosa expresión. Yo ya la conocía. No dejaba de pasarse la lengua por los labios. Se manoseaba la camisa por debajo del cinturón. Se levantó de la butaca y fue a la ventana. Permaneció en pie mirando al mar y a las nubes, que se iban extendiendo. Se daba golpecitos en la barbilla con los dedos, como si estuviera pensando algo. Y *estaba* pensando.

Tranquilo, Wes, le dije.

Ella quiere que esté tranquilo, dijo Wes. Siguió allí de pie.

Pero al cabo de un momento se acercó y se sentó junto a mí en el sofá. Cruzó las piernas y empezó a jugar con los botones de la camisa. Le cogí la mano. Empecé a hablar. Del verano. Pero lo hice como si fuese algo del pasado. Quizá de años atrás. En cualquier caso, como algo que hubiese terminado. Luego me puse a hablar de los chicos. Wes dijo que deseaba hacerlo todo de nuevo, y bien, esta vez.

Te quieren, le dije.

No, no me quieren, repuso.

Algún día entenderán las cosas, le animé

Quizá, dijo Wes. Pero entonces no importará.

No lo sabes.

Sé unas cuantas cosas, aseguró Wes, mirándome. Sé que me alegro de que hayas venido. No lo olvidaré.

Yo también me alegro. Estoy contenta de que encontraras esta casa.

Wes soltó un bufido. Luego se rió. Los dos reímos. Ese Chef, dijo Wes, sacudiendo la cabeza. Nos la ha hecho buena, el hijo de puta. Pero me alegro de que lleves el anillo. Me alegro de que hayamos pasado juntos este tiempo.

Entonces dije una cosa. Figúrate, sólo imagínate que nunca ha pasado nada. Suponte que ésta ha sido la primera vez. Supóntelo. Suponer no hace daño. Digamos que lo otro no ha sucedido jamás. ¿Sabes lo que quiero decir? ¿Entonces qué?

Wes me miró con fijeza. Entonces calculo que tendríamos que ser otras personas, si se diera el caso, dijo Wes. Distintas. Ya no puedo hacer esa clase de suposiciones. Nacimos para ser lo que somos. ¿Entiendes lo que quiero decir?

Le contesté que no había dejado algo bueno ni recorrido casi mil kilómetros para oírle hablar así.

Lo siento, pero no puedo hablar como alguien que no soy, dijo Wes. Yo no soy otro. Si lo fuese, con toda seguridad no estaría aquí. Si fuera otro, no sería yo. Pero soy como soy. ¿No lo entiendes?

Está bien, Wes, le dije. Me llevé su mano a la mejilla. Entonces, no sé, recordé cómo era cuando tenía diecinueve años, su aspecto cuando corría por el campo hacia donde estaba su padre, sentado en el tractor, con la mano sobre los ojos, viendo correr a Wes hacia él. Nosotros acabábamos de llegar de California. Me bajé con Cheryl y Bobby y dije: ése es el abuelo. Pero no eran más que niños.

Wes seguía sentado junto a mí, dándose golpecitos en la barbilla, como si intentara decidir lo que haría a continuación. El padre de Wes había muerto y nuestros hijos habían crecido. Miré a Wes y luego el cuarto de Chef y las cosas de Chef. Tenemos que hacer algo, y rápido, pensé.

Cariño, dije. Wes, escúchame.

¿Qué quieres?, me dijo. Pero eso fue todo. Parecía haber llegado a una conclusión. Pero, una vez decidido, no tenía prisa. Se recostó en el sofá, cruzó las manos sobre el regazo y cerró los ojos. No dijo nada más. No tenía por qué hacerlo.

Pronuncié su nombre para mis adentros. Era fácil de decir, y estaba acostumbrada a repetirlo desde hacía mucho tiempo. Luego volví a decirlo. Esta vez en voz alta. Wes, dije.

Abrió los ojos. Pero no me miró. Simplemente se quedó sentado donde estaba y miró a la ventana. Linda la Gorda, dijo. Pero yo sabía que no se trataba de ella. No era nada. Sólo un nombre. Wes se levantó, echó las cortinas y el mar desapareció como por ensalmo. Fui a preparar la cena. Aún teníamos un poco de pescado en la nevera. No quedaba mucho más. Esta noche haremos limpieza, pensé, y ahí se acabará todo.

CONSERVACIÓN

El marido de Sandy llevaba tres meses instalado en el sofá, desde cuando lo despidieron. Aquel día, tres meses atrás, volvió a casa pálido y asustado, con todas las cosas del trabajo en una caja.

–Feliz día de San Valentín –dijo a Sandy.

En la mesa de la cocina puso una caja de bombones en forma de corazón y una botella de Jim Beam. Se quitó la gorra y la dejó también sobre la mesa.

–Hoy me han despedido. Oye, ¿qué va a ser de nosotros ahora?

Sandy y su marido se sentaron a la mesa, bebieron whisky y comieron bombones. Hablaron de lo que podía hacer él en lugar de poner techos en casas nuevas. Pero no se les ocurrió nada.

–Algo saldrá –aseguró Sandy.

Quería animarlo. Pero ella también estaba asustada. Finalmente, él dijo que lo consultaría con la almohada. Y lo hizo. Aquella noche se hizo la cama en el sofá, y allí fue donde durmió todas las noches desde entonces.

Al día siguiente de su despido había que ocuparse de las prestaciones de la Seguridad Social. Fue al centro, a la oficina de empleo, a rellenar papeles y buscar otro trabajo. Pero no había empleos como el suyo ni de ningún otro tipo. Empezó a sudar mientras intentaba describir a Sandy la multitud de hombres y mujeres apiñados en la oficina. Aquella noche volvió a echarse en el sofá. Empezó a pasarse allí todo el tiempo, como si, pensaba ella, eso fuese lo que debía hacer ahora que ya no tenía trabajo. De cuando en cuando iba a hablar con alguien sobre una posibilidad de empleo, y cada dos semanas firmaba los papeles para recibir el subsidio de paro. Pero el resto del tiempo se quedaba en el sofá. «Es como si *viviese ahí*», pensaba Sandy. «*Vive* en el cuarto de estar.» De vez en cuando hojeaba revistas que ella traía de la tienda de ultramarinos; y muchas veces llegaba y lo encontraba mirando el grueso libro que le habían regalado a ella por inscribirse en un club del libro: una cosa que se titulaba *Misterios del pasado*. Sostenía el libro frente a la cara con las dos manos y la cabeza inclinada sobre las páginas, como si estuviera absorto en la lectura. Pero al cabo del rato observaba ella que no parecía adelantar nada; seguía por el mismo sitio: alrededor del capítulo segundo, calculaba. Sandy lo cogió una vez y lo abrió por donde él iba. Leyó algo acerca del descubrimiento de un hombre que había pasado dos mil años en una turbera de los Países Bajos. En una página venía una fotografía. El hombre tenía la frente velluda, pero en su rostro aparecía una expresión serena. Llevaba un gorro de cuero y yacía de lado. Las manos y los pies estaban resecos y consumidos, pero, por lo demás, el hombre no tenía un aspecto demasiado horroroso. Leyó un poco más y luego dejó el libro en el sitio de donde lo había cogido. Su marido lo dejaba al alcance de la mano, en la mesita que había delante del sofá. ¡El puñetero sofá! Por lo que a ella se refería, no quería ni volver a sentarse en él. Ni podía imaginar que en el pasado se hubieran tumbado allí para hacer el amor.

Les llevaban el periódico a casa todos los días. Él lo leía desde la primera hasta la última página. Sandy observaba cómo lo leía todo, hasta las esquelas y la sección que indicaba la temperatura de las ciudades importantes, así como las noticias económicas que hablaban de fusiones y de tipos de interés. Por la mañana se levantaba antes que ella y utilizaba el cuarto de baño. Luego encendía la televisión y hacía café. Ella le encontraba animado y alegre a esa hora del día. Pero cuando se iba a trabajar, él ya se había acomodado en el sofá y la televisión estaba en marcha. La mayoría de las veces seguía funcionando cuando ella volvía por la tarde. Él estaba sentado en el sofá, o tumbado, vestido con la ropa que solía llevar al trabajo: vaqueros y camisa de franela. Pero a veces la televisión estaba apagada y él seguía sentado, con el libro en las manos.

–¿Cómo te ha ido? –preguntaba él cuando entraba Sandy.

–Muy bien. ¿Y a ti?

–Muy bien.

Siempre tenía una cafetera caliente para ella. En el cuarto de estar, ella se sentaba en la butaca grande mientras comentaban las incidencias de la jornada. Cogían las tazas y bebían café, como gente normal, pensaba Sandy.

Sandy seguía queriéndole, aunque era consciente de que las cosas estaban tomando un giro extraño. Daba gracias por tener trabajo, pero no sabía lo que iba a pasarles, a ellos o a cualquier otra persona en el mundo. En el trabajo tenía una amiga a la que confió una vez lo de su marido: lo de quedarse en el sofá todo el tiempo. Por lo que fuese, su amiga no pareció considerarlo algo raro, lo que a la vez sorprendió y deprimió a Sandy. Su amiga le contó lo de su tío de Tennessee; cuando su tío cumplió los cuarenta, se metió en la cama y no se levantó más. Y lloraba mucho, al menos una vez al día. Le dijo a Sandy que tenía la impresión de que a su tío le asustaba hacerse viejo. Suponía que tal vez tuviese miedo de un ataque al corazón o algo así. Pero aquel hombre ya tenía sesenta y tres años y seguía respirando. Cuando Sandy oyó eso, se quedó de una pieza. Si aquella mujer decía la verdad, calculó, el hombre había estado en cama veintitrés años. El marido de Sandy sólo tenía treinta y uno. Treinta y uno y veintitrés suman cincuenta y cuatro. Y ella también andaría entonces por los cincuenta. ¡Dios mío!, nadie puede pasarse en la cama o en un sofá todo lo que le queda de vida. Si su marido estuviese mutilado o enfermo, o hubiese resultado herido en un accidente de coche, sería diferente. Eso podía entenderlo. Si se tratase de algo así, sabía que podría soportarlo. Entonces, si él se viera obligado a vivir en el sofá y ella tuviera que darle allí la comida, tal vez hasta llevarle la cuchara a la boca, eso habría tenido cierto encanto. Pero que su marido, un hombre joven y además sano, se aficionara al sofá de aquel modo y no quisiera levantarse salvo para ir al cuarto de baño o encender la televisión por la mañana y apagarla por la noche, eso era diferente. Le daba vergüenza; y, salvo aquella vez, no habló de ello con nadie. No le dijo nada más al respecto a su amiga, cuyo tío se había metido en la cama hacía veintitrés años y aún seguía allí, por lo que Sandy sabía.

Un día regresó a casa del trabajo a última hora de la tarde, estacionó el coche y entró por la puerta de la cocina. Oyó que la televisión estaba encendida en el cuarto de estar. La cafetera estaba en el fogón, a fuego lento. Desde donde estaba, con el bolso en la mano, podía mirar al cuarto de estar y ver el respaldo del sofá y la pantalla de la televisión. Por la pantalla se movían siluetas. Los pies descalzos de su marido sobresalían por un extremo del sofá. Por el otro, apoyada en un cojín atravesado en el brazo del sofá, vio la cabeza. No se movía. Podía estar o no dormido, y podía o no haberla oído entrar. Pero decidió que daba lo mismo, de todos modos. Dejó el bolso en la mesa y fue al frigorífico a coger un yogur. Pero al abrir la puerta le vino un aire cálido y con olor a cerrado. No podía creer el desbarajuste que había dentro. El helado que había en el congelador se había derretido y había caído sobre las porciones de pescado y la ensalada de col. El helado había caído en la fuente del arroz y formaba un charco en la parte inferior de la nevera. Había helado por todas partes. Abrió la puerta del congelador. Sintió una bocanada de un olor asqueroso que le dio arcadas. El helado cubría la base del compartimiento y se adensaba en torno a un paquete de kilo de hamburguesas. Presionó el envoltorio de celofán que cubría la carne, y el dedo se le hundió en el paquete. Las chuletas de cerdo también se habían descongelado. Todo estaba descongelado, incluyendo otras porciones de pescado, un paquete de carne para asar y dos comidas chinas de Chef Sammy. Igual que las salchichas y la salsa casera para los espaguetis. Cerró la puerta del congelador y sacó de la nevera el cartón de yogur. Levantó la tapa y lo olió. Entonces fue cuando gritó a su marido.

–¿Qué pasa? –dijo él, incorporándose y mirando por encima del respaldo del sofá–. ¡Eh!, ¿qué ha ocurrido?

Se pasó la mano por el pelo un par de veces. Ella no estaba segura de si había estado durmiendo todo el tiempo o qué.

—Este puñetero frigorífico se ha estropeado —dijo Sandy—. Eso es lo que pasa.

Su marido se levantó del sofá y bajó el volumen de la televisión. Luego la apagó y se dirigió a la cocina.

—Déjame verlo. ¡Oye, es increíble!

—Míralo tú mismo. Todo se ha echado a perder.

Su marido miró en el interior de la nevera y en su rostro apareció una expresión muy grave. Luego husmeó en el congelador y vio cómo estaban las cosas.

—¿Y ahora qué? —preguntó.

Montones de cosas le pasaron a Sandy de pronto por la cabeza, pero no dijo nada.

—¡Maldita sea! —dijo él—. Las desgracias nunca vienen solas. Mira, esta nevera no puede tener más de diez años. Estaba casi nueva cuando la compramos. Mis padres tuvieron un frigorífico que les duró veinticinco años. Se lo regalaron a mi hermano cuando se casó. Funcionaba muy bien. Pero ¿qué es lo que pasa?

Se puso a mirar por el estrecho espacio que había entre la nevera y la pared.

—No lo entiendo —dijo, sacudiendo la cabeza—. Está enchufado.

Entonces agarró el frigorífico y lo movió de atrás hacia adelante. Apoyó el hombro contra él y lo retiró unos centímetros. Dentro, algo se cayó de un estante y se rompió.

—¡Mierda! —dijo.

Sandy se dio cuenta de que seguía teniendo el yogur

en la mano. Fue al cubo de la basura, levantó la tapa y lo tiró.

—Tendré que freírlo todo esta noche —dijo.

Se imaginó ante el fogón, friendo la carne, poniendo las cosas en la sartén y en el horno.

—Necesitamos una nevera nueva —dijo.

Él no contestó. Echó otra mirada al congelador y movió la cabeza de un lado a otro.

Sandy pasó por delante de él y empezó a sacar cosas de los estantes y a ponerlas sobre la mesa. Él la ayudó. Sacó la carne del congelador y puso los paquetes encima de la mesa. Luego sacó lo demás y lo puso también sobre la mesa, en otro sitio. Después de quitarlo todo, cogió papel de cocina y la esponja de fregar los platos y empezó a limpiar el interior de la nevera.

—Nos hemos quedado sin freón —dijo él, dejando de limpiar—. Eso es lo que ha pasado. Ha habido un escape de freón. Ha ocurrido algo y el freón se ha salido. Ya lo he visto alguna vez en neveras de otra gente.

Ahora estaba tranquilo. Empezó a limpiar otra vez.

—Es el freón —repitió.

Sandy dejó lo que estaba haciendo y lo miró.

—Necesitamos otra nevera —insistió.

—Ya lo has dicho. ¿Y de dónde vamos a sacarla? No crecen en los árboles.

—Tenemos que conseguir una. ¿Es que no nos hace falta? Puede que no. A lo mejor podemos poner los artículos perecederos en la ventana, como siguen haciendo en las ciudades dormitorio. O si no, podríamos comprar una de esas portátiles e ir por hielo todos los días.

Puso una lechuga y unos tomates sobre la mesa, junto a los paquetes de carne. Luego se sentó en un taburete y se llevó las manos a la cabeza.

–Vamos a comprar otra nevera –dijo su marido–. Pues claro. Nos hace falta una, ¿no? No podemos estar sin frigorífico. Pero la cuestión es dónde podemos conseguirlo y cuánto estamos en condiciones de pagar. Debe haber millones de aparatos usados en los anuncios de la prensa. Espera, voy a ver qué hay en el periódico. Soy un especialista en anuncios.

Ella se quitó las manos de la cara y lo miró.

–Sandy, en el periódico encontraremos una buena nevera de ocasión –prosiguió su marido–. La mayoría están hechas para durar toda la vida. Esa nuestra por Dios que no sé lo que le ha pasado. Es la segunda vez en la vida que veo que un frigorífico se va a la mierda por las buenas. –Y añadió, mirando de nuevo al frigorífico–: ¡Qué mala suerte!

–Trae el periódico –dijo ella–. A ver qué hay.

–No te preocupes –dijo él.

Salió de la cocina, fue a la mesita, rebuscó entre el montón de periódicos y volvió con los anuncios por palabras. Ella apartó a un lado los alimentos para que él pudiera extender las páginas. Él se sentó. Sandy miró el periódico y luego la comida descongelada.

–Tengo que freír las chuletas de cerdo esta noche

–dijo–. Y las hamburguesas. Y también los filetes y el pescado. Sin olvidar la comida china.

–Esa mierda de freón –dijo él–. Apesta.

Empezaron a leer los anuncios por palabras. Él seguía con el dedo una columna y luego otra. Pasó rápidamente por la sección de OFERTAS DE EMPLEO. Sandy vio cruces junto a un par de ellas, pero no se fijó en lo que estaba señalado. Eso no tenía importancia. Había una columna titulada MATERIAL DE ACAMPADA. Entonces lo encontraron: ELECTRODOMÉSTICOS NUEVOS Y USADOS.

–Aquí –dijo ella, poniendo el dedo en el periódico. Su marido le retiró el dedo.

–Vamos a ver –dijo.

Ella volvió a poner el dedo donde antes.

–«Frigoríficos, hornillos, lavadoras, secadoras», etc. –dijo ella, leyendo los encabezamientos de los anuncios–. «Subasta pública.» ¿Qué es eso? Subasta pública.

Siguió leyendo.

–«Electrodomésticos a escoger, nuevos y de ocasión, todos los jueves por la noche.» Subasta a las siete. Es hoy. Hoy es jueves. La subasta es esta noche. Y ese sitio no queda muy lejos. Está en la calle Pine. He debido pasar por allí centenares de veces. Y tú también. Ya sabes dónde es. Al lado de Baskin-Robbins.

Su marido no dijo nada. Miraba fijamente el anuncio. Alzó la mano y se tiró del labio inferior con dos dedos.

–Subasta pública –repitió.

–Vamos. ¿Qué dices? Te vendrá bien salir, y a lo mejor encontramos una nevera. Dos pájaros de un tiro –dijo.

–En la vida he ido a una subasta. Y me parece que ahora no tengo ganas de ir a una.

–¡Venga! –dijo Sandy–. ¿Qué te pasa? Es divertido. Hace años que no voy a ninguna, desde que era niña. Iba con mi padre.

De pronto sintió grandes deseos de acudir a la subasta.

–Tu padre –dijo él.

–Sí, mi padre.

Miró a su marido, esperando que dijera algo más. Era lo mínimo. Pero no dijo nada.

–Las subastas son divertidas –dijo ella.

–Quizá sí, pero no quiero ir.

–También necesito una lámpara para la mesilla de noche –prosiguió Sandy–. Deben de tener.

–Mira, necesitamos muchas cosas. Pero yo no tengo trabajo, ¿recuerdas?

–Yo voy a ir a esa subasta –dijo ella–. Tanto si vienes como si no. Harías bien en venir. Pero me da igual. Por si quieres saberlo, me tiene sin cuidado. Pero yo voy.

–Te acompañaré. ¿Quién ha dicho que no iría?

La miró y luego apartó la vista. Cogió el periódico y leyó de nuevo el anuncio.

–No sé nada de subastas. Pero hay que probarlo todo. ¿Sabes de alguien que haya ido a una subasta a comprar una nevera?

–No –dijo ella–. Pero lo haremos de todos modos.

–De acuerdo.

–Bueno –dijo ella–. Pero sólo si te apetece ir de verdad.

Él asintió con la cabeza.

–Será mejor que empiece a guisar. Freiré ahora las chuletas de cerdo y cenaremos. Lo demás puede esperar. Después lo haré todo. Al volver de la subasta. Pero hay que darse prisa. El periódico dice que es a las siete en punto.

–A las siete –dijo él.

Se levantó de la mesa y se dirigió al cuarto de estar, donde se puso a mirar un momento por la ventana. Un coche pasó por la calle. Se llevó los dedos al labio. Ella lo vio sentarse en el sofá y coger el libro. Lo abrió por el sitio habitual. Pero enseguida lo dejó y se tumbó. Vio cómo reposaba la cabeza en el cojín colocado en el brazo del sofá. Se lo ajustó debajo de la cabeza y se puso las manos en la nuca. Luego se quedó quieto. Poco después vio cómo ponía los brazos a los costados.

Sandy dobló el periódico. Se levantó y fue al cuarto de estar sin hacer ruido. Miró por encima del respaldo del sofá. Tenía los ojos cerrados. Su pecho apenas se movía al respirar. Volvió a la cocina y puso una sartén en el fogón. Lo encendió y puso aceite en la sartén. Empezó a freír chuletas de cerdo. Había ido a subastas con su padre. Pero casi todas eran de animales de granja. Creía recordar que su padre siempre intentaba vender o comprar una ternera.

60

A veces, se subastaba maquinaria agrícola o artículos domésticos. Pero sobre todo eran de ganado. Después, cuando su padre y su madre se divorciaron y ella se fue a vivir con su madre, su padre le escribió diciéndole que echaba de menos su compañía en las subastas. En la última carta que le envió, cuando ella era adulta y vivía con su marido, le dijo que había comprado una preciosidad de coche en una subasta por doscientos dólares. Si ella hubiera estado allí, le decía, le habría comprado uno. Tres semanas después, por una llamada de teléfono que recibió en plena noche, se enteró de que había muerto. El coche que había comprado tenía un escape de monóxido de carbono que se filtraba por el suelo y que le causó un desmayo cuando estaba al volante. Vivía en el campo. El motor siguió funcionando hasta que se acabó la gasolina. Permaneció varios días en el coche hasta que alguien lo encontró.

Empezaba a salir humo de la sartén. Echó más aceite y conectó el extractor. Hacía veinte años que no iba a una subasta, y ahora se disponía a ir a una aquella misma noche. Pero antes tenía que freír la carne. Era mala suerte que se les hubiera estropeado el frigorífico, pero se sorprendió al ver que estaba impaciente por acudir a la subasta. Empezó a echar de menos a su padre. Y también a su madre, aunque los dos solían discutir a menudo antes de que ella conociese a su marido y se casara. De pie ante el fuego, dio vuelta a las chuletas y sintió la falta de su padre y de su madre.

Sin que desapareciera esa impresión, cogió un paño y quitó la sartén del fuego. El extractor aspiraba el humo que subía del fogón. Sin dejar la sartén se acercó a la puerta y miró al cuarto de estar. La sartén seguía humeante y gotas de grasa y de aceite saltaban por encima del borde. En la penumbra de la habitación, apenas distinguía la cabeza de su marido y sus pies descalzos.

—Ven —dijo ella—. Ya está listo.

—Muy bien —contestó él.

Vio cómo levantaba la cabeza por encima del brazo del sofá. Volvió a poner la sartén en el fogón y fue hacia el armario. Cogió dos platos y los colocó en la repisa. Con la espumadera sacó una chuleta y la puso en un plato. No parecía carne. Era como un omoplato corroído, o una herramienta para cavar. Pero ella sabía que era una chuleta de cerdo, y sacó la otra de la sartén y la puso en el otro plato.

Al cabo de un momento, su marido apareció en la cocina. Miró una vez más a la nevera, con la puerta abierta. Y luego se fijó en las chuletas de cerdo. Abrió la boca, pero no dijo nada. Ella esperó a que dijera algo, cualquier cosa, pero siguió callado. Puso sal y pimienta encima de la mesa.

—Siéntate —dijo, dándole un plato en el que yacían los restos de una chuleta de cerdo—. Quiero que te lo comas.

Él cogió el plato. Pero se quedó allí de pie, mirándolo. Entonces, ella se volvió para coger el suyo. Retiró el periódico y colocó los alimentos descongelados en el otro extremo de la mesa.

–Siéntate –dijo una vez más a su marido.

Él se pasó el plato de una mano a la otra. Pero permaneció en pie. Fue entonces cuando ella vio los charquitos de agua sobre la mesa. También lo oyó. Caía agua de la mesa al suelo de linóleo.

Bajó la cabeza y vio los pies descalzos de su marido. Miró aquellos pies junto a un charco de agua. Sabía que en la vida volvería a ver algo tan raro. Pero no sabía qué hacer. Pensó que lo mejor sería pintarse un poco los labios, coger el abrigo y marcharse a la subasta. Pero no podía apartar la vista de los pies de su marido. Dejó el plato en la mesa y se quedó mirando hasta que los pies salieron de la cocina y volvieron al cuarto de estar.

EL COMPARTIMIENTO

Myers recorría Francia en vagón de primera clase para visitar a su hijo, que estudiaba en la Universidad de Estrasburgo. Hacía ocho años que no lo veía. No se habían llamado por teléfono durante todo ese tiempo y ni siquiera se habían enviado una postal desde que Myers y la madre del chico se separaron y el muchacho se fue a vivir con ella. Myers siempre había pensado que la perniciosa intromisión del muchacho en sus asuntos personales había precipitado la ruptura final.

La última vez que Myers vio a su hijo, el chico se abalanzó sobre él durante una violenta disputa. La mujer de Myers estaba de pie junto al aparador, rompiendo platos de porcelana, uno tras otro, contra el suelo del comedor. Luego se había dedicado a las tazas.

–Basta ya –dijo Myers.

En ese momento, el muchacho se lanzó contra él. Myers lo esquivó y lo inmovilizó con una llave de cuello

65

mientras el chico lloraba, dándole puñetazos en la espalda y los riñones. Myers lo tenía a raya y se aprovechó a fondo. Lo incrustó contra la pared y amenazó con matarlo. Lo dijo en serio.

–¡Yo te he dado la vida –recordaba haber gritado–, y puedo quitártela!

Pensando ahora en aquella escena horrible, Myers sacudió la cabeza como si le hubiera sucedido a otro. Y así era. Él ya no era el mismo, sencillamente. Ahora vivía solo y apenas se relacionaba con nadie fuera del trabajo. Por la noche escuchaba música clásica y leía libros sobre señuelos para cazar patos.

Encendió un cigarrillo y siguió mirando por la ventanilla, sin prestar atención al hombre que se sentaba en el asiento junto a la puerta y que dormía con el sombrero sobre los ojos. Acababa de amanecer y había niebla sobre los campos verdes que desfilaban ante sus ojos. De vez en cuando Myers veía una granja y sus dependencias, todo ello cercado por una tapia. Pensó que tal vez fuese una buena manera de vivir: en una casa vieja rodeada de muros.

Eran poco más de las seis. Myers no había dormido desde que abordó el tren en Milán, a las once de la noche anterior. Cuando el tren salió de la ciudad italiana, consideró que era una suerte tener el compartimiento para él solo. Dejó la luz encendida y hojeó las guías. Leyó cosas que lamentaba no haber leído antes de visitar los lugares de que hablaban. Descubrió muchas cosas que debería haber visto y hecho. En cierto modo, sentía averiguar datos sobre Italia, ahora que dejaba aquel país después de su primera y, sin duda, última visita.

Guardó las guías en la maleta, colocó el equipaje en el estante superior y se quitó el abrigo para cubrirse con él. Apagó la luz y se quedó a oscuras con los ojos cerrados, deseando que le viniera el sueño.

Al cabo de un rato, que le pareció mucho tiempo, y cuando pensaba que iba a quedarse dormido, el tren empezó a aminorar la marcha. Se detuvo en una estación pequeña, cerca de Basilea. Allí, un hombre de mediana edad con sombrero y traje oscuro entró en el compartimiento. Dijo algo en una lengua que Myers no entendía, y luego colocó su maleta de cuero en el estante. Se sentó al otro extremo del compartimiento e irguió los hombros. Luego se echó el sombrero sobre los ojos. Cuando el tren se puso de nuevo en movimiento, el hombre dormía con un ronquido suave. Myers le envidió. Al cabo de pocos minutos, un aduanero suizo abrió la puerta del compartimiento y encendió la luz. En inglés y en otra lengua –en alemán, supuso Myers–, el aduanero pidió ver sus pasaportes. El hombre que estaba en el compartimiento con Myers se echó hacia atrás el sombrero, parpadeó y metió la mano en el bolsillo del abrigo. El aduanero examinó el pasaporte, miró atentamente al viajero y le devolvió la documentación. Myers le tendió su pasaporte. El aduanero leyó los datos, miró la fotografía y observó a Myers antes de asentir con la cabeza y devolvérselo. Al salir apagó la luz. El hombre que viajaba con Myers se echó el sombrero sobre los ojos y estiró las piernas. Myers supuso que volvería a dormirse enseguida y de nuevo sintió envidia.

Después se quedó despierto y se puso a pensar en la entrevista con su hijo, para la que sólo faltaban unas horas. ¿Cómo reaccionaría cuando viese a su hijo en la estación? ¿Debería darle un abrazo? Se sintió incómodo ante esa perspectiva. ¿O simplemente debería tenderle la mano, sonreírle como si aquellos ocho años no hubiesen transcurrido y luego darle una palmadita en la espalda? A lo mejor su hijo le decía algunas palabras: *Me alegro de verte. ¿Has tenido buen viaje?* Y Myers contestaría... cualquier cosa. No sabía exactamente lo que diría.

El *contrôleur* francés apareció por el pasillo. Miró a Myers y al hombre que dormía frente a él. Era el mismo que ya les había picado los billetes, así que Myers volvió la cabeza y se puso a mirar otra vez por la ventanilla. Aparecieron más casas. Pero ahora ya no tenían tapia, eran más pequeñas y estaban más próximas. Pronto, estaba seguro de ello, vería un pueblo francés. La bruma se levantaba. El tren pitó y atravesó a toda velocidad un paso a nivel con la barrera bajada. Vio a una mujer joven, con un jersey y el pelo recogido sobre la cabeza, que esperaba en bicicleta y miraba pasar los vagones.

¿Cómo está tu madre?, le preguntaría al muchacho cuando estuvieran a cierta distancia de la estación. *¿Qué*

noticias tienes de tu madre? Durante un momento de intensa emoción, se le ocurrió a Myers que quizá hubiese muerto. Pero luego comprendió que no podía ser, que habría oído algo, que de una u otra forma se habría enterado. Sabía que si se dejaba llevar por esos pensamientos, se le partiría el corazón. Se abrochó el botón del cuello de la camisa y se ajustó la corbata. Dejó el abrigo en el asiento de al lado. Se anudó los cordones de los zapatos, se levantó y pasó por encima de las piernas del hombre que dormía. Salió del compartimiento.

Mientras se dirigía al otro extremo del vagón, Myers tenía que ir sujetándose contra las ventanillas. Cerró la puerta del pequeño aseo. Luego abrió el grifo y se echó agua en la cara. El tren pasó por una curva sin reducir la marcha y Myers tuvo que sujetarse en el lavabo para no perder el equilibrio.

Dos meses antes había recibido la carta de su hijo. Era breve. Decía que vivía en Francia y que, desde el año anterior, estudiaba en la Universidad de Estrasburgo. No daba explicaciones de por qué había ido a Francia ni de qué había hecho durante los últimos ocho años. Como era de esperar, pensó Myers, el muchacho no mencionaba a su madre en la carta: ni un solo indicio sobre su situación o su paradero. Pero, inexplicablemente, la carta terminaba con «un abrazo», palabras que Myers rumió durante mucho tiempo. Finalmente, contestó. Después de pensarlo bien, le escribió que desde hacía algún tiempo pensaba hacer un pequeño viaje por Europa. ¿Iría a recibirlo a la estación de Estrasburgo? Firmó la carta con: «Un beso, papá.» Su hijo le contestó y Myers hizo sus preparativos. Le sorprendió que, aparte de su secretaria y de algunos colegas, no hubiese nadie a quien fuese preciso advertir de su marcha. Había acumulado seis semanas de vacaciones en la empresa de ingeniería donde trabajaba, y decidió tomárselas de una vez para aquel viaje. Se alegraba de haberlo hecho, aun cuando ahora no tuviese intención de pasar todo el tiempo en Europa.

Primero había ido a Roma. Pero después de las primeras horas que anduvo paseando solo por las calles, lamentó no haber ido en grupo. Se sentía solo. Fue a Venecia, ciudad que su mujer y él siempre habían pensado visitar. Pero Venecia fue una decepción. Vio a un manco comer calamares fritos, y por todas partes había edificios mugrientos y atacados por la humedad. Tomó el tren para Milán, donde se hospedó en un hotel de cuatro estrellas y pasó la velada viendo un partido de fútbol en un televisor Sony en color hasta que se acabó la emisión. Se levantó a la mañana siguiente y callejeó por la ciudad hasta la hora de ir a la estación. Había previsto que la escala en Estrasburgo fuese el punto culminante del viaje. Al cabo de dos o tres días –ya vería cómo se presentaban las cosas– iría a París y tomaría el avión hacia casa. Estaba cansado de tratar de hacerse entender por los extranjeros y se alegraría de volver.

Alguien intentó abrir la puerta del lavabo. Myers terminó de remeterse la camisa. Se abrochó el cinturón. Luego abrió y, balanceándose con el movimiento del tren, volvió a su compartimiento. Al abrir la puerta, se dio cuenta enseguida de que le habían tocado el abrigo. Estaba en un asiento distinto. Tuvo la impresión de encontrarse en una situación ridícula, pero posiblemente seria. Al cogerlo, el corazón empezó a latirle deprisa. Metió la mano en el bolsillo interior y sacó el pasaporte. Se guardó la billetera en el bolsillo trasero del pantalón. De modo que seguía teniendo la cartera y el pasaporte. Pasó revista a los demás bolsillos del abrigo. Lo que le faltaba era el regalo que llevaba para el chico: un caro reloj de pulsera japonés que había comprado en una tienda de Roma. Lo tenía en el bolsillo interior del abrigo para mayor seguridad. Y ahora había desaparecido.

—Perdone —dijo al hombre repantigado en el asiento, con las piernas estiradas y el sombrero sobre los ojos—. Disculpe.

El hombre se echó el sombrero hacia atrás y abrió los ojos. Se enderezó y miró a Myers. Tenía los ojos dilatados. Quizá hubiese estado soñando. O quizá no.

—¿Ha visto entrar a alguien?

Pero estaba claro que el hombre no entendía lo que Myers quería decir. Siguió mirándolo fijamente con lo que a Myers le pareció un aire de incomprensión total. Pero a lo mejor era otra cosa, pensó. Tal vez aquella expresión disimulaba la falsedad y el engaño. Myers agitó el abrigo para llamar la atención del hombre. Luego metió la mano en el bolsillo y hurgó. Se subió la manga de la camisa y le enseñó su reloj. El hombre miró a Myers y luego al reloj. Parecía confuso. Myers dio unos golpecitos en la esfera del reloj. Volvió a meter la otra mano en el bolsillo del abrigo e hizo el gesto de buscar algo. Myers señaló al reloj una vez más y movió los dedos, queriendo dar a entender que el reloj se había marchado volando por la puerta.

El hombre se encogió de hombros y sacudió la cabeza.

—¡Maldita sea! —dijo Myers, frustrado.

Se puso el abrigo y salió al pasillo. No podía quedarse un momento más en el compartimiento. Tenía miedo de golpear a aquel hombre. Miró a un lado y a otro del pasillo, como si esperase ver y reconocer al ladrón. Pero no había nadie. Quizá el hombre del compartimiento no había robado el reloj. A lo mejor había sido otra persona, la que intentó abrir la puerta del lavabo, que se había fijado en el abrigo y en el hombre dormido al pasar por el pasillo, y simplemente había abierto la puerta y rebuscado en los bolsillos, marchándose de nuevo y cerrando al salir.

Myers anduvo despacio hacia el fondo del vagón, atisbando por las demás puertas. Había poca gente en primera clase, una o dos personas en cada compartimiento. La mayoría estaban dormidas, o lo parecían. Tenían los ojos cerrados y la cabeza apoyada en el respaldo del asiento. En un compartimiento, un hombre de poco más o menos su misma edad estaba sentado junto a la ventanilla contemplando el paisaje. Cuando Myers se detuvo a mirarlo tras el cristal de la puerta, el hombre se volvió con una expresión de furia.

Myers pasó al vagón de segunda. Allí, los compartimientos iban atestados, cinco o seis viajeros en cada uno, y la gente, se veía enseguida, estaba más abatida. Muchos se mantenían despiertos –iban demasiado incómodos para dormir–, y lo miraban al pasar. Extranjeros, pensó. Era evidente que si el hombre de su compartimiento no había robado el reloj, el ladrón tenía que ser de aquel vagón. Pero ¿qué podía hacer? No había remedio. El reloj había desaparecido. Ahora estaba en el bolsillo de otro. Era imposible explicar al *contrôleur* lo que había pasado. Y aunque pudiese, ¿qué más daría? Volvió a su compartimiento. Miró dentro y vio que el hombre se había vuelto a estirar con el sombrero sobre los ojos.

Myers pasó por encima de las piernas del hombre y se sentó en su asiento, junto a la ventanilla. Estaba ciego de ira. Llegaban a las afueras de una ciudad. Granjas y prados daban paso a fábricas con nombres impronunciables escritos en las fachadas de los edificios. El tren aminoró la marcha. Myers vio coches en las calles y en los pasos a nivel, detenidos en fila hasta que el tren pasara. Se levantó y bajó la maleta. La sostuvo sobre las piernas mientras miraba aquel sitio detestable.

Se le ocurrió que, después de todo, no tenía ganas de

ver al chico. Se quedó pasmado ante la idea y por un momento se sintió rebajado ante su mezquindad. Sacudió la cabeza. De todas las tonterías que había cometido en la vida, aquel viaje quizá fuese la mayor. Pero el caso era que verdaderamente no tenía ganas de ver al muchacho, cuya conducta le había enajenado su cariño hacía ya mucho tiempo. De pronto, recordó con gran claridad el rostro de su hijo cuando se abalanzó sobre él aquella vez, y se sintió invadido por una oleada de rencor. Aquel chico había devorado la juventud de Myers, había convertido a la muchacha que cortejó y con la que se casó en una mujer neurótica y alcohólica a quien el muchacho consolaba y maltrataba de manera alternativa. ¿Por qué diantre, se preguntó Myers, había venido de tan lejos para ver a alguien que detestaba? No quería estrechar la mano de su hijo, la mano de su enemigo, ni darle una palmada en la espalda mientras charlaban de cosas sin importancia.

El tren entró en la estación y Myers se inclinó sobre el borde del asiento. Los altavoces del tren emitieron un anuncio en francés. El hombre que iba en el compartimiento de Myers empezó a removerse. El altavoz volvió a anunciar otra cosa en francés y el hombre se ajustó el sombrero y se enderezó en el asiento. Myers no entendía ni palabra. Su inquietud aumentaba a medida que el tren se detenía. Decidió no salir del compartimiento. Se quedaría sentado donde estaba hasta que el tren volviera a ponerse en marcha. Y cuando saliese, él iría hacia el centro, hasta

74

París, y todo habría terminado. Miró con cautela por la ventanilla, temiendo ver el rostro de su hijo pegado al cristal. No sabía lo que haría en ese caso. Tenía miedo de enseñarle el puño. Vio a algunas personas en el andén, con abrigos y bufandas, de pie junto a las maletas, esperando subir al tren. Otras aguardaban, sin equipaje, con las manos en los bolsillos, y era evidente que habían ido a recibir a alguien. Su hijo no se encontraba entre ellas, pero naturalmente eso no quería decir que no estuviese por allí, en alguna parte. Myers dejó la maleta en el suelo y se recostó un poco en el asiento.

El hombre que se sentaba frente a él bostezaba y miraba por la ventanilla. Entonces volvió la cara hacia Myers. Se quitó el sombrero y se pasó la mano por el pelo. Luego volvió a cubrirse, se levantó y bajó su maleta del estante de equipajes... Abrió la puerta del compartimiento. Pero antes de salir, se dio la vuelta y señaló hacia la estación.

–Estrasburgo –dijo.

Myers le dio la espalda.

El hombre esperó un momento más, salió luego al pasillo con la bolsa y, Myers estaba seguro, con el reloj. Pero ésa era ahora la menor de sus preocupaciones. Miró de nuevo por la ventanilla. Vio a un hombre con delantal, de pie a la entrada de la estación, fumando un cigarrillo. Observaba a dos empleados del tren que informaban de algo a una mujer con una falda larga y un niño en brazos. La mujer escuchó, asintió con la cabeza y siguió escuchando. Se cambió al niño de brazo. Los hombres continuaron hablando. Ella escuchaba. Uno de ellos acarició al niño bajo la barbilla. La mujer bajó la cabeza y sonrió. Volvió a pasarse el niño al otro brazo y siguió escuchando. Myers vio a una pareja de jóvenes besándose en el andén, no lejos de su vagón. Luego, el joven soltó a la muchacha. Dijo algo, cogió la maleta y se dispuso a subir al tren. La chica lo vio marchar. Se llevó una mano a la cara, pasándosela primero por un ojo y luego por el otro. Al cabo de un momento, Myers la vio avanzar por el andén con la vista fija en su vagón, como si siguiera a alguien. Apartó la vista de la muchacha y miró al enorme reloj de encima de la sala de espera. Inspeccionó el andén de un extremo al otro.

No había ni rastro de su hijo. Tal vez se hubiese quedado dormido o, a lo mejor, también él había cambiado de opinión. En cualquier caso, Myers sintió alivio. Miró de nuevo al reloj, luego a la joven que se dirigía apresuradamente a la ventanilla donde él estaba. Myers se retiró como si la muchacha fuese a romper el cristal.

Se abrió la puerta del compartimiento. El joven que había visto fuera la cerró al entrar y dijo:

—*Bonjour.*

Sin esperar respuesta, lanzó la maleta al estante superior de equipajes y se acercó a la ventana.

—*Pardonnez-moi.*

Bajó el cristal.

—Marie —dijo.

La joven empezó a sonreír y a llorar al mismo tiempo. El muchacho le tomó las manos y se puso a besarle los dedos.

Myers apartó la vista y apretó los dientes. Oyó los últimos gritos de los empleados. Sonó un silbido. Enseguida, el tren empezó a alejarse del andén. El joven había soltado las manos de la chica, pero siguió agitando el brazo mientras el tren cobraba velocidad.

Pero no recorrió mucha distancia, únicamente salió de la estación y entonces sintió Myers una parada brusca. El joven cerró la ventanilla y se acomodó en el asiento de al lado de la puerta. Sacó un periódico del abrigo y se puso a leer. Myers se levantó y abrió la puerta. Se dirigió al final del pasillo, hasta el enganche de los vagones. No sabía por qué se habían parado. Tal vez se hubiera estropeado algo. Se acercó a la ventana. Pero no vio más que una intrincada red de vías donde se formaban los trenes, quitando o cambiando vagones de un tren a otro. Se apartó de la ventana. En la puerta del coche siguiente leyó un letrero: POUSSEZ. Myers dio un puñetazo al cartel y la puerta se abrió con suavidad. De nuevo se encontraba en el vagón de segunda. Pasó por una fila de compartimientos llenos de gente que se estaba acomodando como para un largo viaje. Necesitaba preguntar a alguien adónde iba el tren. Cuando sacó el billete, entendió que el tren de Estrasburgo continuaba a París. Pero consideró humillante asomar la cabeza por un compartimiento y decir: «¿Paguí?», o algo parecido, como si preguntara si habían llegado a destino. Oyó un estrépito de hierro viejo, y el tren retrocedió un poco. Vio la estación otra vez y pensó de nuevo en su hijo. Quizá estuviese allí, sofocado por haber corrido hasta la estación, preguntándose qué le habría pasado a su padre. Myers sacudió la cabeza.

El vagón chirrió y gimió a sus pies, luego se enganchó ajustándose pesadamente. Myers observó el laberinto de vías y comprendió que el tren estaba de nuevo en marcha. Volvió apresurado hacia el fondo del pasillo y entró de nuevo en su vagón. Se dirigió a su compartimiento. Pero el joven del periódico había desaparecido. Y también la maleta de Myers. No era su compartimiento. Se sobresaltó al comprender que debían haber desenganchado su vagón y añadido otro de segunda clase. Aquél estaba casi lleno de hombrecillos morenos que hablaban velozmente en una lengua que Myers no había oído jamás. Uno de ellos le hizo señas de que pasara. Myers entró y los hombres le hicieron sitio. Parecía haber un ambiente alegre. El hombre que le hizo señas se rió y dio unas palmadas en el asiento que había a su lado. Myers se sentó en sentido contrario a la marcha. Por la ventanilla el paisaje pasaba cada vez más deprisa. Por un instante, Myers tuvo la sensación de que el panorama se precipitaba lejos de él. Iba a alguna parte, eso lo sabía. Y si era en dirección contraria, tarde o temprano lo descubriría.

Se recostó en el asiento y cerró los ojos. Los hombres siguieron charlando y riendo. Las voces parecían venir de muy lejos; pronto se fundieron con los ruidos del tren. Y poco a poco Myers se sintió llevado, y luego traído, por el sueño.

PARECE UNA TONTERÍA

El sábado por la tarde fue a la pastelería del centro comercial. Después de mirar las fotografías de pasteles pegadas en las páginas de una carpeta de anillas, encargó uno de chocolate, el preferido de su hijo. El que escogió estaba adornado con una nave espacial y su plataforma de lanzamiento bajo unas cuantas estrellas blancas, y con un planeta escarchado de color rojo en el otro extremo. El nombre del niño, SCOTTY, iría escrito en letras verdes bajo el planeta. El pastelero, un hombre mayor con cuello de toro, escuchó sin rechistar mientras ella le decía que el niño cumpliría ocho años el lunes siguiente. El pastelero llevaba un delantal blanco que parecía un guardapolvo. Los cordones le pasaban por debajo de los brazos, se cruzaban en la espalda y luego volvían otra vez delante, donde los había atado bajo su amplio vientre. Se secaba las manos en el delantal mientras la escuchaba. Seguía con la vista fija en las fotografías y la dejaba hablar. No la interrumpió. Acababa de llegar al trabajo y se iba a pasar toda la noche junto al horno, de modo que no tenía mucha prisa.

Ella le dio su nombre, Ann Weiss, y su número de teléfono. El pastel estaría hecho para el lunes por la mañana, recién sacado del horno, y con tiempo suficiente para la fiesta del niño, que era por la tarde. El pastelero no parecía animado. No intercambiaron las cortesías de rigor, sólo las palabras justas, los datos indispensables. La hizo sentirse incómoda, y eso no le gustó. Mientras estaba inclinado sobre el mostrador con el lapicero en la mano, ella observó sus rasgos vulgares y se preguntó si habría hecho algo en la vida aparte de ser pastelero. Ella era madre, tenía treinta y tres años y le parecía que todo el mundo, sobre todo un hombre de la edad del pastelero, lo bastante mayor para ser su padre, debería haber tenido hijos para conocer ese momento tan especial de las tartas y las fiestas de cumpleaños. Debían de tener eso en común, pensó ella. Pero la trataba de un modo brusco; no grosero, simplemente brusco. Renunció a hacerse amiga suya. Miró hacia el fondo de la pastelería y vio una mesa de madera, grande y sólida, con moldes pasteleros de aluminio amontonados en un extremo; y, junto a la mesa, un recipiente de metal lleno de rejillas vacías. Había un horno enorme. Una radio tocaba música *country-western*.

El pastelero terminó de anotar los datos en la libreta de encargos y cerró la carpeta de fotografías. La miró y dijo:

—El lunes por la mañana.

Ella le dio las gracias y volvió a casa.

El lunes por la mañana, el niño del cumpleaños se dirigía andando a la escuela con un compañero. Se iban pasando una bolsa de patatas fritas, y el niño intentaba adivinar lo que su amigo le regalaría por la tarde. El niño bajó de la acera en un cruce, sin mirar, e inmediatamente lo atropelló un coche. Cayó de lado, con la cabeza junto al bordillo y las piernas sobre la calzada. Tenía los ojos cerrados, pero movía las piernas como si tratara de subir por algún sitio. Su amigo soltó las patatas fritas y se echó a llorar. El coche recorrió unos treinta metros y se detuvo en medio de la calle. El conductor miró por encima del hombro. Esperó hasta que el muchacho se levantó tambaleante. Titubeaba un poco. Parecía atontado, pero ileso. El conductor puso el coche en marcha y se alejó.

El niño del cumpleaños no lloró, pero tampoco tenía nada que decir. No contestó cuando su amigo le preguntó qué pasaba cuando a uno le atropellaba un coche. Se fue andando a casa y su amigo continuó hacia el colegio. Pero después de entrar y contárselo a su madre —que estaba sentada a su lado en el sofá diciendo: «Scotty, cariño, ¿estás seguro de que te encuentras bien?», y pensando en llamar al médico de todos modos—, se tumbó de pronto en el sofá, cerró los ojos y se quedó como muerto. Ella, al ver que no podía despertarlo, corrió al teléfono y llamó a su marido al trabajo. Howard le dijo que mantuviera la calma y después pidió una ambulancia para su hijo y se dirigió al hospital.

Desde luego, la fiesta de cumpleaños fue cancelada. El niño estaba en el hospital, conmocionado. Había vomitado y tenía los pulmones encharcados con un líquido que sería necesario extraerle por la tarde. En aquellos momentos parecía sumido en un sueño muy profundo, pero no estaba en coma, según recalcó el doctor Francis cuando vio la expresión inquieta de los padres. A las once de la noche, cuando el niño parecía descansar bastante tranquilo después de muchos análisis y radiografías y no había nada más que hacer que esperar a que se despertara y volviera en sí, Howard salió del hospital. Ann y él no se habían movido del lado del niño desde la tarde, y se dirigía a casa a darse un baño y cambiarse de ropa.

–Volveré dentro de una hora –dijo.

Ella asintió con la cabeza.

–Muy bien –dijo–. Aquí estaré.

Howard la besó en la frente y se cogieron las manos. Ella se sentó en la silla, junto a la cama, y miró al niño. Esperaría a que se despertara, recuperado. Luego podría descansar.

Howard volvió a casa. Condujo muy deprisa por las calles mojadas; luego se contuvo y aminoró la velocidad. Hasta entonces su vida había discurrido sin contratiempos y a su entera satisfacción: universidad, matrimonio, otro año de facultad para lograr una titulación superior en administración de empresas, miembro de una sociedad inversora. Padre. Era feliz y, hasta el momento, afortunado; era consciente de ello. Sus padres aún vivían, sus hermanos y su hermana estaban establecidos, sus amigos de universidad se habían dispersado para ocupar sus puestos en la sociedad. Hasta el momento se había librado de la desgracia, de aquellas fuerzas cuya existencia conocía y que podían incapacitar o destruir a un hombre si la mala suerte se presentaba o si las cosas se ponían mal de repente. Se metió por el camino de entrada y paró. Le empezó a temblar la pierna izquierda. Se quedó en el coche un momento y trató de encarar la situación de manera racional. Un coche había atropellado a Scotty. El niño estaba en el hospital, pero él tenía la seguridad de que se pondría bien. Howard cerró los ojos y se pasó la mano por la cara. Bajó del coche y se dirigió a la puerta principal. El perro ladraba dentro de la casa. El teléfono sonaba con insistencia mientras él abría y buscaba a tientas el interruptor de la luz. No tenía que haber salido del hospital. No debería haberse marchado.

—¡Maldita sea! —exclamó.

Descolgó el teléfono.

—¡Acabo de entrar por la puerta!

—Tenemos un pastel que no han recogido —dijo la voz al otro lado de la línea.

—¿Cómo dice? —preguntó Howard.

—Un pastel —repitió la voz—. Un pastel de dieciséis dólares.

Howard apretó el aparato contra la oreja, tratando de entender.

—No sé nada de un pastel —dijo—. ¿De qué me habla, por Dios?

—No me venga con ésas —dijo la voz.

Howard colgó. Fue a la cocina y se sirvió un whisky. Llamó al hospital. Pero el niño seguía en el mismo estado; dormía y no había habido cambio alguno. Mientras la bañera se llenaba, Howard se enjabonó la cara y se afeitó. Acababa de meterse en la bañera y de cerrar los ojos cuando volvió a sonar el teléfono. Salió de la bañera con dificultad, cogió una toalla y fue corriendo al teléfono diciéndose: «Idiota, idiota», por haberse marchado del hospital.

—¡Diga! —gritó al descolgar.

No se oyó nada al otro extremo de la línea. Entonces colgaron.

Llegó al hospital poco después de medianoche. Ann seguía sentada en la silla, junto a la cama. Levantó la cabeza hacia Howard y luego miró de nuevo al niño. Scotty tenía los ojos cerrados y la cabeza vendada. La respiración era tranquila y regular. De un aparato que se alzaba cerca de la cama pendía un frasco de glucosa con un tubo que iba del frasco al brazo del niño.

–¿Qué tal está? ¿Qué es todo eso? –preguntó Howard, señalando la glucosa y el tubo.

–Prescripción del doctor Francis –contestó ella–. Necesita alimento. Tiene que conservar las fuerzas. ¿Por qué no se despierta, Howard? Si está bien, no entiendo por qué.

Howard apoyó la mano en la nuca de Ann. Le acarició el pelo con los dedos.

–Se pondrá bien. Se despertará dentro de poco. El doctor Francis sabe lo que hace.

Al cabo del rato, añadió:

–Quizá deberías ir a casa y descansar un poco. Yo me quedaré aquí. Pero no hagas caso del chalado ese que no deja de llamar. Cuelga inmediatamente.

–¿Quién llama?

–No lo sé. Alguien que no tiene otra cosa que hacer que llamar a la gente. Vete ya.

Ella sacudió la cabeza.

–No –dijo–, estoy bien.

–Sí, pero vete a casa un rato, y luego vuelves a relevarme por la mañana. Todo irá bien. ¿Qué ha dicho el doctor Francis? Que Scotty se pondrá bien. No tenemos que preocuparnos. Está durmiendo, eso es todo.

Una enfermera abrió la puerta. Los saludó con la cabeza y se acercó a la cama. Sacó el brazo del niño de debajo de las sábanas, le cogió con los dedos la muñeca, le encontró el pulso y consultó el reloj. Al cabo de un momento volvió a guardar el brazo bajo las sábanas y se acercó a los pies de la cama donde anotó algo en una tablilla.

–¿Qué tal está? –preguntó Ann.

La mano de Howard le pesaba en el hombro. Sentía la presión de sus dedos.

–Estado estacionario –dijo la enfermera–. El doctor volverá a pasar pronto. Acaba de llegar. Ahora está haciendo la ronda.

–Estaba diciéndole a mi mujer que podría ir a casa a descansar un poco –dijo Howard–. Después de que venga el doctor.

–Claro que sí –repuso la enfermera–. Creo que los dos podrían hacerlo perfectamente, si lo desean.

La enfermera era una escandinava alta y rubia. Hablaba con un poco de acento.

–Ya veremos lo que dice el doctor –dijo Ann–. Quiero hablar con él. No creo que deba seguir durmiendo así. Me parece que no es buena señal

Se llevó la mano a los ojos e inclinó un poco la cabeza. La mano de Howard le apretó el hombro, luego se desplazó hacia su nuca y le dio un masaje en los músculos tensos.

–El doctor Francis vendrá dentro de unos minutos –dijo la enfermera, saliendo de la habitación.

Howard miró a su hijo unos segundos, el ligero pecho que subía y bajaba con movimientos regulares bajo las sábanas. Por primera vez desde los terribles momentos que sucedieron a la llamada de Ann a su oficina, sintió que el miedo se apoderaba verdaderamente de él. Empezó a sacudir la cabeza. Scotty estaba bien, pero en vez de dormir en casa, en su cama, estaba en un hospital con la cabeza vendada y un tubo en el brazo. Y eso era lo que necesitaba en aquel momento.

Entró el doctor Francis y le estrechó la mano a Howard, aunque se habían visto unas horas antes. Ann se levantó de la silla.

—¿Doctor? —dijo.

—Ann —contestó él, saludándola con un movimiento de cabeza—. Veamos primero cómo va.

Se acercó a la cama y le tomó el pulso al niño. Le alzó un párpado y luego el otro. Howard y Ann, al lado del doctor, miraban. Luego el médico retiró las sábanas y escuchó el corazón y los pulmones del niño con el estetoscopio. Palpó el abdomen con los dedos, aquí y allá. Cuando terminó, se acercó a los pies de la cama y estudió la gráfica. Anotó la hora, escribió algo en la tablilla y luego miró a Ann y a Howard.

—¿Qué tal está, doctor? —preguntó Howard—. ¿Qué tiene exactamente?

—¿Por qué no se despierta? —dijo Ann.

El médico era un hombre guapo, de hombros anchos y rostro tostado por el sol. Llevaba un traje azul con chaleco, corbata a rayas y gemelos de marfil. Con los cabellos grises bien peinados por las sienes, parecía recién llegado de un concierto.

—Está bien —afirmó el médico—. No para tirar cohetes, podría ir mejor, creo yo. Pero no es grave. Sin embargo, me gustaría que se despertase. Tendría que volver en sí muy pronto.

El médico miró al niño una vez más.

—Sabremos algo más dentro de un par de horas, cuando conozcamos los resultados de otros cuantos análisis. Pero no tiene nada, créanme, excepto una leve fractura de cráneo. Eso sí.

—¡Oh, no! —exclamó Ann.

—Y un ligero traumatismo, como ya les he dicho. Desde luego, ya ven que está conmocionado. Con la conmoción, a veces ocurre esto. Ese sueño profundo.

—Pero, ¿está fuera de peligro? —preguntó Howard—. Antes dijo usted que no estaba en coma. Así que a esto no lo llama usted estar en coma, ¿verdad, doctor?

Howard esperó. Miró al médico.

—No, yo no diría que esté en coma —dijo el médico, mirando de nuevo al niño—. Está sumido en un sueño profundo, nada más. Es una reacción instintiva del organismo. Está fuera de peligro, de eso estoy completamente seguro, sí. Pero sabremos más cuando se despierte y conozcamos el resultado de los demás análisis

—Está en coma —afirmó Ann—. Bueno, en una especie de coma.

—No es coma; todavía no. No exactamente. Yo no diría que es coma. Todavía no, en todo caso. Ha sufrido una conmoción. En estos casos, esta clase de reacción es bastante corriente; es una respuesta momentánea al traumatismo corporal. Coma. Bueno, el coma es un estado prolongado de inconsciencia, algo que puede durar días o incluso semanas. No es el caso de Scotty, por lo que sabemos hasta el momento. Estoy convencido de que su situación mejorará por la mañana. Ya lo creo. Sabremos más cuando se despierte, cosa que ya no tardará mucho. Claro que ustedes pueden hacer lo que quieran, quedarse aquí o irse a casa un rato. Pero, por favor, márchense del hospital con toda tranquilidad, si así lo desean. Ya sé que no es fácil.

El doctor miró de nuevo al niño, le observó, se volvió a Ann y dijo:

–Que no se preocupe la mamá. Créame, estamos haciendo todo lo posible. Ya sólo es cuestión de poco tiempo.

La saludó con la cabeza, estrechó la mano de Howard y salió de la habitación.

Ann puso la mano sobre la frente del niño.

–Al menos no tiene fiebre –dijo–. Pero, ¡qué frío está, Dios mío! ¿Howard? ¿Crees que esa temperatura es normal? Tócale la cabeza.

Howard tocó las sienes del niño. Contuvo el aliento.

–Creo que es normal que se encuentre así en estas circunstancias –dijo–. Está conmocionado, ¿recuerdas? Eso es lo que ha dicho el médico. El doctor acaba de estar aquí. Si Scotty no estuviese bien, habría dicho algo.

Ann permaneció en pie un momento, mordisqueándose el labio. Luego fue hacia la silla y se sentó.

Howard se acomodó en la silla de al lado. Se miraron. Él quería decir algo más para tranquilizarla, pero también tenía miedo. Le cogió la mano y se la puso en el regazo, y el tener allí su mano le hizo sentirse mejor. Luego se la apretó y la guardó entre las suyas. Así permanecieron durante un rato, mirando al niño, sin hablar. De vez en cuando, él le apretaba la mano. Finalmente, Ann la retiró.

–He rezado –dijo.

Él asintió.

–Creía que casi se me había olvidado, pero se me ha venido a la cabeza. Lo único que he tenido que hacer ha sido cerrar los ojos y decir: «Por favor, Dios, ayúdanos, ayuda a Scotty», y lo demás ha sido fácil. Las palabras me salían solas. Quizá, si tú también rezaras...

–Ya lo he hecho –repuso él–. He rezado esta tarde; ayer por la tarde, quiero decir, después de que llamaras, mientras iba al hospital. He rezado.

–Eso está bien.

Por primera vez sintió Ann que estaban juntos en aquella desgracia. Comprendió sobresaltada que, hasta entonces, aquello sólo le había ocurrido a ella y a Scotty. Había dejado a Howard al margen, aunque estuviera en ello desde el principio. Se alegraba de ser su mujer.

Entró la misma enfermera, le volvió a tomar el pulso

al niño y comprobó el flujo del frasco que colgaba encima de la cama.

Al cabo de una hora entró otro médico. Dijo que se llamaba Parsons, de Radiología. Tenía un tupido bigote. Llevaba mocasines, vaqueros y camisa del Oeste.

–Vamos a bajarlo para hacerle otras radiografías –les dijo–. Necesitamos algunas más, y queremos hacerle una exploración.

–¿Qué es eso? –preguntó Ann–. ¿Una exploración?

Estaba de pie, entre el médico nuevo y la cama.

–Creí que ya le habían hecho todas las radiografías.

–Me temo que nos hacen falta más. No es para alarmarse. Necesitamos simplemente otras radiografías, y queremos hacerle una exploración en el cerebro.

–¡Dios mío! –exclamó Ann.

–Es un procedimiento enteramente normal en estos casos –dijo el médico nuevo–. Necesitamos saber exactamente por qué no se ha despertado todavía. Es un procedimiento médico normal y no hay que inquietarse por eso. Lo bajaremos dentro de un momento.

Al cabo de un rato, dos celadores entraron en la habitación con una camilla con ruedas. Eran de tez y cabellos morenos, llevaban uniformes blancos y se dijeron unas palabras en una lengua extranjera mientras quitaban el tubo al niño y lo pasaban de la cama a la camilla. Luego lo sacaron de la habitación. Howard y Ann subieron al mismo ascensor. Ann miraba al niño. Cerró los ojos cuando el ascensor empezó a bajar. Los celadores iban a cada extremo de la camilla sin decir nada, aunque uno de ellos dijo en cierto momento algo en su lengua, y el otro asintió despacio con la cabeza. Más tarde, cuando el sol empezaba a iluminar las ventanas de la sala de espera de la sección de radiología, sacaron al niño y volvieron a subirlo a la habitación. Howard y Ann volvieron a subir con él en el ascensor, y de nuevo ocuparon su sitio junto a la cama.

Esperaron todo el día, pero el niño no se despertó. De cuando en cuando, uno de ellos salía de la habitación para bajar a la cafetería a tomar un café y luego, como si recordaran de repente y se sintieran culpables, se levantaban de la mesa y volvían apresuradamente a la habitación. El doctor Francis volvió por la tarde, examinó al niño otra vez y se marchó después de comunicarles que estaba volviendo en sí y se despertaría en cualquier momento. Las enfermeras, diferentes de las de la noche, entraban de vez en cuando. Entonces una joven del laboratorio llamó y entró. Vestía pantalones y blusa blanca, y llevaba una bandejita con cosas que puso sobre la mesilla de noche. Sin decir palabra, sacó sangre del brazo del niño. Howard cerró los ojos cuando la enfermera encontró el punto adecuado para clavar la aguja.

–No lo entiendo –le dijo Ann.

–Instrucciones del doctor –dijo la joven–. Yo hago lo

que me dicen. Me dicen que haga una toma y yo la hago. De todos modos, ¿qué es lo que le pasa? Es encantador.

–Lo ha atropellado un coche –contestó Howard–. El conductor se dio a la fuga.

La joven sacudió la cabeza y volvió a mirar al niño. Luego cogió la bandeja y salió de la habitación.

–¿Por qué no se despierta? –dijo Ann–. ¿Howard? Quiero que esta gente me responda.

Howard no contestó. Volvió a sentarse en la silla y cruzó las piernas. Se pasó las manos por la cara. Miró a su hijo y luego se recostó en la silla; cerró los ojos y se quedó dormido. Ann fue a la ventana y miró al aparcamiento. Era de noche, y los coches entraban y salían con los faros encendidos. De pie frente a la ventana, con las manos apoyadas en el alféizar, en lo más profundo de su ser sentía que algo pasaba, algo grave. Tuvo miedo, y los dientes le empezaron a castañetear hasta que apretó la mandíbula. Vio un coche grande que se detenía frente al hospital y alguien, una mujer con un abrigo largo, subió a él. Deseaba ser aquella mujer y que alguien, cualquiera, la llevase a otro sitio, a un lugar donde la esperase Scotty cuando ella saliera del coche, dispuesto a decir Mamá y a dejar que le rodeara con sus brazos.

Poco después se despertó Howard. Miró al niño. Luego se levantó, se desperezó y se acercó a donde ella estaba junto a la ventana. Los dos miraron al aparcamiento. No dijeron nada. Pero parecían comprenderse hasta lo más profundo, como si la inquietud les hubiese vuelto transparentes del modo más natural del mundo.

Se abrió la puerta y entró el doctor Francis. Esta vez llevaba un traje y una corbata diferentes. Tenía los cabellos grises bien peinados sobre las sienes y parecía recién afeitado. Fue derecho a la cama y examinó al niño.

–Tendría que haber despertado ya. No hay razón para que continúe así –dijo–. Pero les aseguro que todos estamos convencidos de que está fuera de peligro. No hay razón en absoluto para que no vuelva en sí. Muy pronto. Bueno, cuando se despierte tendrá una jaqueca espantosa, desde luego. Pero sus constantes son buenas. Son de lo más normal.

–Entonces, ¿está en coma? –preguntó Ann.

El médico se frotó la lisa mejilla.

–Llamémoslo así de momento, hasta que despierte. Pero ustedes deben estar muy cansados. Esto es duro. Mucho. Váyanse tranquilamente a tomar un bocado. Les vendrá bien. Dejaré a una enfermera aquí con él mientras ustedes están fuera, si es que con eso se van más tranquilos. Vamos, vayan a comer algo.

–Yo no podría tomar nada –dijo Ann.

–Hagan lo que quieran, claro –dijo el médico–. De todos modos quiero decirles que las constantes son buenas, que los análisis son negativos, que no hemos encontrado nada y que, en cuanto despierte, habrá pasado lo peor.

–Gracias, doctor –dijo Howard.

Volvieron a darse la mano. El médico le dio una palmadita en el hombro y salió.

–Creo que uno de nosotros debería ir a casa a echar un vistazo –dijo Howard–. Hay que dar de comer a Slug, entre otras cosas.

–Llama a un vecino –sugirió Ann–. A los Morgan. Cualquiera dará de comer al perro si se lo pides.

–Muy bien –dijo Howard.

Al cabo de un momento, añadió:

–¿Por qué no lo haces *tú*, cariño? ¿Por qué no vas a casa a echar un vistazo y vuelves luego? Te vendría bien. Yo me quedo con él. En serio. Necesitamos conservar las fuerzas. Tendremos que estar aquí un tiempo incluso después de que despierte.

–¿Por qué no vas *tú?* –dijo ella–. Da de comer a Slug. Come tú.

–Yo ya he ido. He estado fuera una hora y quince minutos, exactamente. Vete a casa una hora y refréscate. Y luego vuelves.

Ann trató de pensarlo, pero estaba demasiado cansada. Cerró los ojos e intentó considerarlo de nuevo. Al cabo de un momento dijo:

–Quizá vaya a casa unos minutos. A lo mejor, si no estoy aquí sentada mirándolo todo el tiempo, despertará y se pondrá bien. ¿Sabes? Tal vez se despierte si no estoy aquí. Iré a casa, tomaré un baño y me pondré ropa limpia. Daré de comer a Slug y luego volveré.

–Yo me quedaré. Tú ve a casa, cariño. Yo estaré al tanto de lo que pase por aquí.

Tenía los ojos empequeñecidos e inyectados en sangre, como si hubiera estado bebiendo durante mucho tiempo. Su ropa estaba arrugada. Le había crecido la barba. Ella le tocó la cara y retiró la mano enseguida. Comprendió que quería estar solo un rato, no tener que hablar ni compartir la inquietud. Cogió el bolso de la mesilla de noche y él la ayudó a ponerse el abrigo.

–No tardaré mucho –dijo.

–Siéntate y descansa un poco cuando llegues a casa –dijo él–. Come algo. Date un baño. Y después échate un rato y descansa. Te sentará muy bien, ya verás. Luego vuelve. Tratemos de no preocuparnos. Ya has oído lo que ha dicho el doctor Francis.

Permaneció de pie con el abrigo puesto durante unos momentos, intentando recordar las palabras exactas del médico, buscando matices, indicios que pudieran dar un sentido distinto a lo que había dicho. Intentó acordarse de si su expresión había cambiado cuando se inclinó a examinar al niño. Recordó que sus rasgos estaban serenos cuando le levantó los párpados y escuchó su respiración.

Fue hasta la puerta y se volvió. Miró al niño y luego al padre. Howard asintió con la cabeza. Salió de la habitación y cerró la puerta tras ella.

Pasó delante del cuarto de las enfermeras y llegó al fondo del pasillo, buscando el ascensor. Al final del corredor, torció a la derecha y entró en una pequeña sala de espera donde vio a una familia negra sentada en sillones de mimbre. Había un hombre maduro con camisa y pantalón caqui, y una gorra de béisbol echada hacia atrás. Una mujer gruesa, en bata y zapatillas, estaba desplomada en una butaca. Una adolescente con vaqueros y docenas de trenzas diminutas estaba tumbada cuan larga era en un sofá, con las piernas cruzadas y fumando un cigarrillo. Al entrar Anna, la familia la miró. La mesita estaba cubierta de envoltorios de hamburguesas y de vasos de plástico.

–Franklin –dijo la mujer gorda, incorporándose–. ¿Se trata de Franklin?

Tenía los ojos dilatados.

–Dígame, señora –insistió–. ¿Se trata de Franklin?

Intentaba levantarse de la butaca, pero el hombre la sujetó del brazo.

–Vamos, Evelyn, vamos –dijo él.

–Lo siento –dijo Ann–. Estoy buscando el ascensor. Mi hijo está en el hospital y ahora no puedo encontrar el ascensor.

–El ascensor está por ahí, a la izquierda –dijo el hombre, señalando con el dedo.

La muchacha dio una calada al cigarrillo y miró a Ann. Sus ojos parecían rendijas, y sus gruesos labios se separaron despacio al soltar el humo. La mujer negra dejó caer la cabeza sobre los hombros y dejó de mirar a Ann, que ya no le interesaba.

—A mi hijo lo ha atropellado un coche —le dijo Ann al hombre. Era como si necesitara explicarse—. Tiene un traumatismo y una ligera fractura de cráneo, pero se pondrá bien. Ahora está conmocionado, pero también podría ser una especie de coma. Eso es lo que de verdad nos preocupa, lo del coma. Yo voy a salir un poco, pero mi marido se queda con él. A lo mejor se despierta mientras estoy fuera.

—Es una lástima —contestó el hombre, removiéndose en el sillón.

Bajó la cabeza hacia la mesa y luego volvió a mirar a Ann. Aún seguía allí de pie.

—Nuestro Franklin está en la mesa de operaciones. Le han dado un navajazo. Querían matarlo. Hubo una pelea donde él estaba. En una fiesta. Dicen que sólo estaba mirando. Sin meterse con nadie. Pero eso no significa nada en estos días. Esperamos y rezamos, eso es todo lo que se puede hacer.

No dejaba de mirarla.

Ann miró de nuevo a la muchacha, que seguía con la vista fija en ella, y a la mujer mayor, que continuaba con la cabeza gacha, aunque ahora con los ojos cerrados. Ann la vio mover los labios, formando palabras. Sintió deseos de preguntarle cuáles eran. Quería hablar más con aquellas personas que estaban en la misma situación de espera que ella. Tenía miedo, y aquella gente también. Tenían eso en común. Le hubiera gustado tener algo más que decir respecto al accidente, contarles más cosas de Scotty, que había ocurrido el día de su cumpleaños, el lunes, y que seguía inconsciente. Pero no sabía cómo empezar. Se quedó allí de pie, mirándolos, sin decir nada más.

Fue por el pasillo que le había indicado aquel hombre y encontró el ascensor. Esperó un momento frente a las puertas cerradas, preguntándose aún si estaba haciendo lo más conveniente. Luego extendió la mano y pulsó el botón.

Se metió en el camino de entrada y paró el coche. Cerró los ojos y apoyó un momento la cabeza sobre el volante. Escuchó los ruiditos que hacía el motor al empezar a enfriarse. Luego salió del coche. Oyó ladrar al perro dentro de la casa. Fue a la puerta de entrada, que no estaba cerrada con llave. Entró, encendió las luces y puso una tetera al fuego. Abrió una lata de comida para perros y se la dio a Slug en el porche de atrás. El perro comió con avidez, a pequeños lametazos. No dejaba de entrar corriendo a la cocina para ver si ella se iba a quedar. Al sentarse en el sofá con el té, sonó el teléfono.

–¡Sí! –dijo al descolgar–. ¿Dígame?

–Señora Weiss –dijo una voz de hombre.

Eran las cinco de la mañana, y creyó oír máquinas o aparatos de alguna clase al fondo.

–¡Sí, sí! ¿Qué pasa? –dijo–. Soy la señora Weiss. Soy yo. ¿Qué ocurre, por favor?

Escuchó los ruidos de fondo.

–¿Se trata de Scotty? ¡Por amor de Dios!

–Scotty –dijo la voz de hombre–. Se trata de Scotty, sí. Este problema tiene que ver con Scotty. ¿Se ha olvidado de Scotty?

Colgó.

Ann marcó el número del hospital y pidió que la pusieran con la tercera planta. Requirió noticias de su hijo a la enfermera que contestó el teléfono. Luego dijo que quería hablar con su marido. Se trataba, según explicó, de algo urgente.

Esperó, enredando el hilo del teléfono entre los dedos. Cerró los ojos y sintió náuseas. Tenía que comer algo, forzosamente. Slug entró desde el porche y se tumbó a sus pies. Movió el rabo. Ann le tiró de la oreja mientras el animal le lamía los dedos. Se puso Howard.

–Acaba de llamar alguien –dijo con voz entrecortada, retorciendo el cordón del teléfono–. Dijo que era acerca de Scotty.

–Scotty va bien –le aseguró Howard–. Bueno, sigue durmiendo. No hay cambios. La enfermera ha venido dos veces desde que te marchaste. Una enfermera o una doctora. Está bien.

–Ha llamado un hombre. Dijo que era acerca de Scotty –insistió.

–Descansa un poco, cariño, necesitas reposo. Debe ser el mismo que me llamó a mí. No hagas caso. Vuelve después de que hayas descansado. Después desayunaremos o algo así.

—¿Desayunar? —dijo Ann—. No me apetece.

—Ya sabes lo que quiero decir. Zumo, o algo parecido. No sé. No sé nada, Ann. ¡Por Dios, yo tampoco tengo hambre! Es difícil hablar aquí, Ann. Estoy en el mostrador de recepción. El doctor Francis va a volver a las ocho de la mañana. Entonces tendrá algo que decirnos, algo más concreto. Eso es lo que ha dicho una de las enfermeras. No sabía nada más. ¿Ann? Tal vez sepamos algo más para entonces, cariño. A las ocho. Vuelve antes de las ocho. Entretanto, yo no me muevo de aquí y Scotty está bien. Sigue igual.

—Yo estaba tomando una taza de té cuando sonó el teléfono. Dijeron que era acerca de Scotty. Había un ruido de fondo. ¿Había ruidos en la llamada que atendiste tú, Howard?

—No me acuerdo —contestó él—. Quizá fuese el conductor del coche, que a lo mejor es un psicópata y se ha enterado de lo que le ha pasado a Scotty. Pero yo me quedo aquí con él. Descansa un poco, como pensabas. Date un baño y vuelve a eso de las siete, y cuando venga el médico hablaremos los dos con él. Todo saldrá bien, cariño. Yo estoy aquí, y hay médicos y enfermeras cerca. Dicen que su estado es estacionario.

—Tengo un susto de muerte —dijo Ann.

Dejó correr el agua, se desnudó y se metió en la bañera. Se enjabonó y se secó rápidamente, sin perder tiempo en lavarse el pelo. Se puso ropa interior limpia, pantalones de lana y un jersey. Fue al cuarto de estar, donde el perro la miró y golpeó una vez el suelo con el rabo. Empezaba a amanecer cuando salió y subió al coche.

Entró en el aparcamiento del hospital y encontró un sitio cerca de la puerta principal. Se sintió vagamente responsable de lo que le había ocurrido al niño. Dejó que sus pensamientos derivaran hacia la familia negra. Recordó el nombre de Franklin y la mesa cubierta de envoltorios de hamburguesas, y a la adolescente mirándola mientras fumaba el cigarrillo.

–No tengas hijos –le dijo a la imagen de la muchacha mientras entraba por la puerta del hospital–. Por amor de Dios, no los tengas.

Subió hasta el tercer piso en el ascensor con dos enfermeras que estaban entrando de servicio. Era miércoles por la mañana, poco antes de las siete. Cuando las puertas del ascensor se abrieron en la tercera planta pasó un empleado que buscaba a un tal doctor Madison. Salió detrás de las enfermeras, que se fueron en la otra dirección, reanudando la conversación que habían interrumpido cuando ella entró en el ascensor. Siguió por el corredor hasta la pequeña sala de espera donde estaba la familia negra. Se habían ido, pero los sillones estaban desordenados de tal modo que sus ocupantes parecían haberse levantado de ellos un momento antes. La mesa seguía cubierta con los mismos vasos y papeles, y el cenicero lleno de colillas.

Se detuvo ante el cuarto de enfermeras. Una enfermera estaba detrás del mostrador, peinándose y bostezando.

–Anoche había un muchacho negro en el quirófano –dijo Ann–. Se llamaba Franklin. Su familia estaba en la sala de espera. Me gustaría saber cómo está.

Otra enfermera, sentada a un escritorio detrás del mostrador, alzó la vista de la gráfica que tenía delante. Sonó el teléfono y lo cogió, pero siguió mirando a Ann.

–Ha muerto –dijo la enfermera del mostrador; seguía con el cepillo del pelo en la mano, pero tenía la vista fija en Ann–. ¿Es usted amiga de la familia, o qué?

–Conocí a su familia anoche. Mi hijo también está en el hospital. Creo que está conmocionado. No sabemos con exactitud qué es lo que tiene. Me preguntaba cómo estaría Franklin, eso es todo.

Siguió por el pasillo. Las puertas de un ascensor, del mismo color que las paredes, se abrieron en silencio y un hombre calvo y escuálido con zapatos de lona y pantalones blancos sacó un pesado carrito. La noche anterior no se había fijado en aquellas puertas. El hombre empujó el carrito por el pasillo, se detuvo frente a la puerta más cercana al ascensor y consultó una tablilla. Luego se inclinó y sacó una bandeja del carrito. Llamó suavemente a la puerta y entró en la habitación. Ann olió el desagradable aroma de la comida caliente al pasar junto al carrito. Apretó el paso, sin mirar a ninguna enfermera, y abrió la puerta de la habitación del niño.

Howard estaba de pie junto a la ventana con las manos a la espalda. Se volvió al entrar ella.

–¿Cómo está? –preguntó Ann.

Se acercó a la cama. Dejó caer el bolso al suelo cerca de la mesilla de noche. Le parecía haber estado mucho tiempo fuera. Tocó el rostro del niño.

–¿Howard?

–El doctor Francis ha venido hace poco –dijo Howard. Ann le observó con atención y pensó que tenía los hombros abatidos.

–Creía que no iba a venir hasta las ocho –se apresuró a decir.

–Vino otro médico con él. Un neurólogo.

–Un neurólogo –repitió ella.

Howard asintió con la cabeza. Ella vio claramente que tenía los hombros hundidos.

–¿Qué han dicho, Howard? ¡Por amor de Dios! ¿Qué han dicho? ¿Qué ocurre?

–Han dicho que van a bajarlo para hacerle más pruebas, Ann. Creen que tendrán que operarlo, cariño. *Van* a operarlo, cielo. No comprenden por qué no despierta. Es algo más que una conmoción o un simple traumatismo, eso ya lo saben. Es en el cráneo, la fractura, creen que tiene algo..., algo que ver con eso. Así que van a operarlo. Intenté llamarte, pero ya debías haber salido.

–¡Oh! ¡Dios mío! ¡Oh, Howard, por favor! –exclamó, agarrándole de los brazos.

–¡Mira! –dijo Howard–. ¡Scotty! ¡Mira, Ann!

La volvió hacia la cama.

El niño había abierto los ojos, cerrándolos de nuevo. Volvió a abrirlos. Durante un momento sus ojos miraron al frente, luego se movieron despacio sobre las órbitas hasta fijarse en Howard y Ann para luego desviarse otra vez.

–Scotty –dijo su madre, acercándose a la cama.

–Hola, Scott –dijo su padre–. Hola, hijo.

Se inclinaron sobre la cama. Howard tomó entre las suyas la mano del niño, dándole palmadas y apretándosela. Ann le besó la frente una y otra vez. Le puso las manos en las mejillas.

–Scotty, cariño, somos mamá y papá –dijo ella–. ¿Scotty?

El niño los miró, pero sin dar muestras de reconocerlos. Luego se le abrió la boca, se le cerraron los ojos y gritó hasta que no le quedó aire en los pulmones. Entonces su rostro pareció relajarse y suavizarse. Se le abrieron los labios cuando el último aliento ascendió a su garganta y le salió suavemente entre los dientes apretados.

Los médicos lo denominaron oclusión oculta y dijeron que era un caso entre un millón. Si se la hubieran detectado de algún modo y operado inmediatamente, quizá podrían haberle salvado. Pero lo más probable era que no. Al fin y al cabo, ¿qué habrían podido buscar? No había aparecido nada, ni en los análisis ni en las radiografías.

El doctor Francis estaba abatido.

–No puedo expresarles cómo me siento. Lo lamento tanto que no tengo palabras –dijo mientras los conducía a la sala de médicos.

Había un médico sentado en una butaca con las piernas apoyadas en el respaldo de una silla, viendo un programa matinal de televisión. Llevaba el uniforme de la sala de partos, pantalones anchos, blusa y un gorro que le cubría el pelo, todo de color verde. Miró a Howard y Ann y luego al doctor Francis. Se levantó, apagó el aparato y salió de la habitación. El doctor Francis condujo a Ann al sofá, se sentó a su lado y empezó a hablar en tono suave y reconfortante. En un momento dado, se inclinó y la abrazó. Ann sentía cómo el pecho del médico subía y bajaba de manera uniforme contra su hombro. Mantuvo los ojos abiertos y permitió que la abrazara. Howard fue al baño, pero dejó la puerta abierta.

Tras un violento acceso de llanto, abrió el grifo y se lavó la cara. Luego salió y se sentó en la mesita del teléfono. Miró al teléfono como si pensara en qué hacer primero. Hizo unas llamadas. Al cabo del rato, el doctor Francis utilizó el teléfono.

–¿Hay algo más que pueda hacer por el momento? –les preguntó.

Howard negó con la cabeza. Ann miró con fijeza al

doctor Francis como si fuese incapaz de comprender sus palabras.

El médico los acompañó a la puerta del hospital. Eran las once de la mañana. Ann se dio cuenta de que movía los pies muy despacio, casi con desgana. Parecía que el doctor Francis los obligaba a marcharse cuando ella tenía la impresión de que debían quedarse, de que quedarse era lo más adecuado. Miró al aparcamiento, se volvió y miró a la entrada del hospital. Sacudió la cabeza.

—No, no —dijo—. No puedo dejarlo aquí.

Oyó sus propias palabras y pensó que no era justo que utilizase el mismo lenguaje de la televisión, cuando la gente se siente agobiada por muertes repentinas o violentas. Quería encontrar palabras originales.

—No —repitió.

Sin saber por qué, le vino a la memoria la mujer negra con la cabeza caída sobre el hombro.

—No.

—Más tarde hablaré con usted —dijo el doctor Francis a Howard—. Aún tenemos tarea por delante, aspectos que debemos aclarar a nuestra entera satisfacción. Hay cosas que necesitan explicación.

—La autopsia —dijo Howard.

El doctor Francis asintió con la cabeza.

—Entiendo —dijo Howard. Luego añadió—: ¡Oh, Dios mío! No, no lo entiendo, doctor. No puedo, es imposible. Sencillamente, no puedo.

El doctor Francis le rodeó los hombros con el brazo.

–Lo siento. Bien sabe Dios que lo siento.

Le quitó el brazo de los hombros y le tendió la mano. Howard se quedó mirándola y luego la estrechó. El doctor Francis abrazó otra vez a Ann. Parecía lleno de cierta bondad que ella no llegaba a comprender. Apoyó la cabeza en su hombro pero mantuvo los ojos abiertos. No dejaba de mirar al hospital. Cuando se fueron, volvió la cabeza.

En casa, se sentó en el sofá con las manos en los bolsillos del abrigo. Howard cerró la puerta de la habitación del niño. Puso la cafetera y buscó una caja vacía. Había pensado recoger algunas cosas del niño que estaban esparcidas por el cuarto de estar. Pero, en cambio, se sentó junto a ella en el sofá, dejó la caja a un lado y se inclinó hacia adelante, con los brazos entre las rodillas. Se echó a llorar. Ella le puso la cabeza sobre sus rodillas y le dio unas palmaditas en el hombro.

–Se ha muerto –dijo.

Por encima de los sollozos de su marido oyó silbar la cafetera en la cocina.

–Vamos, vamos –dijo tiernamente–. Se ha muerto, Howard. Ya no está con nosotros y tenemos que acostumbrarnos. A estar solos.

Al cabo de un rato, Howard se levantó y empezó a deambular por la habitación con la caja en la mano. No metía nada en ella, sino que recogía algunas cosas del suelo y las ponía al lado del sofá. Ella siguió sentada con las manos en los bolsillos del abrigo. Howard dejó la caja y llevó el café al cuarto de estar. Más tarde, Ann llamó a algunos parientes. Después de cada llamada, cuando le contestaban, Ann decía unas palabras sin tino y lloraba durante unos momentos. Luego explicaba tranquilamente, con voz reposada, lo que había ocurrido y les informaba de los preparativos. Howard sacó la caja al garaje, donde vio la bicicleta de Scotty. Soltó la caja y se sentó en el suelo junto a la bicicleta. Luego cogió la bicicleta y la abrazó torpemente. La estrechó contra sí, y el pedal de goma se le clavó en el pecho. Hizo girar una rueda.

Ann colgó después de hablar con su hermana. Buscaba otro número cuando el teléfono sonó. Lo cogió a la primera llamada.

–¿Diga?

Oyó un ruido de fondo, como un zumbido.

–¿Diga? –repitió–. ¡Por el amor de Dios! ¿Quién es? ¿Qué es lo que quiere?

–Su Scotty, lo tengo listo para usted –dijo la voz de hombre–. ¿Lo había olvidado?

–¡Será hijoputa! –gritó por el teléfono–. ¡Cómo puede hacer algo así, grandísimo cabrón!

–Scotty. ¿Se ha olvidado de Scotty? –dijo el hombre, y colgó.

Howard oyó los gritos, acudió y la encontró llorando

con la cabeza apoyada en la mesa, entre los brazos. Cogió el aparato y escuchó la señal de marcar.

Mucho más tarde, justo antes de medianoche, tras haberse ocupado de muchas cosas, el teléfono volvió a sonar.

–Contesta tú –dijo ella–. Es él, Howard, lo sé.

Estaban sentados a la mesa de la cocina, bebiendo café. Howard tenía un vaso pequeño de whisky junto a la taza. Contestó a la tercera llamada.

–¿Diga? ¿Quién es? ¡Diga! ¡Diga!

Colgaron.

–Ha colgado –dijo Howard–. Quienquiera que fuese.

–Era él –afirmó Ann–. El hijoputa ese. Me gustaría matarlo. Me gustaría pegarle un tiro y ver cómo se retuerce.

–¡Por Dios, Ann!

–¿Has oído algo? ¿Un rumor de fondo? ¿Un ruido de máquinas, como un zumbido?

–Nada, en realidad. Nada parecido –contestó Howard–. No ha habido bastante tiempo. Creo que había música. Sí, sonaba una radio, eso es todo lo que puedo decirte. No sé qué demonios pasa.

Ella meneó la cabeza.

–¡Si pudiera ponerle la mano encima! –dijo.

Entonces cayó en la cuenta. Sabía quién era. Scotty, la tarta, el número de teléfono. Retiró la silla de la mesa y se levantó.

—Llévame al centro comercial, Howard.

—Pero ¿qué dices?

—El centro comercial. Sé quién es el que llama. Sé quién es. El pastelero, el hijo de puta del pastelero, Howard. Le encargué una tarta para el cumpleaños de Scotty. Es él. Es él, que tiene el número y no deja de llamarnos. Para atormentarnos con el pastel. El pastelero, ese cabrón.

Fueron al centro comercial. El cielo estaba claro y brillaban las estrellas. Hacía frío, y pusieron la calefacción del coche. Aparcaron delante de la pastelería. Todas las tiendas y almacenes estaban cerrados, pero había coches al otro extremo del aparcamiento, frente al cine. Las ventanas de la pastelería estaban oscuras, pero cuando miraron por el cristal vieron luz en la habitación del fondo y, de cuando en cuando, un hombre corpulento con delantal entraba y salía de la claridad, uniforme y mortecina. A través del cristal, Ann distinguió las vitrinas y unas mesitas con sillas. Intentó abrir la puerta. Llamó a la ventana. Pero si el pastelero los oyó, no dio señales de ello. No miró en su dirección.

Dieron la vuelta a la pastelería y aparcaron. Salieron del coche. Había una ventana iluminada, pero a demasiada altura como para que pudiera verse el interior. Cerca de la puerta trasera había un cartel que decía: REPOSTERÍA, EN-

CARGOS. Ann oyó débilmente una radio y algo que crujía: ¿la puerta de un horno al bajarse? Llamó a la puerta y esperó. Luego volvió a llamar, más fuerte. Apagaron la radio y se oyó un ruido como de algo, un cajón, que abrieran y luego cerraran.

Quitaron el cerrojo a la puerta y abrieron. El pastelero apareció a plena luz y los miró detenidamente.

—Está cerrado —dijo—. ¿Qué quieren a estas horas? Es medianoche. ¿Están borrachos o algo por el estilo?

Ann dio un paso hacia la luz que salía de la puerta abierta. Al reconocerla, los pesados párpados del pastelero se abrieron y cerraron.

—Es usted —dijo.

—Soy yo. La madre de Scotty. Éste es el padre de Scotty. Nos gustaría entrar.

—Ahora estoy ocupado —dijo el pastelero—. Tengo trabajo que hacer.

Ella había entrado de todos modos. Howard la siguió. El pastelero se apartó.

—Aquí huele a pastelería. ¿Verdad que huele a repostería, Howard?

—¿Qué es lo que quieren? —preguntó el pastelero—. A lo mejor quieren su tarta. Eso es, han decidido venir por ella. Usted encargó un pastel, ¿verdad?

—Es usted muy listo para ser pastelero —repuso ella—. Howard, éste es el hombre que no deja de llamarnos por teléfono.

Ann apretó los puños, mirándolo con furia. Sentía que algo le consumía las entrañas, una cólera que le daba la impresión de ser más de lo que era, más que cualquiera de los dos hombres.

–Oiga, un momento –dijo el pastelero–. ¿Quiere recoger su pastel de tres días? ¿Es eso? No quiero discutir con usted, señora. Ahí está, poniéndose rancio. Se lo doy a la mitad del precio convenido. No. ¿Lo quiere? Pues es suyo. A mí ya no me vale de nada, ni a nadie. Ese pastel me ha costado tiempo y dinero. Si lo quiere, muy bien; si no lo quiere, pues bien también. Tengo que volver al trabajo.

Los miró y se pasó la lengua por los dientes.

–Más pasteles –dijo Ann.

Sabía que era dueña de sí, que dominaba lo que le consumía las entrañas. Estaba tranquila.

–Señora, trabajo dieciséis horas diarias en este local para ganarme la vida –dijo el pastelero, limpiándose las manos en el delantal–. Trabajo aquí día y noche para ir tirando.

Al rostro de Ann afloró una expresión que hizo retroceder al pastelero.

–Vamos, nada de líos –sugirió.

Alargó la mano derecha hacia el mostrador y cogió un rodillo que empezó a golpear contra la palma de la mano izquierda.

–¿Quiere el pastel, o no? Tengo que volver al trabajo. Los pasteleros trabajan de noche.

Tenía ojos pequeños y malévolos, pensó Ann, casi perdidos entre las gruesas mejillas erizadas de barba. Su cuello era voluminoso y grasiento.

–Ya sé que los pasteleros trabajan de noche –dijo Ann–. Y también llaman por teléfono de noche. ¡Hijoputa!

El pastelero siguió golpeando el rodillo contra la palma de la mano. Lanzó una mirada a Howard.

–Tranquilo, tranquilo –dijo a Howard.

–Mi hijo ha muerto –dijo Ann en tono frío y cortante–. El lunes por la mañana lo atropelló un coche. Hemos estado con él hasta que murió. Pero naturalmente usted no tenía por qué saberlo, ¿verdad? Los pasteleros no lo saben todo, ¿verdad, señor pastelero? Pero Scotty ha muerto. ¡Ha muerto, hijoputa!

De la misma manera súbita en que brotó, la cólera se apagó dando paso a otra cosa, a una sensación de náusea y vértigo. Se apoyó en la mesa de madera salpicada de harina, se llevó las manos a la cara y se echó a llorar, sacudiendo los hombros de atrás adelante.

–No es justo –dijo–. No es justo, no lo es.

Howard la abrazó por la cintura y miró al pastelero.

–Debería darle vergüenza –dijo al pastelero–. ¡Da vergüenza!

El pastelero dejó el rodillo de amasar en el mostrador. Se desató el delantal y lo arrojó al mismo sitio. Los miró y sacudió la cabeza, despacio. Sacó una silla de debajo de la mesa de juego, sobre la que había papeles y recetas, una calculadora y una guía telefónica.

–Siéntense, por favor –dijo a Howard–. Permítanme que les ofrezca una silla. Tomen asiento, por favor.

Fue hacia la parte delantera de la tienda y volvió con dos sillitas de hierro forjado.

–Siéntense ustedes, por favor.

Ann se secó las lágrimas y miró al pastelero.

–Quisiera matarlo –dijo–. Verlo muerto.

El pastelero hizo sitio en la mesa. Puso a un lado la calculadora, junto con los montones de papeles y recetas. Tiró la guía de teléfonos al suelo, donde aterrizó con un golpe seco. Howard y Ann se sentaron y acercaron las sillas a la mesa. El pastelero hizo lo mismo.

–Permítanme decirles cuánto lo siento –dijo el pastelero, apoyando los codos en la mesa–. Sólo Dios sabe cómo lo lamento. Escuchen. Sólo soy un pastelero. No pretendo ser otra cosa. Quizá antes, hace años, fuese un ser humano diferente. Lo he olvidado, no lo sé seguro. Pero si alguna vez lo fui, ya no lo soy. Ahora soy un simple pastelero. Eso no justifica lo que he hecho, lo sé. Pero lo siento mucho. Lo siento por su hijo, y por la actitud que he adoptado.

Puso las manos sobre la mesa y las volvió hacia arriba para mostrar las palmas.

–Yo no tengo hijos, de modo que sólo puedo imaginarme lo que sienten. Lo único que puedo decirles es que lo siento. Perdónenme si pueden. No creo ser mala persona. Ni un cabrón, como dijo usted por teléfono. Tienen que comprender que todo esto viene de que ya no sé cómo comportarme, por decirlo así. Por favor, permítanme preguntarles si pueden perdonarme de corazón.

Hacía calor en la pastelería. Howard se levantó, se quitó el abrigo y ayudó a Ann a quitarse el suyo. El pastelero los miró un momento, asintió con la cabeza y se levantó a su vez. Fue al horno y pulsó unos interruptores. Cogió tazas y sirvió café de una cafetera eléctrica. Sobre la mesa puso un cartón de leche y un tazón de azúcar.

–Quizá necesiten comer algo –dijo el pastelero–. Espero que prueben mis bollos calientes. Tienen que comer para conservar las fuerzas. En momentos como éste, comer parece una tontería, pero sienta bien.

Les sirvió bollos de canela recién sacados del horno, con la capa de azúcar aún sin endurecer. Sobre la mesa puso mantequilla y cuchillos para extenderla. Luego se sentó con ellos a la mesa. Esperó. Aguardó hasta que cogieron un bollo y empezaron a comer.

–Sienta bien comer algo –dijo, mirándolos–. Hay más. Coman. Coman todo lo que quieran. Hay bollos para dar y tomar.

Comieron bollos de canela y bebieron café. Ann sintió hambre de pronto y los bollos eran dulces y estaban calientes. Comió tres, cosa que agradó al pastelero. Luego él empezó a hablar. Lo escucharon con atención. Aunque estaban cansados y angustiados, escucharon todo lo que el pastelero tenía que decirles. Asintieron cuando el pastelero les habló de la soledad, de la sensación de duda y de limitación que le había sobrevenido en sus años de madurez. Les contó lo que había sido vivir sin hijos durante todos aquellos años. Un día tras otro, con los hornos llenos y vacíos sin cesar. La preparación de banquetes y fiestas. Los glaseados espesos. Las diminutas parejas de novios colocadas en las tartas de boda. Centenares de ellos, no, miles, hasta la fecha. Cumpleaños. Imagínense cuántas velas encendidas. Su trabajo era indispensable. Él era pastelero. Se alegraba de no ser florista. Era preferible alimentar a la gente. El olor era mucho mejor que el de las flores.

—Huelan esto —dijo el pastelero, partiendo una hogaza de pan negro—. Es un pan pesado, pero sabroso.

Lo olieron y luego él se lo dio a probar. Tenía sabor a miel y a grano grueso. Lo escucharon. Comieron lo que pudieron. Se comieron todo el pan negro. Parecía de día a la luz de los tubos fluorescentes. Hablaron hasta que el amanecer arrojó una luz pálida por las altas ventanas, y no pensaron en marcharse.

VITAMINAS

Yo tenía empleo y Patti no. Trabajaba unas horas de noche en el hospital. No hacía nada. Trabajaba un poco, firmaba la tarjeta para ocho horas y me iba a beber con las enfermeras. Al cabo de un tiempo, Patti quiso trabajar. Decía que necesitaba un empleo por dignidad personal. Así que empezó a vender vitaminas de puerta en puerta.

Durante una temporada, no fue más que una de esas chicas que patea las calles de barrios desconocidos, llamando a las puertas. Pero aprendió los trucos del oficio. Era despierta, y siempre había destacado en el colegio. Tenía personalidad. Muy pronto la compañía la ascendió. Algunas chicas menos despabiladas fueron puestas a sus órdenes. En poco tiempo dirigía un equipo propio desde un pequeño despacho en la zona comercial. Pero las chicas que trabajaban para ella siempre estaban cambiando. Algunas se despedían al cabo de un par de días y, a veces, al cabo de unas horas. Sin embargo, de cuando en cuando había chicas capaces. Sabían vender vitaminas. Ésas eran las que se quedaban con Patti. Las que constituían el núcleo del equipo. Pero las había que no lograban vender nada.

Las que no se las arreglaban bien simplemente se marchaban. No volvían al trabajo. Si tenían teléfono, lo dejaban descolgado. No salían a abrir la puerta. Patti se tomaba muy a pecho aquellas deserciones, como si las chicas fuesen nuevos conversos que hubiesen perdido la fe. Se culpaba a sí misma. Pero lo superaba. Eran demasiadas para no sobreponerse.

De cuando en cuando, alguna chica se quedaba paralizada delante de una puerta, incapaz de llamar. O a lo mejor llamaba, pero no le salía la voz. O con las fórmulas de cortesía mezclaba algo que no debería decir hasta después de haber entrado. En esos casos, la chica recogía los bártulos, cogía el coche y daba una vuelta hasta que Patti y las demás terminaban. Celebraban una conferencia. Volvían juntas al despacho. Se decían cosas para animarse. «Cuando las cosas se ponen feas, los feos lo tienen hecho.» O: «Haz las cosas como es debido, y saldrán como es debido.» Cosas así.

A veces una chica tomaba las de Villadiego, con el maletín de muestras y todo. Iba a la ciudad a dedo y desaparecía. Pero siempre había chicas para ocupar su puesto. En aquella época, las chicas entraban y salían. Patti tenía una lista. Cada pocas semanas incluía un anuncio en el

Pennysaver. Llegaban otras chicas y se daban más cursillos de formación. Había un sinfín de chicas.

El núcleo del equipo lo formaban Patti, Donna y Sheila. Patti era un bombón. Donna y Sheila sólo estaban pasables. Una noche, la tal Sheila le dijo a Patti que la quería más que a nada en el mundo. Patti me aseguró que ésas fueron las palabras que empleó. Patti había llevado a Sheila a su casa y estaban frente a la puerta. Patti le contestó que ella también la quería. Que quería a todas sus chicas. Pero no del modo que pensaba Sheila. Entonces Sheila le tocó el pecho a Patti. Patti me dijo que cogió la mano de Sheila entre las suyas y le advirtió que esas cosas no le iban. Dijo que Sheila ni rechistó, que sólo asintió con la cabeza, apretó la mano de Patti, la besó y salió del coche.

Eso era por Navidad. La venta de vitaminas iba bastante mal por entonces, así que pensamos dar una fiesta para animar a todo el mundo. De momento, parecía una buena idea. Sheila fue la primera en emborracharse y perder el sentido. Se desvaneció estando de pie, se derrumbó y durmió durante horas. Estaba de pie en medio del cuarto de estar, y en un segundo se le cerraron los ojos, se le doblaron las piernas y cayó al suelo con el vaso en la mano. Al caer, la mano con que sujetaba la copa chocó con la mesita. Aparte de eso, no hizo ruido alguno. La copa se vertió

121

sobre la alfombra. Patti, otra chica y yo la llevamos como un fardo al porche de atrás, la depositamos sobre un catre e hicimos lo que pudimos para olvidarnos de ella.

Todo el mundo se emborrachó y volvió a su casa. Patti se fue a la cama. Yo tenía ganas de seguir, así que me senté a la mesa con una copa hasta que amaneció. Luego Sheila entró del porche y empezó a armarla. Dijo que tenía tal dolor de cabeza que le daban ganas de darse contra las paredes. Que tenía una jaqueca tan fuerte que le daba miedo quedarse bizca para siempre. Y estaba convencida de que se le había roto el dedo meñique. Me lo enseñó. Estaba morado. Se quejó de que la hubiéramos dejado dormir toda la noche con las lentillas puestas. Quiso saber si a alguien le importaba un pimiento. Se acercó el dedo a la cara y lo miró. Sacudió la cabeza. Retiró el dedo todo lo que pudo y lo observó. Era como si no pudiese creer las cosas que le habían ocurrido aquella noche. Tenía la cara hinchada y los cabellos desgreñados. Se echó agua fría en el dedo.

–¡Oh, Dios mío! ¡Dios mío! –dijo, llorando sobre la pila.

Pero había hecho proposiciones serias a Patti, una declaración de amor, y yo no le tenía la menor lástima.

Yo estaba bebiendo whisky con leche y un cubito de hielo. Sheila estaba apoyada en el escurridero de los platos. Me miraba con los ojos empequeñecidos. Bebí un trago. No dije nada. Volvió a explicarme lo mal que se sentía. Dijo que necesitaba que la viera un médico. Que iba a despertar a Patti. Que iba a dejar el trabajo, a marcharse del estado, a mudarse a Portland. Que primero tenía que despedirse de Patti. Insistió. Quería que Patti la llevase al hospital para que le vieran el dedo y los ojos.

—Yo te llevaré –dije.

No me apetecía, pero estaba dispuesto a hacerlo.

—Quiero que me lleve Patti –dijo Sheila.

Con la mano buena se sujetaba la muñeca del dedo malo, que estaba tan hinchado como una linterna de bolsillo.

—Además, tenemos que hablar. He de decirle que me voy a Portland. Tengo que despedirme de ella.

—Me parece que tendré que decírselo yo de tu parte –dije–. Está durmiendo.

Sheila se puso de mal humor.

—Somos *amigas* –afirmó–. He de hablar con ella. Tengo que decírselo yo.

Sacudí la cabeza.

—Está dormida. Acabo de decírtelo.

—Somos amigas y nos queremos –insistió Sheila–. Tengo que despedirme de ella.

Sheila hizo ademán de salir de la cocina.

Empecé a levantarme.

—He dicho que te llevo yo.

—¡Estás borracho! Ni siquiera te has acostado todavía. –Se volvió a mirar el dedo y añadió–: ¡Maldita sea! ¿Por qué ha tenido que pasar esto?

123

—No estoy tan borracho como para que no pueda llevarte al hospital.

—¡Yo no voy en coche contigo! –gritó Sheila.

—Como quieras. Pero no vas a despertar a Patti, tortillera de mierda.

—¡Hijoputa!

Eso es lo que dijo, y luego se fue de la cocina y salió por la puerta principal sin utilizar el cuarto de baño ni lavarse siquiera la cara. Me levanté y miré por la ventana. Iba andando por la acera hacia Euclid. Aún no se había levantado nadie. Era demasiado pronto.

Terminé la copa y pensé en ponerme otra.

Me la puse.

Después de aquello, nadie volvió a ver a Sheila. En todo caso, ninguno de nosotros, la gente relacionada con las vitaminas. Echó a andar por Euclid Avenue y desapareció de nuestras vidas.

Más tarde, Patti preguntó:

—¿Qué le ha pasado a Sheila?

—Se ha marchado a Portland.

A mí me gustaba Donna, la otra componente del núcleo. La noche de la fiesta bailamos con unos discos de Duke Ellington. La apreté bastante, le olí el pelo y le puse la mano un poco más abajo de la cintura mientras evolucionábamos por la alfombra. Era formidable bailar con ella. Yo era el único tío de la reunión, y había siete chicas, seis de ellas bailando entre sí. Era estupendo echar un vistazo al cuarto de estar.

Yo estaba en la cocina cuando Donna apareció con el vaso vacío. Estuvimos solos un rato. La abracé un poco. Respondió. Nos quedamos abrazados.

–No, ahora no –dijo al cabo.

Cuando oí el «ahora no», la solté. Pensé que la tenía tan segura como el dinero en el banco.

Estaba pensando en ese abrazo cuando Sheila entró con su dedo.

Seguí pensando en Donna. Acabé la copa. Descolgué el teléfono y fui a la habitación. Me desnudé y me acosté junto a Patti. Me quedé quieto unos momentos para descansar. Luego puse manos a la obra. Pero no se despertó. Después cerré los ojos.

Cuando volví a abrirlos era ya por la tarde. Estaba solo en la cama. La lluvia golpeaba contra la ventana. En la almohada de Patti había una rosquilla, y un vaso de agua del día anterior en la mesilla de noche. Aún estaba borracho y no me acordaba de nada. Sabía que era domingo y que la Navidad estaba cerca. Me comí la rosquilla y me bebí el agua. Volví a dormirme hasta que oí a Patti con la aspiradora. Entró en la habitación y preguntó por Sheila. Entonces fue cuando le dije que se había ido a Portland.

Alrededor de una semana después de Año Nuevo, Patti y yo estábamos tomando una copa. Acababa de llegar del trabajo. No era muy tarde, pero llovía y estaba oscuro. Me quedaban dos horas para entrar a trabajar. Antes íbamos a tomar un whisky y a charlar un poco. Patti estaba cansada. Tenía la moral por los suelos y ya iba por la tercera copa. Nadie compraba vitaminas. Las únicas chicas que tenía eran Donna y Pam, una casi novata que era cleptómana. Hablamos de cosas como el mal tiempo y de cuántas multas de aparcamiento se podían recibir sin pagar. Entonces empezamos a hablar de que nos iría mucho mejor si nos trasladáramos a Arizona o a un sitio parecido.

Preparé otra copa. Miré por la ventana. Arizona no era mala idea.

–Vitaminas –dijo Patti.

Cogió el vaso y removió el hielo.

–¡Vaya mierda! Mira, de niña ésta era la última cosa que podía imaginar que haría. ¡Por Dios! Jamás hubiera pensado que terminaría vendiendo vitaminas. Vitaminas de puerta en puerta. Ésa sí que es buena. De verdad que no me cabe en la cabeza.

–Tampoco yo lo había pensado nunca, cariño –dije.

–Exacto. Tú lo has dicho en pocas palabras.

–Cariño...

–No hay cariño que valga. La vida es dura, hermano. La mires por donde la mires, no es fácil.

126

Pareció meditar un poco. Sacudió la cabeza. Luego terminó la copa.

–Cuando me duermo sueño con las vitaminas. Ni un momento de reposo. ¡Ni uno! Al menos tú puedes salir del trabajo y olvidarte. Apuesto a que nunca has soñado con él. Seguro que no sueñas con dar cera al piso o lo que sea que hagas allí. Después de largarte de ese puñetero sitio, no sueñas con él, ¿verdad? –gritó.

–Yo no me acuerdo de mis sueños. A lo mejor ni sueño. Cuando me despierto no recuerdo nada.

Me encogí de hombros. No me interesaba lo que se me pasaba por la cabeza cuando dormía. No me importaba.

–¡Tú sueñas! –exclamó Patti–. Aunque no te acuerdes. Todo el mundo sueña. Si no soñaras, te volverías loco. He leído cosas sobre eso. Es un escape. La gente sueña cuando duerme. Si no se vuelve majareta. Pero yo sueño con vitaminas. ¿Entiendes lo que te digo?

Tenía la vista clavada en mí.

–Sí y no –contesté.

No era una pregunta sencilla.

–Sueño con soltar el rollo para vender vitaminas. Vendo vitaminas día y noche. ¡Vaya vida!

Terminó la copa.

–¿Qué tal va Pam? ¿Sigue robando?

Quería cambiar de tema. Pero no se me ocurrió otra cosa.

–¡Mierda! –dijo Patti.

Sacudió la cabeza como si yo no supiera nada. Escuchamos la lluvia.

–Nadie vende vitaminas –prosiguió Patti. Cogió el vaso, pero estaba vacío–. Nadie compra vitaminas. Eso es lo que te estoy diciendo. ¿No me has oído?

Me levanté a poner otra copa.

–¿Hace algo Donna? –pregunté.

Leí la etiqueta de la botella y esperé.

–Anteayer hizo un pequeño pedido. Eso es todo. Lo único que hemos hecho esta semana. No me sorprendería que se despidiera. No se lo reprocharía. Si yo estuviera en su lugar, me marcharía. Pero si se va, entonces, ¿qué? Volvería a empezar, eso es. Partiría de cero. En pleno invierno, gente enferma por todo el estado, muriéndose, y nadie piensa que lo que necesita son vitaminas. Yo misma estoy muy enferma.

–¿Qué te pasa, cariño?

Puse los vasos sobre la mesa y me senté. Siguió hablando como si yo no hubiera dicho nada. A lo mejor no había dicho nada.

–Soy mi único cliente. Estoy convencida de que todas esas vitaminas me sientan bien para la piel. ¿Qué te parece mi piel? ¿Se puede caer en una sobredosis de vitaminas? Ya casi no puedo ni cagar como la gente normal.

–Cariño –dije.

–A ti te da igual que tome vitaminas. Ahí está la cosa. No te importa nada. El limpiaparabrisas se me ha roto esta tarde en plena lluvia. Casi tengo un accidente. Ha faltado un pelo.

Seguimos charlando y bebiendo hasta la hora de ir a mi trabajo. Patti dijo que iba a remojarse en la bañera si es que no se dormía antes.

–Me duermo de pie –aseguró–. Vitaminas. Eso es lo único que cuenta.

Echó una mirada por la cocina. Miró su vaso vacío. Estaba borracha. Pero me permitió besarla. Luego me marché a trabajar.

Había un local al que iba después del trabajo. Empecé a ir por la música y porque daban una copa después de la hora de cierre. Era un local llamado Off-Broadway. Un bar de negros en un barrio negro. Lo llevaba un negro llamado Khaki. Empieza a llegar la gente cuando en los demás bares dejan de servir. Piden la especialidad de la casa –cola Royal Crown con un chispazo de whisky–, o se llevan la botella debajo del abrigo, piden una cola y se lo mezclan ellos. Los músicos se ponen a improvisar y los bebedores que quieren seguir bebiendo vienen a beber y a escuchar música. A veces baila alguna pareja. Pero principalmente se sientan a beber y a escuchar música.

De vez en cuando un negro le da un botellazo en la cabeza a otro negro. Se contaba una historia de que una vez siguieron a uno a los servicios y le cortaron el pescuezo mientras tenía las manos ocupadas meando. Pero yo nunca he visto ninguna trifulca. Nada que Khaki no pudiese controlar. Khaki era un negro corpulento con la cabeza calva que brillaba extrañamente bajo las luces fluorescentes. Llevaba camisas hawaianas que le colgaban por encima del pantalón. Creo que llevaba algo metido en el cinturón. Al menos una porra, quizá. Si alguien empezaba a salirse de madre, Khaki se metía en el follón. Ponía su manaza sobre el hombro del tío, decía unas palabras y aquí paz y después gloria. Hacía meses que yo frecuentaba su bar. Me gustaba que me dijera cosas como: «¿Qué tal te va esta noche, amigo?» O: «Hace siglos que no te veo, amigo.»

El Off-Broadway es el sitio al que llevé a Donna cuando quedamos. Fue nuestra única cita.

Salí del hospital justo después de medianoche. El tiempo había aclarado y las estrellas brillaban. Aún me zumbaba la cabeza por los whiskies que había bebido con Patti. Pero pensaba pasarme por New Jimmy para tomar un trago camino de casa. El coche de Donna estaba aparcado junto al mío, con Donna dentro. Recordé el abrazo que nos dimos en la cocina. «Ahora no», me había dicho.

Bajó la ventanilla y sacudió la ceniza del cigarrillo.

–No podía dormir –dijo–. Tengo un montón de cosas en la cabeza y no podía dormir.

–Hola Donna –dije–. Me alegro de verte, Donna.

–No sé lo que me pasa.

–¿Quieres ir a algún sitio a tomar una copa?

–Patti es amiga mía.

–Y mía también –dije, añadiendo–: Vamos.

–Sólo para que lo sepas.

–Conozco un sitio. Un bar de negros –le dije–. Hay música. Podemos tomar una copa y escuchar música.

–¿Conduces tú?

–Échate a un lado.

Enseguida empezó con las vitaminas. Las vitaminas eran una ruina, las vitaminas iban de capa caída. Las vitaminas caían en picado.

–Me duele hacerle esto a Patti –dijo Donna–. Es mi mejor amiga, y se esfuerza por que nos vaya bien. Pero tendré que despedirme. Esto que quede entre nosotros. ¡Júralo! Tengo que comer. He de pagar el alquiler. Necesito un abrigo y zapatos nuevos. Las vitaminas no dan para mucho. No creo que las vitaminas nos den ya para nada. No se lo he dicho a Patti. Como he dicho, de momento sólo lo estoy pensando.

Donna puso la mano al lado de mi pierna. Se la cogí y le apreté los dedos. Me devolvió el apretón. Luego retiró la mano y pulsó el encendedor. Cuando encendió el cigarrillo, volvió a poner la mano en el mismo sitio.

–Lo peor de todo es que me duele dejar a Patti. ¿Entiendes lo que te digo? Formábamos un equipo. –Me pasó

el cigarrillo–. Sé que es una marca diferente, pero pruéba-
lo, anda.

Entré en el aparcamiento del Off-Broadway. Había
tres negros apoyados en un Chrysler con el parabrisas
roto. Estaban de tertulia, pasándose una botella en una
bolsa de papel. Nos echaron una mirada. Salí y di la vuelta
para abrir la puerta a Donna. Comprobé que dejaba las
puertas bien cerradas, la cogí del brazo y nos dirigimos a la
calle. Los negros se limitaron a mirarnos.

–No estarás pensando en irte a Portland, ¿verdad? –le
dije.

Estábamos en la acera. Le pasé el brazo por la cintura.

–No sé nada de Portland. No se me ha pasado por la
cabeza.

La parte delantera del Off-Broadway era como la de
un bar cualquiera. Había unos cuantos negros sentados
frente a la barra y otros inclinados sobre sus platos en mesas cubiertas con un hule rojo. Cruzamos el bar y pasamos
al gran salón de la parte de atrás. Había una barra larga,
reservados junto a la pared y una plataforma al fondo
donde se instalaban los músicos. Delante de la tarima se
abría lo que podía pasar por una pista de baile. Los bares y
clubs nocturnos aún estaban abiertos, por lo que todavía
no había mucha gente. Ayudé a Donna a quitarse el abrigo. Elegimos un reservado y pusimos los cigarrillos encima de la mesa. Hannah, la camarera negra, se acercó.
Hannah y yo nos saludamos con la cabeza. Ella miró a

Donna. Pedí la especialidad de la casa con Royal Crown para dos y decidí ver las cosas por su lado bueno.

Nos trajeron las copas, pagué, tomamos un trago y luego empezamos a abrazarnos. Así seguimos durante un rato, magreándonos y besándonos. De cuando en cuando, Donna se detenía, se apartaba de mí y me cogía de las muñecas. Me miraba a los ojos. Luego cerraba los párpados despacio y nos besábamos de nuevo. Enseguida empezó a llenarse el local. Dejamos de besarnos. Pero la seguí rodeando con el brazo. Ella dejó la mano encima de mi pierna. Un par de trompetistas negros y un batería blanco se pusieron a tocar algo. Pensé que Donna y yo tomaríamos otra copa escuchando música. Luego iríamos a su casa para terminar lo que habíamos empezado.

Acababa de pedir otras dos copas a Hannah cuando un negro llamado Benny se acercó con otro negro, alto y bien vestido. Tenía unos ojillos enrojecidos y llevaba un traje a rayas con chaleco. Además de camisa rosa, corbata, abrigo, sombrero de fieltro de ala ancha y todo el equipo.

–Hola, chico –dijo Benny.

Me tendió la mano para darme un apretón fraternal. Benny y yo habíamos hablado. Él sabía que me gustaba la música, y solía acercarse a charlar conmigo siempre que coincidíamos allí. Le gustaba hablar de Johnny Hodges, de cómo había tocado con él acompañándolo al saxo. Decía cosas así: «Cuando Johnny y yo hicimos aquella sesión en Mason City...»

—Hola, Benny —contesté.

—Te presento a Nelson —dijo Benny—. Acaba de llegar de Vietnam. Esta mañana. Ha venido a escuchar un poco de buena música. Se ha puesto los zapatos de baile, por si acaso.

Benny miró a Nelson y le señaló con la cabeza.

—Éste es Nelson —dijo.

Miré los relucientes zapatos de Nelson, y luego me fijé en él. Parecía querer situarme, como si me conociera de algo. Me estudiaba. Luego me enseñó los dientes con una amplia sonrisa.

—Os presento a Donna —dije—. Donna, éstos son Benny y Nelson. Nelson, Donna.

—Hola, chica —dijo Nelson.

—Hola, Nelson —dijo Donna directamente—. Hola, Benny.

—¿Podemos sentarnos con vosotros, muchachos? —preguntó Benny—. ¿Vale?

—Pues claro —dije.

Pero lamenté que no hubiesen encontrado otro sitio.

—No vamos a quedarnos mucho tiempo —dije—. Sólo el suficiente para terminar las copas.

—Lo sé, hombre, lo sé —dijo Benny.

Se sentó frente a mí tras dejar que Nelson pasara primero al reservado.

—Hay cosas que hacer y sitios adonde ir. Sí, señor; Benny entiende —dijo Benny, guiñándome un ojo.

Nelson miró a Donna, sentada frente a él. Luego se quitó el sombrero. Le dio vueltas entre las manazas, como si buscara algo en el ala. Hizo sitio en la mesa para el sombrero. Miró a Donna. Sonrió y enarcó los hombros. Ese movimiento lo hacía cada pocos minutos, como si estuviera cansado de pasear la espalda por ahí.

–¿Es buen amigo tuyo? –dijo Nelson a Donna.

–Somos buenos amigos –dijo Donna.

Hannah se acercó. Benny pidió dos Royal Crown. Hannah se marchó, y Nelson sacó del abrigo una pinta de whisky.

–Buenos amigos –insistió Nelson–. Amigos de verdad.

–Cuidado, Nelson –dijo Benny–. Que no se vea eso. Nelson viene de Vietnam, acaba de bajarse del avión.

Nelson alzó la botella y bebió un trago. Volvió a enroscar el tapón, dejó la botella encima de la mesa y la ocultó bajo el sombrero.

–Amigos de verdad –repitió.

Benny me miró y puso los ojos en blanco. Pero él también estaba borracho.

–Tengo que ponerme en forma –me dijo.

Bebió un poco de cola de los dos vasos, los puso debajo de la mesa y los rellenó con whisky. Se guardó la botella en el bolsillo del abrigo.

–Fíjate, llevo un mes sin llevarme un saxo a los labios. Va siendo hora de ponerme a tono.

Estábamos apiñados en el reservado con los vasos delante de nosotros y el sombrero de Nelson encima de la mesa.

—Oye —me dijo Nelson—, tú estabas con otra, ¿no? Con una muy guapa. No estáis casados, lo sé. Pero ésta es buena amiga tuya. ¿No es así?

Bebí un trago. El whisky no me supo a nada. No estaba para saborear nada.

—¿Es cierta toda esa mierda que vemos en la tele sobre Vietnam? —dije.

Nelson tenía sus ojos enrojecidos clavados en mí.

—Lo que quiero decir es: ¿sabes dónde está tu mujer? —dijo—. Seguro que anda por ahí con algún tío pellizcándole los pezones y sacándole la minga mientras tú estás aquí sentado como un señor con tu amiguita. Apuesto a que ella también tiene un buen amigo.

—Nelson —dijo Benny.

—Ni Nelson ni leches —dijo Nelson.

—Dejemos en paz a esta gente, Nelson —sugirió Benny—. En ese otro reservado hay alguien de quien te he hablado. Nelson acaba de bajar del avión esta mañana.

—Apuesto a que sé lo que estás pensando —dijo Nelson—. Seguro que piensas: «Tengo delante a un negro grande completamente borracho, y ¿qué voy a hacer con él? A lo mejor le tengo que dar una buena paliza.» ¿Es eso lo que piensas?

Eché una mirada por la sala. Vi a Khaki junto a la tarima; los músicos trabajaban detrás de él. En la pista había

136

varias parejas. Tuve la impresión de que Khaki me miraba; pero si lo hacía, desvió la vista.

—¿No te toca hablar a ti? —dijo Nelson—. Te estoy buscando las cosquillas. No he provocado a nadie desde que salí de Vietnam. A los norvietnamitas los he pinchado un poco.

Volvió a sonreír frunciendo los gruesos labios. Luego dejó de sonreír y se quedó mirándome.

—Enséñales la oreja —dijo Benny, dejando su vaso sobre la mesa—. Nelson le cortó la oreja a uno de esos enanos. La lleva siempre consigo. Enséñasela, Nelson.

Nelson no se movió. Luego empezó a tantearse los bolsillos del abrigo. Sacó unas cosas, llaves y una caja de pastillas para la tos.

—Yo no quiero ver ninguna oreja —dijo Donna—. ¡Uf! ¡Qué asco! ¡Por Dios!

Me miró.

—Tenemos que irnos —dije.

Nelson seguía buscando en los bolsillos. Sacó una cartera del bolsillo interior de la chaqueta y la puso sobre la mesa. Le dio unas palmaditas.

—Ahí tengo cinco de los grandes. Escucha —le dijo a Donna—. Te voy a dar dos. ¿Entiendes? Te doy dos de los grandes y me haces una mamada. Igual que la mujer de éste se la estará haciendo a algún otro tío. ¿Me oyes? Ya sabes que ella se la estará chupando a otro en este mismo momento, mientras que él está aquí metiéndote mano debajo de la falda. Lo justo es lo justo. Toma.

Sacó de la cartera las esquinas de los billetes.

–Bueno, y otros cien para tu buen amigo, para que no se sienta despreciado. No tiene que hacer nada. Tú no tienes que hacer nada –me dijo Nelson–. Sólo quedarte aquí sentado, beberte la copa y escuchar música. Buena música. Esta tía y yo salimos juntos como buenos amigos. Y luego vuelve sola. No tardará mucho.

–Nelson –le dijo Benny–. Ésa no es manera de hablar, Nelson.

Nelson sonrió.

–Ya he terminado de hablar.

Encontró lo que estaba buscando. Era una pitillera de plata. La abrió. Miré la oreja que contenía. Estaba sobre una capa de algodón. Parecía una seta disecada. Pero era una oreja de verdad y estaba prendida en una cadenita.

–¡Santo Dios! –exclamó Donna–. ¡Qué asco!

–¿No es impresionante? –dijo Nelson, mirando a Donna.

–Vete a tomar por culo –contestó Donna.

–Chica –dijo Nelson.

–Nelson –dije yo.

Y entonces Nelson clavó en mí su mirada sanguinolenta. Echó a un lado el sombrero, la cartera y la pitillera.

–¿Qué es lo que quieres? –me preguntó–. Te daré lo que quieras.

Khaki tenía una mano en mi hombro y la otra en el de Benny. Estaba inclinado sobre la mesa, con la cabeza reluciente bajo las luces.

–¿Cómo estáis, chicos? ¿Os divertís?

–Todo va bien, Khaki –dijo Benny–. Estupendamente. Estos amigos se iban a marchar. Nelson y yo nos vamos a quedar a escuchar música.

–Eso está bien –dijo Khaki–. Que la gente esté contenta, ése es mi lema.

Echó una mirada por el reservado. Se fijó en la cartera de Nelson y en la pitillera abierta, que seguían sobre la mesa.

–¿Es una oreja de verdad? –preguntó.

–Sí –dijo Benny–. Enséñasela, Nelson. Nelson acaba de bajar del avión con la oreja. Viene de Vietnam. La oreja ha recorrido medio mundo antes de estar encima de esta mesa esta noche. Muéstrasela, Nelson.

Nelson cogió la pitillera y se la tendió a Khaki.

Khaki examinó la oreja. Cogió la cadena y la hizo oscilar delante de sus narices. La miró. Dejó que se balancease.

–He oído hablar de estas orejas secas, y hasta de penes.

–Se la arranqué a un norvietnamita –explicó Nelson–. Ya no podía oír nada con ella. Quería un recuerdo.

Khaki le dio vuelta a la oreja con la cadena.

Donna y yo empezamos a salir del reservado.

–Tú no te vas, chica –dijo Nelson.

–Nelson –dijo Benny.

Khaki vigilaba a Nelson. Yo estaba de pie junto al reservado con el abrigo de Donna. Las piernas me temblaban frenéticamente.

—Si te vas con este maricón —dijo Nelson, alzando la voz— y le dejas que te coma el chumino, os las veréis conmigo.

Empezamos a alejarnos del reservado. La gente miraba.

—Nelson acaba de venir en avión de Vietnam esta mañana —le oí decir a Benny—. Hemos estado bebiendo todo el día. Es el día más largo que recuerdo. Pero estamos bien, Khaki.

Nelson gritó algo por encima de la música.

—¡No os servirá de nada! ¡Hagáis lo que hagáis, a nadie le va a servir de nada!

Le oí decir eso y luego ya no oí nada más. La música cesó y luego volvió a sonar. No miramos atrás. Seguimos andando. Salimos a la calle.

Le abrí la puerta. Tomé otra vez el camino del hospital. Donna no se movió de su sitio. Encendió un cigarrillo con el mechero del coche, pero no dijo nada.

Traté de decir algo.

—Mira, Donna —le dije—, no dejes que esto te deprima. Siento lo que ha pasado.

—Me habría venido bien el dinero —repuso ella—. Eso es lo que estaba pensando.

Seguí conduciendo y no la miré.

–Es cierto –dijo, sacudiendo la cabeza–. Ese dinero me habría venido bien. No sé.

Agachó la cabeza y lloró.

–No llores –le dije.

–No iré a trabajar mañana, hoy, sea la hora que sea cuando suene el despertador. No voy a ir. Me marcho de la ciudad. Lo que ha pasado ahí me parece una señal.

Apretó el encendedor y esperó a que saltara.

Paré junto a mi coche y apagué el motor. Miré por el retrovisor, casi pensando que vería el Chrysler antiguo entrar en el aparcamiento con Nelson en el asiento del conductor. Dejé un momento las manos sobre el volante y luego las bajé a las piernas. No quería tocar a Donna. El abrazo que nos dimos aquella noche en la cocina, los besos en el Off-Broadway, todo eso había terminado.

–¿Qué vas a hacer? –le dije.

Pero no me importaba. Si en aquel momento se hubiese muerto de un ataque al corazón, no me habría causado impresión alguna.

–A lo mejor me voy a Portland –dijo–. Debe de haber algo allí. Todo el mundo habla de Portland. Debe traer suerte. Portland por aquí, Portland por allá. Portland es un sitio como cualquier otro. Es lo mismo.

–Será mejor que me marche, Donna.

Empecé a salir del coche. Abrí la puerta y se encendió la luz de arriba.

–¡Por amor de Dios, apaga esa luz!

Salí deprisa.

–Buenas noches, Donna.

La dejé mirando al salpicadero. Puse mi coche en marcha y encendí los faros. Metí la primera y apreté el acelerador.

Me serví un whisky, di un trago y me llevé el vaso al baño. Me cepillé los dientes. Luego abrí un cajón. Patti gritó algo desde la habitación. Abrió la puerta del baño. Seguía vestida. Supongo que se había dormido con la ropa puesta.

–¿Qué hora es? –gritó–. ¡Me he dormido! ¡Dios mío, oh, Dios mío! ¡No me has despertado, maldito seas!

Estaba furiosa. Se quedó en la puerta con la ropa puesta. Bien podía arreglarse para ir a trabajar. Pero no había ni maletín de muestras ni vitaminas. Tenía una pesadilla, eso era todo. Empezó a mover la cabeza de un lado para otro.

Ya estaba harto de aquella noche.

–Duerme, cariño. Estoy buscando una cosa –le dije.

Se me cayó algo del armario de las medicinas. Empezaron a caer cosas al lavabo.

–¿Dónde están las aspirinas? –dije.

Se cayeron más cosas. No me importaba. Todo se venía abajo.

142

CUIDADO

Tras mucho discutir –lo que su mujer, Inez, llamaba *considerar la situación*–, Lloyd se marchó de casa y se fue a vivir solo. Tenía dos habitaciones con baño en el último piso de una casa de tres plantas. En las habitaciones los techos eran abuhardillados. Al andar, tenía que agachar la cabeza. Debía inclinarse para mirar por la ventana y tener cuidado al acostarse y levantarse. Había dos llaves. Con una entraba en la casa. Luego subía un tramo de escaleras hasta un rellano. Subía otro tramo hasta su habitación y abría la puerta con la otra llave.

Una tarde que volvía a casa con una bolsa que contenía tres botellas de champán André y carne para el almuerzo, se detuvo en el descansillo y miró al cuarto de estar de su patrona. Vio a la anciana tumbada de espaldas en la alfombra. Parecía dormida. Entonces se le ocurrió que podía estar muerta. Pero la televisión estaba puesta y prefirió pensar que estaba dormida. No sabía qué hacer. Se pasó la bolsa al otro brazo. Entonces fue cuando la mujer tosió débilmente, puso la mano junto al costado, se calló y quedó inmóvil de nuevo. Lloyd siguió subiendo las escaleras y abrió su puerta. Más tarde, hacia el anochecer, miró por la ventana de la cocina y vio a la anciana en el jardín, con un sombrero de paja y el brazo pegado al costado. Regaba los pensamientos con una regadera pequeña.

En la cocina, tenía un mueble con nevera y fogón. Era una cosa diminuta, empotrada en un hueco entre la pila y la pared. Para sacar algo del frigorífico tenía que agacharse, arrodillarse casi. Pero no importaba, porque de todos modos no guardaba muchas cosas en ella, salvo zumo de frutas, carne y champán. La cocina tenía dos fuegos. De cuando en cuando calentaba agua en un cazo y se hacía café instantáneo. Pero algunos días no tomaba café. Se olvidaba o simplemente no le apetecía. Una mañana, nada más despertarse, se puso a comer rosquillas desmigajadas y a beber champán. Había habido una época, años atrás, en que un desayuno así le habría hecho reír. Ahora no le parecía nada fuera de lo corriente. En realidad, no había reparado en ello hasta que se acostó y trató de recordar lo que había hecho durante el día, empezando por el momento en que se levantó por la mañana. Al principio no se acordaba de nada digno de atención. Luego recordó el desayuno de rosquillas y champán. En otro tiempo le habría parecido una insensatez, algo que contar a los amigos. Ahora, cuanto más pensaba en ello mejor comprendía que no tenía importancia, ni en un sentido ni en otro. Había desayunado rosquillas con champán. ¿Y qué?

En su pisito amueblado, también tenía un comedor pequeño, sillas, un sofá, una butaca vieja y un aparato de televisión colocado sobre una mesita. No pagaba la luz y la televisión no era suya, de modo que a veces la dejaba funcionando día y noche. Pero quitaba el sonido a menos que hubiese algo que le interesara ver. No tenía teléfono, cosa que le convenía. No lo quería. Tenía un dormitorio con cama de matrimonio, mesilla de noche, cómoda y cuarto de baño.

La única vez que Inez fue a visitarlo, eran las once de la mañana. Hacía quince días que se había mudado, y se preguntaba si pasaría a verlo. Pero intentaba remediar un poco su afición a la bebida, de manera que se alegraba de estar solo. Eso se lo había dejado claro: estar solo era lo que más necesitaba. El día en que apareció su mujer, él estaba en el sofá, en pijama, dándose puñetazos en el lado derecho de la cabeza. Justo antes de que pudiera golpearse otra vez, oyó voces abajo, en el rellano. Le pareció el murmullo de una multitud lejana, pero estaba seguro de que era Inez y de que se trataba de una visita importante. Se dio otro puñetazo en la cabeza y se levantó.

Al despertarse por la mañana descubrió que tenía un tapón de cera en el oído. No oía nada con claridad, y le parecía haber perdido el sentido del equilibrio. Estaba en el sofá desde hacía una hora, tratando inútilmente de destaparse el oído, golpeándose la cabeza de cuando en cuando. A veces se daba masaje en la parte cartilaginosa de debajo de la oreja, o se tiraba del lóbulo. Luego se escarbaba furiosamente con el dedo meñique al tiempo que abría la boca, como si bostezara. Pero había intentado todo lo que se le había ocurrido y ya no sabía qué hacer. Oyó que el murmullo de voces se interrumpía abajo. Se dio un buen puñetazo en la cabeza y apuró la copa de champán. Apagó la televisión y llevó la copa al fregadero. Cogió la botella de champán abierta del escurridero de los platos y se la llevó al cuarto de baño, colocándola detrás del retrete. Luego fue a abrir la puerta.

–Hola, Lloyd –dijo Inez.

No sonrió. Se quedó en la puerta con un vistoso vestido de entretiempo. Él no conocía aquella ropa. Llevaba un bolso de lona con girasoles cosidos a los lados. Tampoco lo había visto antes.

–Me pareció que no me habías oído –dijo ella–. Creí que habías salido o algo así. Pero la mujer de abajo, ¿cómo se llama?, la señora Matthews, pensaba que estabas en casa.

–Te he oído. Pero por muy poco –contestó Lloyd, subiéndose el pijama y pasándose la mano por el pelo–. En realidad, me encuentro fatal. Pasa.

–Son las once –dijo Inez.

Entró y cerró la puerta al pasar. Se comportaba como si no lo hubiera oído. A lo mejor no lo había oído.

146

—Sé qué hora es —dijo él—. Hace mucho que estoy levantado. Desde las ocho. He visto parte de la emisión de *Today*. Pero ahora mismo estoy a punto de volverme loco. Tengo taponado un oído. ¿Recuerdas la otra vez que me pasó? Vivíamos en aquel sitio cerca del restaurante chino. Donde los niños encontraron aquel bulldog arrastrando la cadena. Tuve que ir al médico a que me limpiara los oídos. Claro que te acuerdas. Me llevaste en coche y tuvimos que esperar mucho tiempo. Pues ahora es lo mismo. Quiero decir que estoy igual de mal. Sólo que esta mañana no puedo ir al médico. En primer lugar, no tengo médico. Estoy a punto de volverme majareta, Inez. Me dan ganas de cortarme la cabeza o algo así.

Él se sentó en un extremo del sofá y ella en el otro. Pero el sofá era pequeño, y a pesar de todo estaban cerca el uno del otro. Tanto, que con alargar la mano hubiera podido tocar la rodilla de Inez. Pero no lo hizo. Ella echó un vistazo a la habitación y luego volvió a mirarlo con fijeza. Él se dio cuenta de que no se había afeitado y tenía el pelo alborotado. Pero era su mujer, y sabía todo lo que había que saber acerca de él.

—¿Qué has hecho? —dijo ella. Buscó en el bolso y sacó un cigarrillo—. Me refiero a qué has hecho para quitártelo.

Volvió hacia ella la cabeza por el lado izquierdo.

—No exagero, Inez, te lo juro. Esto me está volviendo loco. Cuando digo algo, me da la impresión de hablar

147

dentro de un tonel. Me retumba la cabeza. Y tampoco oigo bien. Tu voz parece salir de una tubería de plomo.

–¿Tienes bastoncillos de algodón o aceite Wesson? –le preguntó Inez.

–Esto es serio, cariño. No tengo bastoncillos de algodón ni aceite Wesson. ¿Estás de broma?

–Si tuviéramos aceite Wesson, lo calentaría y te lo pondría en la oreja. Mi madre solía hacerlo. Eso reblandecería el tapón.

Él lo dudaba. Le parecía tener la cabeza hinchada, como llena de agua. Era como cuando buceaba por el fondo de la piscina municipal y salía a la superficie con las orejas llenas de agua. Pero entonces era fácil sacarla. Lo único que tenía que hacer era llenar de aire los pulmones, cerrar la boca y apretarse la nariz. Luego inflaba los carrillos y hacía que el aire le subiera a la cabeza. Se le desatascaban las orejas y por unos segundos tenía la agradable sensación de que le salía agua de la cabeza y le escurría por los hombros. Luego salía izándose por el borde de la piscina.

Inez terminó el cigarrillo y lo apagó.

–Lloyd, tenemos que hablar. Pero cada cosa a su tiempo. Siéntate en la silla. ¡En *ésa* no, en la de la cocina! Para arrojar un poco de luz sobre la situación.

Se golpeó la cabeza una vez más. Luego fue a sentarse en una silla de la cocina. Ella se acercó y se quedó detrás de él. Le tocó el pelo con los dedos. Le retiró unos mechones de las orejas. Él quiso cogerle la mano, pero ella la retiró.

–¿Qué oreja has dicho que era?

–El oído derecho –contestó él–. El derecho.

–Primero tienes que quedarte sentado sin moverte. Voy a buscar una horquilla y papel de seda. Intentaré deshacer el tapón con eso. A lo mejor da resultado.

Él se inquietó ante la idea de que le introdujera una horquilla en la oreja. Dijo algo en ese sentido.

–¿Qué? –dijo ella–. ¡Por Dios, yo tampoco te oigo! A lo mejor es contagioso.

–De niño tenía una profesora de higiene en el colegio. Era como una enfermera. Decía que en la oreja nunca deberíamos meternos nada más pequeño que el codo.

Recordó vagamente un mural con un enorme diagrama de la oreja que mostraba una compleja red de conductos, pasajes y tabiques.

–Pues tu enfermera nunca se enfrentó con este problema concreto –dijo Inez–. De todos modos, necesitamos probar con *algo*. Primero lo intentaremos con esto. Si no da resultado, haremos otra cosa. Es la vida, ¿no?

–¿Va eso con segundas, o algo así? –inquirió Lloyd.

–Es sólo lo que he dicho. Pero eres libre de pensar lo que quieras. Quiero decir que éste es un país libre. Y ahora, déjame buscar lo que necesito. Tú no te muevas.

Buscó en el bolso, pero no encontró lo que le hacía falta. Finalmente, vació el bolso encima del sofá.

—Vaya —dijo—, no tengo horquillas.

Pero era como si hablase desde la otra habitación. En cierto modo, sus palabras le parecían fruto de su imaginación. Hubo una época, muy lejana, en que creían tener percepción extrasensorial respecto a los pensamientos del otro. Solían acabar frases que el otro había empezado.

Ella cogió unas tijeritas de las uñas, las manipuló durante un momento y él vio cómo el artefacto se dividía entre sus dedos y de una de las partes surgía una lima de uñas. Le pareció que su mujer blandía una pequeña daga.

—¿Vas a meterme eso en la oreja? —preguntó.

—Tal vez se te ocurra algo mejor. O esto, o nada. ¿Quizá con un lápiz? ¿Quieres que utilice un lapicero? ¿O tienes un destornillador por ahí? —dijo, riéndose—. No te apures. Escucha, Lloyd. No voy a hacerte daño. He dicho que tendré cuidado. Pondré papel en la punta. Saldrá bien. Te repito que tendré cuidado. Tú no te muevas, voy a buscar papel de seda. Haré una escobilla.

Fue al baño. Tardó bastante. Él se quedó donde estaba, en la silla de la cocina. Se puso a pensar en las cosas que tenía que decirle. Quería decirle que se limitaba al champán, a champán exclusivamente. Quería decirle que también iba reduciendo el champán. Ahora sólo era cuestión de tiempo. Pero cuando volvió, no pudo decirle nada. No sabía por dónde empezar. En cualquier caso, ella no lo miró. Inez cogió un cigarrillo de entre el montón de cosas que había volcado sobre el sofá. Lo encendió con el mechero y se acercó a la ventana que daba a la calle. Dijo algo, pero él no distinguió las palabras. Cuando dejó de hablar, no le preguntó qué había dicho. Fuera lo que fuese, no quería que lo repitiera. Ella apagó el cigarrillo. Pero siguió de pie junto a la ventana, agachada, con la inclinación del techo a unos centímetros de su cabeza.

–Inez.

Se volvió y se acercó a él. Lloyd vio papel de seda en la punta de la lima de uñas.

–Inclina la cabeza hacia un lado y no te muevas –dijo ella–. Eso es. Quédate sentado, sin moverte.

–Ten cuidado –dijo él–. Por amor de Dios.

Ella no contestó.

–Por favor, por favor –insistió él.

Luego ya no dijo nada. Tenía miedo. Cerró los ojos y contuvo el aliento al sentir que la lima de uñas pasaba por la parte interior de la oreja y empezaba a sondear. Estaba convencido de que se le pararía su corazón. Luego ella empujó un poco más y empezó a mover la lima de atrás hacia adelante, hurgando en lo que tenía allá dentro. En el conducto auditivo oyó una especie de chirrido.

–¡Ay!

–¿Te he hecho daño?

Le sacó la lima de la oreja y retrocedió un paso.

–¿Sientes alguna mejoría, Lloyd?

Él se llevó las manos a los oídos y bajó la cabeza.

–Es lo mismo.

Ella lo miró y se mordió los labios.

—Déjame ir al baño —dijo él—. Antes de seguir adelante, tengo que ir al baño.

—Ve —contestó Inez—. Me parece que voy a bajar a ver si tu patrona tiene aceite Wesson o algo parecido. Quizá tenga incluso bastoncillos de algodón. No sé por qué no se lo he preguntado antes. No se me ha ocurrido.

—Buena idea —dijo él—. Voy al baño.

Ella se detuvo en la puerta, lo miró, abrió y salió. Él cruzó el cuarto de estar, entró en el dormitorio y abrió la puerta del cuarto de baño. Se agachó, metió la mano detrás del retrete y sacó la botella de champán. Bebió un trago largo. Estaba caliente, pero entraba bien. Bebió más. Al principio, creyó verdaderamente que podría seguir bebiendo si se limitaba a champán. Pero enseguida descubrió que se bebía tres o cuatro botellas al día. Sabía que muy pronto tendría que enfrentarse con eso. Pero antes tenía que recobrar el oído. Cada cosa a su tiempo, como había dicho ella. Terminó el champán y dejó la botella vacía en el mismo sitio, detrás del retrete. Luego abrió el grifo y se lavó los dientes. Después de secarse volvió a la otra habitación.

Inez había vuelto y estaba en el fogón, calentando algo en un cacillo. Echó una mirada en su dirección, pero al principio no dijo nada. Él miró por encima del hombro de Inez, hacia la ventana. Un pájaro voló de un árbol a otro y se limpió las plumas. Pero si pió de algún modo, él no lo oyó.

Ella dijo algo que él no captó.

–Repítelo –dijo.

Ella sacudió la cabeza y se volvió hacia el fogón. Pero entonces se volvió de nuevo y, con voz lo suficientemente alta y lenta para que la pudiera oír, dijo:

–He encontrado tu escondrijo en el cuarto de baño.

–Estoy tratando de dejarlo.

Inez dijo otra cosa.

–¿Qué? –dijo él–. ¿Qué has dicho?

En realidad, no la había oído.

–Hablaremos después –dijo ella–. Tenemos cosas que discutir, Lloyd. Dinero, ésa es una. Pero también hay otras. Primero tenemos que ver lo del oído.

Metió el dedo en el cacillo, que retiró del fogón.

–Lo dejaré enfriar un momento. Ahora está demasiado caliente. Siéntate. Ponte esta toalla por los hombros.

Hizo lo que Inez le decía. Se sentó en una silla y se puso la toalla por el cuello y los hombros. Luego se dio un puñetazo en un lado de la cabeza.

–¡Maldita sea! –exclamó.

Ella no levantó la vista. Volvió a meter el dedo en el cazo, para probar. Luego vertió el líquido del cazo en un vaso de plástico. Lo cogió y se acercó a él.

–No te asustes –dijo ella–. Sólo es aceite para niños que me ha dado tu patrona, nada más. Le he contado lo que pasaba, y piensa que esto te irá bien. No es seguro. Pero a lo mejor te reblandece el tapón. Me ha dicho que eso solía pasarle a su marido. Que un día vio caer un trozo de cera de la oreja de su marido, y que era como un enorme tapón de algo. Cerumen, eso es lo que era. Me ha dicho que probara con esto. Y no tenía bastoncillos de algodón. Es algo que me sorprende mucho.

—Muy bien —dijo él—. De acuerdo. Estoy dispuesto a probar lo que sea. Si tuviera que seguir así, Inez, creo que preferiría estar muerto. ¿Sabes? Y lo digo en serio.

—Ahora tuerce la cabeza e inclínala hacia un lado —dijo ella—. No te muevas. Te verteré esto dentro hasta que se te llene la oreja, luego lo taponaré con este trapo de cocina. Y te quedarás quieto durante unos diez minutos. Luego veremos. Si esto no da resultado, pues no sé. No se me ocurre nada más que podamos hacer.

—Dará resultado —afirmó él—. Si no, buscaré una pistola y me pegaré un tiro. Lo digo en serio. En todo caso, eso es lo que me dan ganas de hacer.

Volvió la cabeza a un lado y la inclinó. Desde esa perspectiva nueva miró las cosas de la habitación. Pero no era en absoluto diferente de la antigua, salvo que todo estaba de lado.

—Más baja —dijo ella.

Él se sujetó a la silla para no perder el equilibrio e inclinó más la cabeza. Todos los objetos de su campo visual, todos los objetos de su vida, parecían estar al otro extremo de aquella habitación. Sintió cómo le entraba el líquido caliente por la oreja. Luego ella cogió el paño y se lo aplicó.

Poco después empezó a darle masaje alrededor de la oreja. Le apretó en la parte blanda de la carne entre la mandíbula y el cráneo. Le puso los dedos por encima de la oreja y empezó a desplazarlos de atrás hacia adelante. Al cabo de poco, él ya no sabía cuánto tiempo llevaba allí sentado. Podrían ser diez minutos. O más. Seguía agarrado a la silla. De cuando en cuando, mientras los dedos de Inez le presionaban la cabeza, sentía que el aceite caliente se removía en los conductos internos del oído. Cuando ella le apretaba de cierta manera, se figuraba oír, dentro de la cabeza, un ruido tenue y sibilante.

–Ponte derecho –dijo Inez.

Se incorporó en la silla y apretó la base de la mano contra la cabeza mientras el liquido le salía del oído. Ella lo recogió en la toalla. Luego le limpió la oreja.

Inez respiraba por la nariz. Lloyd oía cómo le entraba y salía el aliento. Oyó pasar un coche por la calle frente a la casa y, por detrás, bajo la ventana de la cocina, el ruido metálico de una podadera.

–¿Y bien? –inquirió Inez.

Esperó con las manos en las caderas y el ceño fruncido.

–Te oigo –dijo él–. ¡Estoy curado! Quiero decir que oigo. Ya no tengo la impresión de que hables debajo del agua. Ahora estoy bien. Estupendamente. ¡Dios mío, por un momento creí que iba a volverme loco! Pero ahora me encuentro perfectamente. Lo oigo todo. Oye, cariño, voy a hacer café. También hay algo de zumo.

—Me tengo que ir —dijo ella—. Se me hace tarde. Pero volveré. Saldremos a comer algún día. Tenemos que hablar.

—Sencillamente no puedo dormir sobre este lado, eso es todo —prosiguió él.

La siguió al cuarto de estar. Ella encendió un cigarrillo.

—Eso es lo que ha pasado. He dormido toda la noche sobre este lado y se me ha taponado el oído. Creo que todo irá bien si no lo olvido y duermo con la cabeza en la otra postura. Si tengo cuidado. ¿Sabes lo que quiero decir? Tengo que dormir de espaldas o sobre el lado izquierdo.

Ella no lo miró.

—No para siempre, desde luego, ya lo sé. No podría. Sería imposible hacerlo durante toda la vida. Pero sí por una temporada, en todo caso. Sobre el lado izquierdo o, si no, de espaldas.

Pero mientras hablaba, sintió miedo de la noche siguiente. Empezó a temer el momento en que se dispondría a acostarse y lo que podría pasar después. Aún quedaban horas para ello, pero ya lo temía. ¿Y si en plena noche se volvía accidentalmente del lado derecho y la presión de la cabeza sobre la almohada volvía a sellar la cera en los oscuros conductos de la oreja? ¿Y si se despertaba entonces, sin oír, con el techo a unos centímetros de la cabeza?

—¡Santo Dios! —exclamó—. Esto es horrible, Inez, acabo de tener una especie de pesadilla horrorosa. ¿Adónde tienes que ir, Inez?

–Te lo he dicho –contestó ella, volviendo a meterlo todo en el bolso y preparándose para marcharse. Miró el reloj–. Se me hace tarde.

Fue a la puerta. Pero allí se volvió y dijo algo. No la escuchó. No quería hacerlo. Se fijó en el movimiento de sus labios hasta que ella terminó lo que tenía que decir. Cuando acabó, dijo:

–Adiós.

Luego abrió la puerta y la cerró al salir.

Él fue a vestirse al cuarto de baño. Pero al cabo de un momento salió precipitadamente, sólo con el pantalón, y se dirigió a la puerta. La abrió y se quedó en el umbral, escuchando. En el descansillo de abajo, oyó a Inez dar las gracias a la señora Matthews por el aceite. Y a la anciana, que contestaba:

–De nada.

Luego la oyó hacer una comparación entre él y su difunto marido.

–Déjeme su número. La llamaré si ocurre algo. Nunca se sabe.

–Espero que no sea necesario –repuso Inez–. Pero se lo daré de todos modos. ¿Tiene algo para escribirlo?

Lloyd oyó a la señora Matthews abrir un cajón y hurgar en él. Luego, con su voz de anciana, dijo:

–Ahí tiene.

Inez le dio el número de teléfono de su domicilio.

–Gracias –dijo.

—Encantada de conocerla —repuso la señora Matthews.

Escuchó cómo Inez bajaba las escaleras y abría el portal. Luego, lo cerró. Esperó hasta oír que el coche arrancaba y se alejaba. Entonces cerró la puerta y volvió al dormitorio para terminar de vestirse.

Después de ponerse los zapatos y anudarlos, se tumbó en la cama y se tapó hasta la barbilla con las mantas. Puso los brazos junto a los costados, bajo las mantas. Cerró los ojos y, como si fuese de noche, simuló que iba a dormirse. Luego sacó los brazos y los cruzó sobre el pecho para ver si esa postura le iba bien. Mantuvo los ojos cerrados, para probar. Muy bien, pensó. De acuerdo. Si no quería que se le volviese a taponar el oído, tendría que dormir de espaldas, eso era todo. Sabía que lo lograría. Sencillamente no debía olvidarlo, ni siquiera dormido, y no volverse del lado malo. De todos modos, no necesitaba más de cuatro o cinco horas de sueño cada noche. Se las arreglaría. Podrían pasar cosas peores. En cierto modo, era un desafío. Pero él estaba a la altura de las circunstancias. Seguro. Al cabo de un momento, retiró las mantas y se levantó.

Aún tenía por delante la mayor parte del día. Fue a la cocina, se agachó frente a la pequeña nevera y sacó otra botella de champán. Quitó el tapón de plástico con el mayor cuidado posible, pero de todos modos se oyó el festivo *pop* que siempre hace el champán al abrirse. Lavó el vaso con restos de aceite para niños y luego lo llenó de champán. Lo llevó al sofá y se sentó. Lo puso sobre la mesita.

Alzó los pies y los colocó junto al vaso. Se recostó. Pero al cabo de un momento pensó en la noche que se acercaba y volvió a inquietarse. ¿Y si a pesar de todos sus esfuerzos la cera decidía taponarle el otro oído? Cerró los ojos y sacudió la cabeza. Se levantó enseguida y fue al baño. Se desvistió y volvió a ponerse el pijama. Fue otra vez al cuarto de estar. Se sentó de nuevo en el sofá y puso los pies sobre la mesa. Alargó la mano y encendió el televisor. Reguló el sonido. Sabía que no podía dejar de preocuparse por lo que pudiera pasar cuando se acostara. Era algo a lo que tendría que acostumbrarse. En cierto modo, todo aquel asunto le recordaba lo de las rosquillas y el champán. No era nada tan extraordinario, pensándolo bien. Bebió un poco de champán. Pero no le supo bien. Se pasó la lengua por los labios y luego se limpió la boca con la manga. Miró el vaso y vio una película de aceite sobre el champán.

Se levantó y llevó el vaso a la pila, donde lo vació. Volvió al cuarto de estar con la botella y se acomodó en el sofá. Bebió del gollete. No tenía costumbre de beber de la botella, pero no le pareció nada fuera de lo corriente. Decidió que, aunque se durmiera sentado en el sofá en plena tarde, no sería más raro que tener que dormir de espaldas durante varias horas seguidas. Agachó la cabeza para mirar por la ventana. A juzgar por el ángulo de los rayos del sol y las sombras que entraban en el cuarto, calculó que serían alrededor de las tres de la tarde.

DESDE DONDE LLAMO

J. P. y yo estamos en el porche del centro de desintoxicación de Frank Martin. Como todos los que estamos en el centro de Frank Martin, J. P. es ante todo y sobre todo un borracho. Pero también es deshollinador. Ha venido por primera vez y está asustado. Yo ya he estado otra vez. ¿Qué quiere decir eso? Pues que he vuelto. El verdadero nombre de J. P. es Joe Penny, pero me ha dicho que le llame J. P. Tiene unos treinta años. Más joven que yo. No mucho, sólo un poco. Me está contando cómo decidió dedicarse a ese tipo de trabajo, y no deja de mover las manos al hablar. Pero le tiemblan. Quiero decir que nunca las tiene quietas.

–Nunca me había pasado esto –dice.

Se refiere al temblor. Le digo que lo comprendo. Que el temblor se le pasará. Que se quita. Pero lleva tiempo.

Sólo llevamos dos días aquí. Aún no estamos completamente a salvo. J. P. tiene temblores, y a mí de cuando en cuando un nervio –a lo mejor no es un nervio, pero es algo– me empieza a dar tirones en el hombro. A veces se me pone en un lado del cuello. Cuando me pasa eso, se me reseca la boca. Entonces me cuesta trabajo tragar. Sé que está a punto de ocurrir algo y pretendo evitarlo. Quiero ocultarme, eso es lo que me dan ganas de hacer. Me limito a cerrar los ojos y esperar a que se me pase, a que le dé al que está a mi lado. J. P. puede aguantar un minuto.

Vi un ataque epiléptico ayer por la mañana. Un tipo al que llaman Tiny. Un tío grande y gordo, electricista de Santa Rosa. Dicen que llevaba aquí casi dos semanas y que ya había superado el período crítico. Iba a irse a casa dentro de un par de días, a pasar el fin de año con su mujer viendo la televisión. En Nochevieja, Tiny pensaba beber chocolate y comer pastas. Ayer por la mañana parecía estar estupendamente cuando bajó a desayunar Hacía un reclamo con la boca, enseñando cómo llamaba a los patos hasta que prácticamente iban a posarse en su cabeza.

–Blam, blam –decía Tiny, cazando un par de ellos.

Tiny llevaba el pelo húmedo, pegado a la cabeza. Acababa de salir de la ducha. Además, se había cortado en la barbilla al afeitarse. Pero ¿y qué? En el centro de Frank Martin casi todo el mundo tiene cortes en la cara. Son cosas que pasan. Tiny se hizo sitio a la cabecera de la mesa y empezó a contar algo que le había ocurrido en una de sus trompas. En la mesa, todos se reían y sacudían la cabeza mientras devoraban los huevos. Tiny decía algo, sonreía y luego echaba una mirada por la mesa para ver si lo comprendían. Todos habíamos hecho cosas igual de estúpidas y desagradables, así que, claro, por eso nos reíamos. Tiny tenía en el plato huevos revueltos, galletas y miel. Yo estaba a la mesa, pero no tenía hambre. Tenía delante un poco de café. De repente, Tiny había desaparecido. Se había caído para atrás con silla y todo en medio de un gran estrépito. Estaba de espaldas en el suelo, con los ojos cerrados y los talones tamborileando en el linóleo. Los chicos llamaron a gritos a Frank Martin. Pero ya estaba allí. Dos compañeros se arrodillaron junto a Tiny. Uno de ellos le metió los dedos en la boca tratando de sujetarle la lengua.

–¡Todo el mundo atrás! –gritó Frank Martin.

Entonces me di cuenta de que todos estábamos inclinados sobre Tiny, nada más que mirándolo, incapaces de apartar la vista de él.

–¡Que le dé el aire! –dijo Frank Martin.

Luego fue al despacho y llamó a una ambulancia.

Tiny ha vuelto hoy a bordo. Habla de recobrar las fuerzas. Esta mañana Frank Martin fue a buscarlo al hospital con la camioneta. Tiny volvió demasiado tarde para los huevos, pero tomó un poco de café en el comedor y se sentó a la mesa. En la cocina le hicieron una tostada, pero Tiny no se la comió. Se quedó sentado con el café mirando a la taza. De vez en cuando la movía de atrás adelante, frente a sus ojos.

Me gustaría preguntarle si notó alguna señal antes de que le pasara eso. Quisiera saber si el corazón dejó un momento de latirle o si se le aceleró. ¿Sintió punzadas en los párpados? Pero no voy a decirle nada. No tiene aspecto de querer hablar de ello, de todos modos. Pero lo que le ha pasado a Tiny es algo que nunca olvidaré. El bueno de Tiny tirado en el suelo, pataleando. Así que cada vez que el nervio me empieza a tirar en alguna parte, contengo el aliento y espero el momento de encontrarme de espaldas, mirando hacia lo alto, con los dedos de alguien metidos en la boca.

Sentado en un sillón en el porche delantero, J. P. tiene las manos sobre el regazo. Yo estoy fumando y utilizo un cubo viejo de carbón como cenicero. Escucho a J. P., que habla sin parar. Son las once de la mañana, hora y media todavía hasta la comida. Ninguno de los dos tenemos hambre. Sin embargo, estamos impacientes por entrar y sentarnos a la mesa. A lo mejor nos viene el apetito.

En cualquier caso, ¿de qué habla J. P.? Me está contando que cuando tenía doce años se cayó en un pozo cerca de la granja donde vivía. Por suerte para él, era un pozo seco.

–O por desgracia –dice, mirando alrededor y sacudiendo la cabeza.

Me cuenta que, a última hora de la tarde, después de

que lo encontraran, su padre lo sacó con una cuerda. J. P. se había meado en los pantalones, allá abajo. Había sufrido toda clase de terrores en el pozo, gritando socorro, esperando y volviendo a gritar. Se quedó ronco antes de que todo terminara. Me dijo que estar en el fondo del pozo le causó una impresión imborrable. Se quedó sentado, mirando la boca del pozo. Arriba, veía un círculo de cielo azul. A veces pasaba una nube blanca. Una bandada de pájaros cruzó por encima, y a J. P. le pareció que el batir de sus alas levantaba una extraña conmoción. Oyó otras cosas. Pequeños murmullos en el pozo, por encima de él, que le hacían preguntarse si no le irían a caer cosas en el pelo. Pensaba en insectos. Oyó soplar el viento sobre la boca del pozo, y ese ruido también le causó impresión. En resumen, todo le resultaba diferente en aquel agujero. Pero no le cayó nada encima y nada tapó el pequeño círculo de azul. Luego su padre bajó con la cuerda y J. P. no tardó mucho en volver al mundo en que siempre había vivido.

–Sigue, J. P. ¿Y luego? –le dije.

A los dieciocho o diecinueve años, terminado el bachillerato y sin saber lo que quería hacer en la vida, fue una tarde al otro extremo de la ciudad a visitar a un amigo. Su amigo vivía en una casa con chimenea. J. P. y su amigo se sentaron a beber cerveza y a pegar la hebra. Escucharon discos. Entonces llamaron a la puerta. El amigo fue a abrir. Se encontró con una joven deshollinadora con sus trastos de limpiar. Llevaba un sombrero de copa, ante cuya vista J. P. se quedó patidifuso. Ella le dijo al amigo de J. P. que la habían llamado para limpiar la chimenea. El amigo la dejó pasar haciéndole reverencias. La joven no le prestó atención. Extendió una manta en el hogar y preparó sus herramientas. Llevaba pantalones, camisa, zapatos y calcetines negros. Por supuesto, para entonces ya se había quitado el sombrero de copa. J. P. dice que casi se volvió majareta mirándola. Se puso al trabajo y limpió la chimenea mientras J. P. y su amigo escuchaban discos y bebían cerveza. Pero la miraban, y se fijaban en lo que hacía. De cuando en cuando, J. P. y su amigo se miraban y sonreían, o se guiñaban un ojo. Enarcaron las cejas cuando la parte superior de la muchacha desapareció en la chimenea.

—Además, estaba muy bien —dice J. P.

Cuando terminó el trabajo, la muchacha envolvió las herramientas en la manta. El amigo de J. P. le entregó un cheque que sus padres habían extendido para ella. Y luego ella le preguntó al amigo si quería besarla.

—Dicen que trae suerte —dijo ella.

Eso fue la puntilla para J. P. Su amigo puso los ojos en blanco. Hizo el payaso un poco más. Luego, quizá ruborizado, la besó en la mejilla. En ese momento, J. P. tomó una decisión. Dejó la cerveza. Se levantó del sofá. Se acercó a la muchacha, que se disponía a salir por la puerta.

—¿Yo también? —le dijo J. P.

Ella lo miró de hito en hito. J. P. dice que sintió como si el corazón no le cupiese en el pecho. Resultó que la muchacha se llamaba Roxy.

–Claro –dijo Roxy–. ¿Por qué no? Tengo besos para dar y tomar.

Y le dio un besazo en los labios. Luego se volvió para salir.

Rápidamente, en un abrir y cerrar de ojos, J. P. la siguió al porche. Le sostuvo la puerta mosquitera. Bajó con ella los escalones hasta el camino de entrada, donde ella había aparcado la camioneta. Era como si se le escapara de las manos. Ninguna otra cosa contaba en el mundo. Sabía que había conocido a una persona ante la cual le temblaban las piernas. Aún sentía el beso quemándole los labios, etcétera. J. P. no podía ordenar sus pensamientos. Estaba lleno de sensaciones que le desorientaban.

Le abrió la puerta trasera de la camioneta. La ayudó a meter las herramientas.

–Gracias –dijo ella.

Entonces le soltó... que le gustaría volver a verla. ¿Le gustaría ir con él al cine alguna vez? Comprendió, además, lo que quería hacer en la vida. Quería hacer lo mismo que ella. Quería ser deshollinador. Pero eso no se lo dijo entonces.

Dice J. P. que entonces ella se puso las manos en las caderas y lo miró de arriba abajo. Luego encontró una tarjeta de visita en el asiento delantero de la camioneta. Se la dio.

–Llama esta noche a este número, después de las diez –le dijo–. Podremos hablar. Ahora tengo que irme.

Se puso el sombrero de copa y luego se lo quitó. Volvió a mirar a J. P. Debió de gustarle, porque esta vez sonrió. Él le dijo que tenía un tiznón cerca de la boca. Entonces ella subió a la camioneta, tocó la bocina y se marchó.

–¿Y después? –le pregunto–. No te pares ahora, J. P.

Me interesaba. Pero le habría escuchado aunque me estuviese contando que un día le había dado por jugar a lanzar herraduras.

Anoche llovió. Las nubes se han amontonado sobre las colinas, al otro lado del valle. J. P. carraspea y mira las nubes y las montañas. Se pellizca la barbilla. Luego continúa con lo que estaba diciendo.

Roxy empezó a salir con él. Y poco a poco la convenció de que le permitiera trabajar con ella. Pero Roxy trabajaba con su padre y su hermano, y sólo tenían el trabajo justo. No necesitaban a nadie más. Y, además, ¿quién era ese tal J. P.? ¿J. P. qué? «Ten cuidado», le aconsejaron.

De modo que ella y J. P. vieron algunas películas juntos. Fueron varias veces a bailar. Pero el noviazgo giraba principalmente en torno a la idea de limpiar chimeneas juntos. Antes de darse cuenta, dice J. P., ya estaban hablando de formalizar sus relaciones. Y lo hicieron. Al cabo de poco, se casaron. El suegro asoció a J. P. al negocio. Al

168

año más o menos, Roxy tuvo un niño. Ya no era deshollinadora. En todo caso, dejó de trabajar. Muy pronto tuvo otro niño. J. P. ya tenía veintitantos años por entonces. Compró una casa. Dice que estaba satisfecho de la vida.

–Estaba contento de cómo me iban las cosas –dice–. Tenía todo lo que deseaba. Tenía mujer e hijos a los que quería, y hacía lo que me gustaba.

Pero por alguna razón –¿quién sabe por qué hacemos lo que hacemos?– empezó a beber cada vez más. Se pasó mucho tiempo bebiendo cerveza, sólo cerveza. De cualquier marca, no le importaba. Dice que podía estar bebiendo cerveza las veinticuatro horas del día. Bebía cerveza por la noche, mientras veía la televisión. Claro que de cuando en cuando tomaba bebidas fuertes. Pero eso sólo cuando iban a la ciudad, lo que no era frecuente, o cuando tenían invitados. Entonces llegó el momento, no sabe cómo, en que pasó de la cerveza a la tónica con ginebra. Y seguía bebiendo después de cenar, sentado delante de la televisión. Siempre tenía una copa en la mano. Dice que le gustaba el sabor. Empezó a pasar por los bares después de trabajar, antes de volver a casa y seguir bebiendo. Algunas veces no se presentaba a cenar. O si aparecía, no comía nada. Se atiborraba de aperitivos en el bar. A veces entraba por la puerta y, sin razón aparente, tiraba la fiambrera por el cuarto de estar. Cuando Roxy le gritaba, daba media vuelta y volvía a salir. Luego empezó a beber a primera hora de la tarde, cuando tenía que estar trabajando. Me dice que empezaba el día con un par de copas. Antes de lavarse los dientes se atizaba un lingotazo. Luego tomaba café. Iba a trabajar con un termo de vodka en la bolsa de la tartera.

J. P. deja de hablar. Simplemente cierra la boca. ¿Qué pasa? Le escucho. Me ayuda a relajarme, en primer lugar. Y me aleja de mi propia situación. Al cabo de un momento, le digo:

—¿Qué demonios pasa? Sigue, J. P.

Se pellizca la barbilla. Pero enseguida continúa el relato.

J. P. y Roxy ya tenían verdaderas trifulcas. Me refiero a *peleas*. J. P. dice que una vez ella le dio un puñetazo en la cara y le rompió la nariz.

—Mira esto —dice—. Ahí.

Me enseña una cicatriz por encima del puente de la nariz.

—Eso es una nariz rota.

Él le devolvió el cumplido dislocándole el hombro. Otra vez él le partió el labio. Se pegaban delante de los niños. La situación estaba fuera de control. Pero él siguió bebiendo. No podía parar. Y nada podía pararlo. Ni siquiera las amenazas del padre y del hermano de Roxy de darle una paliza de muerte. Dijeron a Roxy que debería coger a los chicos y largarse. Pero Roxy dijo que aquello era cosa suya. Estaba metida en ello y lo resolvería.

Ahora J. P. se calla otra vez. Se encoge de hombros y se hunde en el sillón. Mira pasar un coche por la carretera, entre el centro y las colinas.

–Quiero oír el resto, J. P. –le digo–. Será mejor que sigas hablando.

–No sé –dice, encogiéndose de hombros.

–Está bien –digo.

Y me refiero a que está bien que lo cuente.

–Continúa, J. P.

Una de las soluciones de Roxy, dice J. P., fue buscarse un amigo. A J. P. le gustaría saber cómo encontró tiempo, con la casa y los niños.

Lo miro, sorprendido. Es un hombre hecho y derecho.

–Si se quiere –le digo–, para eso siempre se saca tiempo. De donde sea.

–Supongo –contesta J. P., sacudiendo la cabeza.

El caso es que lo descubrió –lo del amigo de Roxy–, y se puso furioso. Logró quitarle a Roxy la alianza del dedo y luego la rompió en varios trozos con unos alicates. Un buen entretenimiento. Aprovecharon la ocasión para celebrar un par de asaltos. Cuando iba a trabajar, a la mañana siguiente, lo detuvieron por conducir borracho. Le retiraron el permiso de conducir. Ya no podía ir a trabajar con la furgoneta. Tanto mejor, dice. La semana anterior se había caído de un tejado y se había roto el dedo pulgar. Sólo era cuestión de tiempo hasta que se rompiera la crisma, dice.

Estaba en el centro de Frank Martin para desintoxicarse y meditar sobre la manera de enderezar su vida. Pero no

había venido contra su voluntad, ni yo tampoco. No estábamos encerrados. Podíamos marcharnos cuando quisiéramos. Pero se recomendaba una estancia mínima de una
semana y, tal como decían, «se aconsejaban vivamente»
dos semanas o un mes.

Como he dicho, es la segunda vez que estoy en el centro de Frank Martin. Cuando intenté firmar un talón para
pagarle una semana de estancia por adelantado, Frank
Martin me dijo:

–Las fiestas siempre son peligrosas. Quizá deberías
pensar en quedarte un poco más esta vez. Piensa en un par
de semanas. ¿Podrías quedarte dos semanas? De todos modos, piénsalo. No tienes que decidirte ahora mismo.

Apoyó el pulgar en el cheque y firmé. Luego acompa-
ñé a mi amiga a la puerta y me despedí.

–Adiós –dijo ella.

Dio un bandazo en el quicio de la puerta y salió al
porche haciendo eses.

La tarde está avanzada. Llueve. Voy de la puerta a la
ventana. Aparto la cortina y la veo alejarse. Va en mi coche. Está borracha. Pero yo también lo estoy, y no puedo
evitarlo. Logro acercarme a una butaca grande que está
cerca del radiador y me siento. Algunos apartan la vista
del televisor. Luego siguen con lo que estaban viendo. Me
quedo sentado. De vez en cuando levanto la cabeza para
ver lo que pasa en la pantalla.

Ese mismo día, más tarde, se abrió la puerta de golpe y

apareció J. P. entre dos robustos individuos: su cuñado y su suegro, según me enteré después. Atravesaron la habitación con J. P. El más viejo firmó el registro y le dio un talón a Frank Martin. Luego entre los dos ayudaron a J. P. a subir las escaleras. Supongo que lo metieron en la cama. Muy pronto el viejo y el otro bajaron y se encaminaron a la puerta. Parecía que no veían el momento de largarse de aquí. Era como si no pudieran esperar a lavarse las manos del asunto. No se lo reproché. No, demonios. No sé cómo me habría comportado en su lugar.

Un día y medio después, J. P. y yo nos encontramos en el porche. Nos dimos la mano y hablamos del tiempo. J. P. tenía temblores. Nos sentamos y pusimos los pies sobre la barandilla. Nos retrepamos en las butacas como si sólo estuviéramos allí para descansar, como si nos dispusiéramos a charlar para matar el tiempo. Entonces fue cuando J. P. empezó su historia.

Hace frío fuera, pero no mucho. El cielo está un poco cubierto. Frank Martin sale a terminar el puro. Lleva un jersey abotonado hasta el cuello. Es bajo y corpulento. Tiene el pelo gris rizado y la cabeza pequeña. Demasiado pequeña para el resto de su cuerpo. Se lleva el puro a los labios y se queda de pie con los brazos cruzados. Mueve el puro en la boca y mira al otro lado del valle. Parece un boxeador, alguien que está al cabo de la calle.

J. P. vuelve a guardar silencio. Es decir, apenas respira. Tiro el cigarrillo al cubo de carbón y miro con fijeza a J. P., que se hunde más en la butaca. Se sube el cuello. ¿Qué demonios pasa?, me pregunto. Frank Martin descruza los brazos y da una calada al puro. Deja que el humo se le escape de la boca. Luego alza la barbilla hacia las colinas y dice:

—Jack London tenía un caserón al otro lado del valle. Justo detrás de la colina verde que veis allí. Pero el alcohol lo mató. Que eso os sirva de lección. Valía más que cualquiera de nosotros. Pero él tampoco podía controlar la bebida.

Frank Martin mira lo que le queda del puro. Se ha apagado. Lo tira al cubo.

—Si queréis leer algo mientras estáis aquí, leed ese libro suyo, *La llamada de la selva*. ¿Sabéis a qué me refiero? Lo tenemos ahí dentro, si es que queréis leer algo. Trata de un animal que es mitad perro y mitad lobo. Fin del sermón —dijo, subiéndose los pantalones y bajándose el jersey—. Voy adentro. Os veré a la hora de comer.

—Me siento como un insecto cuando me compara con él —dice J. P. sacudiendo la cabeza, y luego añade—: Jack London. ¡Vaya nombre! Ojalá tuviera yo un nombre así. En vez del que tengo.

La primera vez que vine aquí me trajo mi mujer. Eso era cuando aún estábamos juntos, tratando de arreglar las cosas. Me trajo y se quedó un par de horas, hablando en privado con Frank Martin. Luego se marchó. A la mañana siguiente, Frank Martin me llevó aparte y me dijo:

–Podemos ayudarte. Si tú quieres y escuchas lo que te decimos.

Pero yo no estaba seguro de si podían o no ayudarme. En parte quería ayuda. Pero también estaba la otra parte.

Esta vez ha sido mi amiga quien me ha traído. Condujo mi coche. A través de una tormenta. Bebimos champán todo el tiempo. Los dos estábamos borrachos cuando paró en el camino de entrada. Quería dejarme, dar la vuelta y volver a casa. Tenía cosas que hacer. Una de ellas era ir a trabajar al día siguiente. Era secretaria. Tenía un buen puesto en una fábrica de componentes electrónicos. También tenía un hijo, un adolescente presuntuoso. Yo quería que tomara una habitación en la ciudad para pasar la noche y que luego volviese a casa. No sé si cogió la habitación o no. No he vuelto a saber de ella desde que me condujo por los escalones hasta el despacho de Frank Martin y dijo: «Adivine quién está aquí.»

Pero no estaba enfadado con ella. En primer lugar, no tenía ni idea de dónde se metía cuando me invitó a quedarme a vivir con ella después de que mi mujer me echara de casa. Tuve lástima de ella. La razón por la que me daba pena era que la víspera de Navidad había recibido el resultado del frotis vaginal, y las noticias no eran agradables. Tenía que volver a ver al médico, y muy pronto. Esa novedad nos dio a los dos motivo suficiente para empezar a beber. Así que lo que hicimos fue emborracharnos a fondo. Y el día de Navidad seguíamos borrachos. Tuvimos que salir a comer a un restaurante, porque ella no se sentía con ánimos de guisar. Nosotros dos y su presuntuoso hijo abrimos los regalos y luego fuimos a una barbacoa cerca de su casa. Yo no tenía hambre. Tomé sopa y un panecillo caliente. Me bebí una botella de vino con la sopa. Ella también bebió un poco. Luego empezamos con *bloody marys*. Durante los dos días siguientes no comí nada salvo frutos secos. Pero bebí mucho bourbon. Entonces le dije:

—Cariño, creo que será mejor que haga la maleta. Más me valdría volver al centro de Frank Martin.

Trató de explicarle a su hijo que estaría fuera un tiempo y que tendría que hacerse él la comida. Pero justo cuando salíamos por la puerta, el descarado muchacho nos gritó:

—¡Iros a la mierda! Espero que no volváis nunca. ¡Ojalá os matéis!

¡Menudo niño!

Antes de salir de la ciudad, hice que parase en la licorería, donde compré el champán. Nos detuvimos en otro sitio para agenciarnos vasos de plástico. Luego compramos un cucurucho de pollo frito. Nos pusimos en camino bajo la lluvia, bebiendo y oyendo música. Conducía ella. Yo atendía la radio y escanciaba. Intentamos convertirlo en una pequeña fiesta. Pero estábamos tristes. Teníamos el pollo frito, pero no comimos nada.

Supongo que llegaría bien a casa. Creo que, en caso contrario, me habría enterado de algo. Pero no me ha llamado, y yo tampoco a ella. Quizá haya tenido noticias de su enfermedad. O no le han dicho nada. O tal vez haya sido un error. A lo mejor era el frotis de otra. Pero tiene mi coche, y yo tengo cosas en su casa. Sé que volveremos a vernos.

Aquí tocan una vieja campana de granja para llamar a comer. J. P. y yo nos levantamos de las butacas y pasamos adentro. De todos modos, empieza a hacer frío en el porche. Al hablar veíamos cómo nos salía vaho de la boca.

Por la mañana de Año Nuevo intento llamar a mi mujer. No contesta. No importa. Pero aunque importara, ¿qué podría hacer? La última vez que hablamos por teléfono, hace un par de semanas, terminamos a gritos. La puse verde.

–¡Retrasado mental! –me dijo ella, colgando el teléfono.

Pero ahora quería hablar con ella. Hay que hacer algo con mis cosas. También tengo cosas en su casa.

Uno de los que hay aquí viaja. Va a Europa y todo eso. Eso es lo que cuenta, en todo caso. Por negocios, dice. También afirma que controla la bebida, y no tiene ni idea de por qué está aquí, en el centro de desintoxicación de Frank Martin. Pero no recuerda cómo llegó. Se ríe de eso, de no acordarse. «Todo el mundo puede tener una pérdida momentánea de memoria», dice. «Eso no prueba nada.» No es un borracho; nos lo cuenta y le escuchamos. «Es una acusación grave», dice. «Esa manera de hablar puede arruinar la vida de un hombre honrado.» Asegura que si se limitara a beber whisky con agua, sin hielo, nunca tendría esas pérdidas de memoria. Es el hielo que te ponen en la copa. «¿A quién conoces en Egipto?», me pregunta. «Me vendrían bien unas recomendaciones para ese sitio.»

Para la cena de Nochevieja, Frank Martin nos sirve filete con patatas asadas. Estoy recuperando el apetito. Rebaño el plato y hasta repetiría. Miro el plato de Tiny. Apenas lo ha tocado. Tiene el filete entero. Tiny no es el mismo de antes. El pobrecillo contaba con estar en su casa esta noche. Pensaba estar en bata y zapatillas delante de la televisión, cogido de la mano con su mujer. Ahora tiene miedo de marcharse. Lo entiendo. Un ataque epiléptico significa que te puede dar otro. Desde que le pasó eso, Tiny no ha contado más historias gilipollescas. Se queda callado y se muestra reservado. Le pregunto si me puedo comer su filete y me acerca su plato.

Algunos todavía seguimos levantados, sentados alrededor de la televisión, viendo Times Square, cuando entra Frank Martin para enseñarnos la tarta. Pasa por delante de cada uno y hace que la veamos todos. Yo sé que no la ha hecho él. Es de pastelería. Pero sigue siendo una tarta. Encima hay algo escrito en letras rosas que dice: FELIZ AÑO NUEVO – DÍA A DÍA.

–Yo no quiero nada de esa estúpida tarta –dice el que va a Europa y todo eso; y añade, riendo–: ¿Dónde está el champán?

Vamos todos al comedor. Frank Martin corta la tarta. Me siento al lado de J. P., que se come dos trozos con una coca. Yo me como uno y envuelvo otro en una servilleta de papel, para más tarde.

J. P. enciende un cigarrillo –ya no le tiemblan las manos– y me cuenta que su mujer va a venir por la mañana, el primer día del año.

–Estupendo –le digo, asintiendo con la cabeza y chupándome el merengue de los dedos–. Buenas noticias, J. P.

–Te presentaré.

–Con mucho gusto –le digo.

Nos decimos buenas noches. Nos decimos «Feliz Año Nuevo». Me limpio los dedos con una servilleta. Nos estrechamos la mano.

Voy al teléfono, echo una moneda y llamo a mi mujer a cobro revertido. Pero esta vez tampoco contesta nadie. Pienso en llamar a mi amiga, y ya he marcado su número cuando me doy cuenta de que en realidad no tengo ganas de hablar con ella. Probablemente estará en casa viendo el mismo programa de televisión que yo acabo de ver. De todos modos, no quiero hablar con ella. Espero que esté bien. Pero si le pasa algo malo no quiero saberlo.

Después de desayunar, J. P. y yo tomamos café afuera, en el porche. El cielo está despejado, pero hace suficiente frío como para llevar jersey y chaqueta.

—Me ha preguntado si debía traer a los niños —dice J. P.—. Le he dicho que los deje en casa. ¿Te imaginas? ¡Por Dios! No quiero que mis hijos aparezcan por aquí.

Utilizamos el cubo de carbón como cenicero. Miramos al otro lado del valle, donde vivió Jack London. Estamos bebiendo otro café cuando un coche se desvía de la carretera hacia el camino de entrada.

—¡Es ella! —dice J. P.

Deja la taza junto a la butaca. Se levanta y baja los escalones.

Veo cómo la mujer para el coche y echa el freno de mano. Veo a J. P. abrir la portezuela. La veo bajar y veo cómo se abrazan. Aparto la vista. Luego vuelvo a mirar. J. P. la coge del brazo y suben los escalones. Esa mujer le rompió un día la nariz a su marido. Tiene dos hijos y muchos problemas, pero quiere al hombre que la lleva del brazo. Me levanto de la butaca.

—Éste es mi amigo —dice J. P. a su mujer—. Mira, ésta es Roxy.

Roxy me da la mano. Es una mujer alta y guapa, con

un gorro de lana. Lleva abrigo, jersey grueso y pantalones. Recuerdo lo que me ha contado J. P. acerca del amigo y de los alicates. No veo el anillo de boda. Estará hecho pedazos en alguna parte, supongo. Tiene las manos anchas y los nudillos abultados. Es una mujer que puede dar un buen puñetazo, si se lo propone.

–He oído hablar de ti –le digo–. J. P. me ha contado cómo os conocisteis. Algo relacionado con una chimenea, según él.

–Sí, con una chimenea. Probablemente hay muchas más cosas que no te ha contado. Seguro que no te lo ha dicho todo –dice, riendo.

Luego –ya no puede esperar más– rodea con el brazo a J. P. y le da un beso en la mejilla.

–Encantada de conocerte –dice–. Oye, ¿no te ha dicho que es el mejor deshollinador del oficio?

–Venga, Roxy –dice J. P., con la mano en el pomo de la puerta.

–Me ha dicho que todo lo que sabe lo aprendió de ti –le digo a ella.

–Pues eso seguro que es cierto –dice ella.

Vuelve a reír. Pero es como si pensara en otra cosa. J. P. gira el pomo de la puerta. Roxy pone su mano sobre la de él.

–¿Por qué no vamos a comer a la ciudad, Joe? ¿No te puedo llevar a alguna parte?

–Todavía no ha pasado una semana –dice J. P., carraspeando.

Retira la mano de la puerta y se lleva los dedos a la barbilla.

–Me parece que les gustaría que no saliera durante unos días más. Podemos tomar un café aquí.

–Muy bien –dice Roxy, mirándome otra vez–. Me alegro de que Joe tenga un amigo. Encantada de conocerte.

Se disponen a entrar. Sé que es una estupidez, pero lo hago de todos modos.

–Roxy.

Se paran en el umbral y me miran.

–Necesito suerte. Sin bromas. Me vendría bien un beso.

J. P. agacha la cabeza. Todavía tiene la mano en el pomo, aunque la puerta está abierta. Lo mueve de un lado para otro. Pero yo sigo mirándola. Roxy sonríe.

–Ya no soy deshollinadora. Desde hace años. ¿No te lo ha dicho Joe? Pero claro que te doy un beso, no faltaba más.

Se acerca a mí. Me toma por los hombros –soy alto– y me planta un besazo en los labios.

–¿Qué tal? –me pregunta.

–Estupendo –digo.

–No cuesta nada.

Aún me tiene por los hombros. Me mira directamente a los ojos.

–Buena suerte –dice, soltándome.

–Hasta luego, muchacho –dice J. P.

Abre la puerta de par en par y entran.

Me siento en los escalones y enciendo un cigarrillo. Pongo atención a lo que hago con la mano y luego apago la cerilla. Me han dado los temblores. Esta mañana me he levantado así. Tenía ganas de beber algo. Es deprimente, pero no le he dicho nada a J. P. Intento pensar en otra cosa.

Pienso en los deshollinadores –en todo lo que me ha contado J. P.– cuando me viene a la memoria, no sé por qué, una casa en la que mi mujer y yo vivimos hace tiempo. Aquella casa no tenía chimenea, así que no sé por qué me acuerdo de ella ahora. Pero la recuerdo. No habíamos estado allí más de unas semanas cuando una mañana oí un ruido afuera. Era domingo y la habitación aún estaba a oscuras. Pero por la ventana entraba un poco de luz. Escuché. Oí un ruido como si rascaran en la pared. Salté de la cama y fui a mirar.

–¡Dios mío! –dijo mi mujer, incorporándose y retirándose el pelo de la cara.

Luego se echó a reír.

–Es el señor Venturini –dijo–. He olvidado decírtelo. Dijo que vendría hoy a pintar la casa. Temprano. Antes de que hiciera calor. Se me había olvidado. –Rió de nuevo–. Vuelve a la cama, cielo. Sólo es él.

–Un momento –dije.

Descorrí las cortinas. Afuera, un anciano vestido con un mono estaba de pie junto a una escalera. El sol empezaba a salir detrás de las montañas. El viejo y yo nos miramos. Era el propietario, desde luego, aquel viejo del mono. Pero el mono le quedaba muy grande. Y además necesitaba un afeitado. Llevaba una gorra de béisbol para taparse la calva. Que me aspen, pensé, si no es raro ese viejo. Y me sentí inundado de felicidad por no ser él, por ser yo mismo y estar en aquella habitación con mi mujer.

Señaló al sol con el pulgar. Fingió limpiarse la frente. Me hizo saber que no disponía de mucho tiempo. El viejo pelmazo me dedicó una sonrisa. Entonces me di cuenta de que estaba desnudo. Bajé la cabeza y me miré. Volví a mirarlo a él y me encogí de hombros. ¿Qué esperaba?

Mi mujer se rió.

–Venga –dijo–. Vuelve a la cama. Ahora mismo. Vamos. Vuelve a acostarte.

Corrí otra vez las cortinas. Pero seguí de pie junto a la ventana. Vi al viejo asentir para sí, como si dijera: «Vamos, hijo, vuelve a la cama. Lo entiendo.» Se tiró de la visera. Luego se dedicó a su tarea. Cogió el cubo. Empezó a subir la escalera.

Me recuesto en el escalón superior y cruzo las piernas. Esta tarde quizá intente llamar de nuevo a mi mujer. Y luego llamaré a ver qué pasa con mi amiga. Pero no quiero que se ponga al teléfono su descarado hijo. Si llamo, espero que esté en otra parte, haciendo lo que haga cuando no está en casa. Trato de recordar si he leído algún libro de

Jack London. No me acuerdo. Pero en el bachillerato leí un cuento suyo. «Hacer fuego», se llamaba. Un individuo está a punto de quedarse congelado en el Yukon. Imagínate, va a morir congelado si no logra hacer fuego. Con una fogata podrá secarse los calcetines y las otras cosas y calentarse.

Enciende el fuego, pero algo pasa entonces. De la rama de un árbol se desprende un montón de nieve y cae encima. Se apaga. Mientras, hace cada vez más frío. Se acerca la noche.

Saco unas monedas del bolsillo. Primero trato de hablar con mi mujer. Si contesta, la felicitaré por el Año Nuevo. Eso es todo. No sacaré a relucir las cosas. No levantaré la voz. Ni siquiera cuando ella empiece. Me preguntará desde dónde llamo y tendré que decírselo. No le diré nada de los buenos propósitos de principios de año. No hay modo de gastar bromas con eso. Después de hablar con ella, llamaré a mi amiga. A lo mejor la llamo primero a ella. Sólo espero que el chico no coja el teléfono. «Hola, cariño», le diré cuando conteste. «Soy yo.»

EL TREN

A John Cheever

La mujer se llamaba señorita Dent, y aquella tarde había encañonado a un hombre con una pistola. Lo había obligado a arrodillarse en el polvo suplicando que le perdonara la vida. Mientras los ojos del hombre se llenaban de lágrimas y sus dedos recogían hojas, ella le apuntaba con el revólver y le cantaba cuatro verdades. Trataba de hacerle comprender que no podía seguir pisoteando los sentimientos de la gente.

–¡Ni un movimiento! –dijo.

Pero el hombre simplemente escarbaba el polvo con los dedos y movía un poco las piernas, muerto de miedo. Cuando ella terminó de hablar, cuando dijo todo lo que pensaba de él, le puso el pie en la nuca y le aplastó la cara contra el polvo. Luego guardó el revólver en el bolso y volvió a pie a la estación.

Se sentó en un banco en la desierta sala de espera con el bolso en el regazo. La taquilla estaba cerrada; no había nadie. Incluso el aparcamiento estaba vacío, delante de la estación. Fijó la vista en el enorme reloj de la pared. Quería dejar de pensar en el hombre y en su comportamiento con ella después de conseguir lo que quería. Pero estaba segura de que durante mucho tiempo recordaría el sonido que el hombre emitió por la nariz al arrodillarse. Respiró hondo, cerró los ojos y esperó a oír el ruido del tren.

La puerta de la sala de espera se abrió. La señorita Dent miró en aquella dirección y vio entrar a dos personas. Una de ellas era un anciano de pelo blanco y corbata blanca de seda; la otra era una mujer de mediana edad que llevaba los ojos sombreados, los labios pintados y un vestido de punto de color rosa. La tarde había refrescado, pero ninguno de los dos llevaba abrigo y el anciano iba sin zapatos. Se detuvieron en el umbral, aparentemente sorprendidos de encontrar a alguien en la sala de espera. Trataron de comportarse como si su presencia no los molestase. La mujer le dijo algo al anciano, pero la señorita Dent no percibió sus palabras. La pareja entró en la sala. A la señorita Dent le pareció que tenían cierto aire de inquietud, de haber salido de algún sitio a toda prisa y de ser incapaces todavía de hablar de ello. También podría ser, pensó la señorita Dent, que hubiesen bebido demasiado. La mujer y el anciano de pelo cano miraron al reloj, como si pudiera decirles algo sobre su situación y lo que debían hacer a continuación.

La señorita Dent también miró al reloj. Nada había en

la sala de espera que anunciase el horario de llegada y salida de los trenes. Pero estaba dispuesta a esperar el tiempo que fuese necesario. Sabía que si aguardaba lo suficiente, llegaría un tren, lo abordaría y la llevaría lejos de aquel sitio.

–Buenas tardes –le dijo el anciano a la señorita Dent.

Lo dijo, pensó ella, como si se tratara de una tarde de verano normal y él fuese un anciano importante que llevara zapatos y esmoquin.

–Buenas tardes –dijo la señorita Dent.

La mujer del vestido de punto la miró de un modo calculado para darle a entender que no se alegraba de encontrarla en la sala de espera.

El anciano y la mujer se sentaron en un banco al otro lado de la sala, justo enfrente de la señorita Dent. Miró cómo el anciano se estiraba un poco los pantalones, cruzaba las piernas y empezaba a mover el pie, convenientemente enfundado en su calcetín. El anciano sacó un paquete de cigarrillos y una boquilla del bolsillo de la camisa. Insertó el cigarrillo en la boquilla y se llevó la mano al bolsillo de la camisa. Luego buscó en los bolsillos del pantalón.

–No tengo lumbre –dijo a la mujer.

–Yo no fumo –dijo ella–. Cualquiera diría que no me conoces lo suficiente para saberlo. Si es que tienes que fumar, *ella* quizá tenga una cerilla.

La mujer alzó la barbilla lanzando una mirada a la señorita Dent.

Pero la señorita Dent negó con la cabeza. Se acercó más el bolso. Tenía las rodillas juntas, los dedos crispados sobre el bolso.

–Así que, encima de todo lo demás, no hay cerillas –dijo el anciano de pelo blanco.

Se registró los bolsillos una vez más. Luego suspiró y sacó el cigarrillo de la boquilla. Volvió a meter el cigarrillo en el paquete. Guardó los cigarrillos y la boquilla en el bolsillo de la camisa.

La mujer empezó a hablar en una lengua que la señorita Dent no entendía. Pensó que podría ser italiano porque su rápida manera de hablar se parecía a la de Sofia Loren en una película que había visto.

El anciano sacudió la cabeza.

–No te sigo, ¿sabes?, vas muy deprisa para mí; tendrás que ir más despacio. Habla inglés. No te entiendo –dijo.

La señorita Dent dejó de aferrar el bolso y lo puso en el banco, junto a ella. Miró el cierre. No sabía exactamente lo que debía hacer. La sala era pequeña y no le parecía bien levantarse de pronto para ir a sentarse a otra parte. Sus ojos se dirigieron al reloj.

–No puedo soportar a esa pandilla de locos –dijo la mujer–. ¡Es tremendo! Sencillamente, no puede explicarse con palabras. ¡Dios mío!

Después de decir eso la mujer sacudió la cabeza. Se dejó caer contra el respaldo del banco, como agotada. Alzó la vista y miró brevemente al techo.

El anciano tomó la corbata de seda entre los dedos y empezó a manosear el tejido. Se abrió un botón de la camisa y pasó la corbata por dentro. La mujer prosiguió, pero él parecía pensar en otra cosa.

–Es esa chica la que me da lástima –dijo la mujer–. La pobrecita, sola en una casa llena de idiotas y de víboras. Es la única que me da pena. ¡Y ella es quien debe pagar! ¡No los demás! ¡Desde luego no ese imbécil que llaman Capitán Nick! No es responsable de nada. Él no.

El anciano alzó la cabeza y echó una mirada por la sala de espera. Se fijó un momento en la señorita Dent.

La señorita Dent miró por encima de él, a la ventana. Vio la alta farola, con la luz brillando sobre el aparcamiento vacío. Tenía las manos cruzadas en el regazo y trataba de concentrarse en sus propios asuntos. Pero no podía dejar de oír lo que aquella gente decía.

–Te voy a decir una cosa –dijo la mujer–. La chica es la única que me interesa. ¿A quién le importa el resto de esa tribu? Toda su existencia gira alrededor del *café au lait* y el cigarrillo, de su refinado chocolate suizo y de esos puñeteros guacamayos. No les importa nada aparte de eso. ¿Qué más les interesa? Si no vuelvo a ver a esa pandilla otra vez, tanto mejor. ¿Me entiendes?

–Claro que te entiendo –contestó el anciano–. Naturalmente.

Descabalgó la pierna, la apoyó en el suelo y cruzó la otra.

—Pero no te preocupes por eso ahora —dijo.

—Dice que no me preocupe por eso. ¿Por qué no te miras al espejo?

—No te inquietes por mí —dijo el anciano—. Peores cosas me han pasado y aquí me tienes. —Se rió en voz baja y sacudió la cabeza—. No te preocupes por mí.

—¿Cómo no voy a preocuparme por ti? —preguntó ella—. ¿Quién, si no, va a preocuparse por ti? ¿Esa mujer del bolso va a preocuparse por ti?

Dejó de hablar el tiempo suficiente para fulminar a la señorita Dent con la mirada.

—Lo digo en serio, *amico mio*. ¡Pero mírate! ¡Por Dios, si no hubiese tenido ya tantas cosas en la cabeza, me habría dado un ataque de nervios allí mismo! Dime quién más va a preocuparse por ti si yo no lo hago. Te hago una pregunta en serio. Ya que sabes tantas cosas, contéstame a ésa.

El anciano de pelo blanco se puso en pie y luego volvió a sentarse.

—No te preocupes por mí, simplemente —dijo—. Preocúpate por otra persona. Si quieres preocuparte por alguien, hazlo por la chica y por el Capitán Nick. Tú estabas en otra habitación cuando él dijo: «Yo no soy serio, pero estoy enamorado de ella.» Ésas fueron exactamente sus palabras.

—¡Sabía que pasaría algo así! —gritó la mujer.

Cerró los dedos y se llevó las manos a las sienes.

—¡Sabía que me dirías algo parecido! Pero tampoco me

sorprende. No, no me pilla de sorpresa. Un leopardo no muda las manchas. Nunca se ha dicho nada más cierto. Lo dice la experiencia. Pero ¿cuándo vas a despertarte, viejo estúpido? Contéstame. ¿Acaso eres como una mula, que primero hay que sacudirla entre los ojos con un bastón? *O Dio mio!* ¿Por qué no vas a mirarte al espejo? Y fíjate bien, de paso.

El anciano se levantó del banco y se acercó a la fuente. Se puso una mano a la espalda, abrió el grifo y se inclinó para beber. Luego se enderezó y se limpió la barbilla con el dorso de la mano. Se llevó las manos a la espalda y empezó a recorrer la habitación como si estuviera de paseo.

Pero la señorita Dent vio que sus ojos exploraban el suelo, los bancos vacíos, los ceniceros. Comprendió que buscaba cerillas y lamentó no tener ninguna.

La mujer se había vuelto para seguir los movimientos del anciano.

—¡Pollo frito de Kentucky en el Polo Norte! ¡El Coronel Sanders con botas y parka! ¡Eso fue el colmo! ¡El acabose!

El anciano no contestó. Prosiguió su circunnavegación de la sala y se detuvo delante de la ventana. Se quedó allí, con las manos a la espalda, mirando el aparcamiento vacío.

La mujer se volvió hacia la señorita Dent. Se tiró de la sisa del vestido.

—La próxima vez que vaya a ver películas domésticas sobre Point Barrow, Alaska, y sus esquimales norteamericanos, me lo tendré merecido. ¡Qué absurdo, por Dios! Hay gente que haría cualquier cosa. Los hay que tratarían de matar de aburrimiento a sus enemigos. Pero había que haber estado allí.

La mujer lanzó a la señorita Dent una mirada agresiva, como si la desafiara a llevarle la contraria.

La señorita Dent cogió el bolso y se lo puso en el regazo. Miró el reloj, que parecía avanzar muy despacio, suponiendo que se moviera.

—No es usted muy habladora —dijo la mujer a la señorita Dent—. Pero apuesto a que tendría mucho que decir si alguien la animara ¿Verdad? Pero usted es lista. Prefiere quedarse sentada con su boquita decorosamente cerrada mientras otros hablan sin parar. ¿Tengo razón? Agua mansa. ¿Así es usted? —preguntó la mujer—. ¿Cómo *la* llaman?

—La señorita Dent. Pero yo no la conozco a usted.

—¡Pues yo tampoco a usted! —exclamó la mujer—. Ni la conozco ni quiero conocerla. Quédese ahí sentada y piense lo que quiera. Eso no cambiará nada. ¡Pero sé lo que pienso yo, que esto da asco!

El anciano se apartó de la ventana y salió. Cuando volvió, un momento después, tenía un cigarrillo encendido en la boquilla y parecía de mejor humor. Llevaba los hombros echados hacia atrás y la barbilla hacia adelante. Se sentó junto a la mujer.

—He encontrado cerillas —dijo—. Allí estaban, junto al

bordillo de la acera, en un librillo. Se le deben de haber caído a alguien.

—En el fondo, tienes suerte —dijo la mujer—. Y eso es una ventaja en tu situación. Siempre lo he sabido, aunque nadie más se diese cuenta. La suerte es importante.

La mujer miró a la señorita Dent y prosiguió:

—Joven, apuesto a que usted ha cometido errores en la vida. Estoy segura. Me lo dice la expresión de su cara. Pero no va a ponerse a hablar de ello. Adelante, pues, no hable. Deje que hablemos nosotros. Pero envejecerá. Entonces ya tendrá algo de que hablar. Espere a tener mi edad. O la suya —añadió la mujer, señalando al anciano con el dedo pulgar—. No lo quiera Dios. Pero todo llega. A su debido tiempo todo llega. Y tampoco hay que buscarlo. Viene sólo.

La señorita Dent se levantó del banco sin dejar el bolso y se acercó a la fuente. Bebió y se volvió a mirarlos. El anciano había terminado su cigarrillo. Lo sacó de la boquilla y lo tiró debajo del banco. Golpeó la boquilla contra la palma de la mano, sopló el humo que había dentro y volvió a guardarla en el bolsillo de la camisa. Ahora también prestó atención a la señorita Dent. Fijó la vista en ella y esperó junto con la mujer. La señorita Dent hizo acopio de fuerzas para hablar. No sabía por dónde empezar, pero pensó que podría decir primero que tenía una pistola en el bolso. Incluso podría decirles que aquella misma tarde había estado a punto de matar a un hombre.

Pero en aquel momento oyeron el tren. Primero, el silbido; luego, un ruido metálico y un timbre de alarma cuando la barrera descendió sobre el paso a nivel. La mujer y el anciano de pelo blanco se levantaron del banco y se dirigieron a la puerta. El anciano abrió la puerta para que pasara su compañera, luego sonrió e hizo un gesto con la mano para que la señorita Dent saliera antes que él. Ella llevaba el bolso sujeto contra la blusa. Salió detrás de la mujer mayor.

El tren silbó otra vez al tiempo que aminoraba la marcha; luego se detuvo frente a la estación. El foco de la locomotora se movía de un lado para otro sobre los raíles. Los dos vagones que componían el pequeño convoy estaban bien iluminados, de modo que a las tres personas que estaban en el andén les resultó fácil ver que el tren venía casi vacío. Pero no les sorprendió. A aquella hora, lo que les sorprendía era ver a alguien a bordo.

Los escasos viajeros se asomaban a las ventanillas de los vagones y encontraban raro ver a aquella gente en el andén, disponiéndose a abordar un tren a aquella hora de la noche. ¿Qué asunto los habría sacado de sus casas? A aquella hora, la gente debería estar pensando en acostarse. En las casas de las colinas que se veían detrás de la estación, las cocinas estaban limpias y arregladas; los lavavajillas hacía mucho que habían concluido su función, todo estaba en su sitio. Las lamparillas de noche brillaban en los cuartos de los niños. Unas cuantas adolescentes aún estarían leyendo novelas, retorciéndose un mechón de pelo entre los dedos. Pero las televisiones se apagaban. Maridos y mujeres se disponían a pasar la noche. La media docena de viajeros sentados en los dos vagones miraban por la ventanilla y sentían curiosidad por las tres personas del andén.

Vieron a una señora de mediana edad, muy maquillada y con un vestido de punto de color rosa, subir el estribo y entrar en el tren. Tras ella, una mujer más joven, vestida con blusa y falda de verano que aferraba un bolso. Las siguió un anciano que andaba despacio con aire solemne. El anciano tenía el pelo blanco y llevaba una corbata blanca de seda, pero iba descalzo. Los viajeros, como es lógico, pensaron que los tres iban juntos; y tuvieron la seguridad de que, fuera cual fuese el asunto de que se hubieran ocupado aquella noche, no había tenido un desenlace satisfactorio. Pero los viajeros habían visto en su vida cosas más extrañas. El mundo está lleno de historias de todo tipo, como ellos bien sabían. Aquello tal vez no fuese tan malo como parecía. Por esa razón, apenas volvieron a pensar en las tres personas que avanzaban por el pasillo para encontrar acomodo: la mujer y el anciano de pelo blanco se sentaron juntos, la joven del bolso unos asientos más atrás. En cambio, los viajeros miraban a la estación pensando en sus cosas, en los asuntos en que estaban enfrascados antes de que el tren parase en la estación.

El factor examinó la vía. Luego miró atrás, en la dirección en la que venía el tren. Alzó el brazo y, con el farol, hizo una señal al maquinista. Eso era lo que el maquinista esperaba. Giró una llave y bajó una palanca. El tren arrancó. Lentamente al principio, pero luego empezó a tomar velocidad. Fue acelerando hasta que una vez más surcó la campiña a toda marcha, con sus brillantes vagones arrojando luz sobre la vía.

FIEBRE

Carlyle estaba en apuros. Así había estado todo el verano, desde que lo dejó su mujer a principios de junio. Pero hasta hacía poco, justo unos días antes de empezar las clases en el instituto, Carlyle no había necesitado a nadie que le cuidara los niños. Él se había ocupado de ellos. Los había atendido día y noche. Su madre, les dijo, estaba haciendo un largo viaje.

Debbie, la primera niñera que localizó, era una muchacha gorda de diecinueve años que, según le dijo, provenía de una familia numerosa. Los niños la querían, aseguró. Dio un par de nombres como referencia. Los escribió a lápiz en un trozo de papel de cuaderno. Carlyle lo cogió, lo dobló y se lo guardó en el bolsillo de la camisa. Le dijo que tenía reuniones al día siguiente. Que podía empezar a trabajar por la mañana.

—Muy bien —dijo ella.

Comprendió que comenzaba una nueva época de su

vida. Eileen se marchó mientras Carlyle aún estaba pasando las calificaciones de fin de curso. Le dijo que se iba al sur de California para empezar una nueva vida. Se fue con Richard Hoopes, uno de los compañeros de instituto de Carlyle. Hoopes era profesor de arte dramático e instructor de fabricación de vidrio soplado, y al parecer había entregado las notas a tiempo, recogido sus cosas y abandonado la ciudad a toda prisa con Eileen. Ahora, con el largo y penoso verano atrás y las clases a punto de comenzar de nuevo, Carlyle se había ocupado finalmente de la cuestión de encontrar niñera. Sus primeros intentos resultaron fallidos. Desesperando de encontrar a alguien –a cualquiera–, se quedó con Debbie.

Al principio, agradeció que la muchacha respondiera a su solicitud. Le confió la casa y los niños como si se tratara de una parienta. De modo que a nadie había de culpar sino a sí mismo, a su propio descuido, de eso estaba seguro, cuando un día de la primera semana de clase llegó pronto a casa y paró en el camino de entrada junto a un coche con dos enormes dados de franela colgando del espejo retrovisor. Para su sorpresa, vio a sus hijos en el jardín, con la ropa sucia, jugando con un perro lo bastante grande como para arrancarles las manos de un mordisco. Su hijo, Keith, tenía hipo y había estado llorando. Sarah, su hija, empezó a berrear cuando lo vio bajar del coche. Estaban sentados en la hierba, y el perro les lamía la cara y las manos. El perro le gruñó y luego se apartó un poco cuando Carlyle se acercó a sus hijos. Cogió en brazos a Keith y luego a Sarah. Con un niño en cada brazo se acercó a la puerta. Dentro de la casa, el tocadiscos sonaba tan alto que las ventanas delanteras vibraban.

En la sala de estar, tres adolescentes se pusieron en pie de un salto abandonando sus asientos alrededor de la mesita. Encima de ella había botellas de cerveza y en el cenicero humeaban cigarrillos. Rod Stewart aullaba en el estéreo. En el sofá, Debbie, la muchacha gorda, se sentaba con otro chico. Miró a Carlyle con estúpida incredulidad cuando entró en la sala de estar. La muchacha gorda tenía la blusa abierta. Con las piernas recogidas bajo el cuerpo, fumaba un cigarrillo. La sala de estar estaba llena de humo y de música. La muchacha gorda y su amigo se levantaron a toda prisa del sofá.

–Señor Carlyle, espere un momento –dijo Debbie–. Deje que le explique.

–No me expliques nada –dijo Carlyle–. Largaos de aquí. Todos. Antes de que os eche yo.

Sujetó a los niños con más fuerza.

–Me debe cuatro días –dijo la muchacha gorda, tratando de abotonarse la blusa. Aún tenía el cigarrillo entre los dedos. Mientras intentaba abotonarse, se le cayó la ceniza–. Hoy no. Por hoy no me debe nada. Señor Carlyle, no es lo que parece. Pasaron a escuchar este disco.

–Lo entiendo, Debbie.

Dejó a los niños sobre la alfombra. Pero ellos se quedaron pegados a sus piernas, mirando a la gente que había en la sala de estar. Debbie los miró y sacudió la cabeza despacio, como si nunca antes les hubiera puesto la vista encima.

—¡Fuera, maldita sea! —dijo Carlyle—. Venga. Vamos. Todos vosotros.

Fue a la puerta y la abrió. Los chicos se comportaban como si no tuvieran verdadera prisa. Cogieron sus cervezas y se encaminaron despacio hacia la puerta. El disco de Rod Stewart seguía sonando.

—El disco es mío —dijo uno de ellos.

—Cógelo —repuso Carlyle.

Dio un paso hacia el muchacho y se detuvo.

—No me toque, ¿eh? Simplemente, no me toque —dijo el chico.

Se acercó al tocadiscos, alzó el brazo, lo apartó y quitó el disco mientras el plato seguía girando.

A Carlyle le temblaban las manos.

—Si ese coche no está fuera del camino dentro de un minuto, uno solo, llamaré a la policía.

Sentía vértigo y estaba ciego de ira. Vio bailar lucecitas delante de sus ojos; las vio de verdad.

—Oiga, escuche, que ya nos vamos, ¿eh? —dijo el muchacho—. Nos vamos.

Salieron de la casa en fila india. Afuera, la muchacha gorda trastabilló un poco. Fue hacia el coche dando bandazos. Carlyle la vio detenerse y llevarse las manos a la cara. Así se quedó en el camino durante un momento.

Luego uno de los chicos la empujó por detrás llamándola por su nombre. Ella dejó caer los brazos y subió al asiento trasero del coche.

—Papá os pondrá ropa limpia —dijo Carlyle a sus hijos, tratando de mantener firme la voz—. Os bañaré y os pondré ropa limpia. Luego saldremos a comer una pizza. ¿Qué os parece una pizza?

—¿Dónde está Debbie? —le preguntó Sarah.

—Se ha ido —contestó Carlyle.

Por la noche, después de acostar a los niños, llamó a Carol, la compañera de instituto con la que salía desde hacía un mes. Le contó lo que había pasado con la niñera.

—Mis niños estaban en el jardín con un perro enorme, tan grande como un lobo. La niñera estaba en la casa con una pandilla de gamberros amigos suyos. Tenían a Rod Stewart sonando a toda pastilla, y se estaban emborrachando mientras los niños jugaban en el jardín con ese perro extraño.

Se llevó los dedos a las sienes y allí los dejó mientras hablaba.

—¡Santo Dios! —dijo Carol—. Pobrecito mío, cuánto lo siento.

No la oía con claridad. Se la imaginó dejando que el aparato le resbalara hasta la barbilla, como tenía costumbre de hacer mientras hablaba por teléfono. Se lo había visto hacer. Era un hábito que él encontraba un tanto irritante. ¿Quería que ella fuese a su casa?, preguntó Carol. Porque iría. Pensaba que sería lo mejor. Llamaría a su niñera. Y luego se acercaría a su casa. Quería ir. No debía tener miedo de decirle cuándo necesitaba su cariño, le dijo. Carol era una de las secretarias del despacho del director del instituto donde Carlyle daba clases de arte. Estaba divorciada y tenía un hijo, un niño neurótico de diez años a quien su padre llamó Dodge en honor a su automóvil.

–No, está bien –repuso Carlyle–. Pero te lo agradezco. *Gracias,* Carol. Los niños están acostados, pero creo que me sentiría un poco raro teniendo compañía esta noche, ¿sabes?

Ella no insistió.

–Siento lo que ha pasado, cariño. Pero entiendo que quieras estar solo esta noche. Lo comprendo. Te veré mañana en el instituto.

Carlyle notó que esperaba a que él dijera algo más.

–Ya son dos niñeras en menos de una semana. Esto me va a volver loco.

–No te deprimas por eso, cariño –dijo ella–. Ya saldrá algo. Este fin de semana te ayudaré a encontrar a alguien. Todo se arreglará, ya verás.

–Gracias por responder cuando te necesito –dijo él–. No hay muchas como tú, ¿sabes?

–Buenas noches, Carlyle –se despidió ella.

Después de colgar, lamentó que no se le hubiera ocurrido decir otra cosa diferente de lo que había dicho. En la vida había hablado así. No mantenían relaciones amorosas, él no las llamaría así, aunque ella le gustaba. Carol sabía que él atravesaba una mala época, y no le exigía nada.

Después de que Eileen se marchara a California, Carlyle había pasado con los niños cada minuto del primer mes. Pensaba que se debía a la conmoción que le había producido su marcha, pero no quería perderlos de vista ni un momento. Desde luego no tenía interés en ver a otras mujeres, y durante un tiempo pensó que nunca sería capaz de hacerlo. Se sentía como si estuviera de luto. Pasaba el día y la noche en compañía de sus hijos. Guisaba para ellos –él no tenía apetito–, les lavaba y planchaba la ropa, los llevaba al campo, donde cogían flores y comían bocadillos envueltos en papel encerado. Iban con él al supermercado, donde les dejaba coger lo que quisieran. Y cada pocos días iban al parque, a la biblioteca o al zoológico. Llevaban pan duro al zoo para echárselo a los patos. Por la noche, antes de acostarlos, Carlyle les leía a Esopo, Hans Christian Andersen, los hermanos Grimm.

–¿Cuándo vuelve mamá? –le preguntaba uno de ellos en medio de un cuento.

–Pronto –decía él–. Un día de éstos. Ahora, escuchad.

Luego leía el cuento hasta el final, les daba un beso y apagaba la luz.

Y mientras dormían, él recorría las habitaciones de la casa con un vaso en la mano, diciéndose que sí, que Eileen volvería tarde o temprano. Y al momento siguiente decía:

«No quiero volver a verte más. Nunca te lo perdonaré, zorra indecente.» Y poco después: «Vuelve, cariño, por favor. Te quiero y te necesito. Los niños también te necesitan.» Aquel verano se había quedado dormido algunas noches delante de la televisión, y se había despertado con el aparato en marcha y la pantalla llena de nieve. Era la época en que pensaba que no veía a ninguna mujer durante mucho tiempo, por no decir nunca. Por la noche, sentado delante de la televisión con una revista o un libro sin abrir junto a él en el sofá, solía pensar en Eileen. Cuando lo hacía, recordaba su risa, tan dulce, o su mano dándole masaje en el cuello cuando se quejaba de tenerlo dolorido. En esas ocasiones casi llegaba al borde de las lágrimas. Había pensado que esas cosas sólo les ocurrían a los demás.

Poco antes del incidente con Debbie, cuando la conmoción y la pena se habían suavizado un poco, telefoneó a una agencia de colocaciones para explicarles la situación y lo que necesitaba. Anotaron los datos y le dijeron que ya lo llamarían. No había mucha gente que quisiera encargarse de la limpieza y de cuidar niños, le dijeron, pero encontrarían a alguien. Pocos días antes de ir al instituto para las reuniones y las matrículas, volvió a llamar y le dijeron que por la mañana temprano alguien iría a su casa.

Se trataba de una mujer de treinta y cinco años con brazos velludos y zapatos gastados. Ella le dio la mano y le escuchó sin hacerle una sola pregunta sobre los niños, ni siquiera cómo se llamaban. Cuando la llevó a la parte de atrás de la casa, donde jugaban los niños, se limitó a mirarlos un momento sin decir nada. Cuando al fin sonrió, Carlyle vio que le faltaba un diente. Sarah dejó sus lápices de colores, se acercó a ellos y se quedó al lado de su padre. Tomó la mano de Carlyle y miró a la mujer. Keith también la observaba. Luego siguió pintando. Carlyle le dio las gracias por haber ido y le dijo que ya la llamaría.

Por la tarde anotó un número del tablón de anuncios del supermercado. Alguien ofrecía sus servicios para cuidar niños. Daban referencias si era necesario. Carlyle marcó el número y le contestó Debbie, la gorda.

En el verano, Eileen había enviado a los niños unas postales, cartas, fotografías suyas y algunos dibujos a plumilla que había hecho desde que se marchó. También envió a Carlyle cartas largas y llenas de divagaciones en las que le pedía su comprensión respecto al asunto –a *este asunto*–, pero le explicaba que era feliz. Feliz. Como si la felicidad lo fuese todo en la vida, pensaba Carlyle. Le decía que si la quería realmente, tal como afirmaba y tal como ella creía verdaderamente –y ella también lo quería, que no lo olvidara–, entonces debía entender y aceptar las cosas como eran. Escribió: «Lo que está unido de verdad jamás podrá desunirse.» Carlyle no estaba seguro de si se refería a sus propias relaciones o a su forma de vida en California. Aborrecía la palabra *unido*. ¿Qué tenía que ver con ellos? ¿Pensaba Eileen que eran una sociedad anónima? Se dijo que Eileen debía de estar perdiendo la cabeza para hablar así. Volvió a leer el párrafo y luego hizo una bola con la carta.

Pero unas horas después sacó la carta de la papelera donde la había tirado y la guardó junto con las demás cartas y tarjetas en una caja, en un estante de su armario. En uno de los sobres había una fotografía de ella en traje de baño, con un sombrero flexible de alas anchas. Y también un dibujo a lápiz en papel grueso que representaba una mujer a la orilla de un río con un vestido vaporoso, los ojos tapados con las manos y los hombros hundidos. Era, supuso Carlyle, Eileen, que mostraba su pesar por la situación. En la universidad, se había licenciado en Bellas Artes y, aun cuando accedió a casarse con él, le dijo que tenía intención de cultivar su talento. Carlyle le dijo que él no lo aceptaría de otro modo. Era algo que se debía a sí misma, le dijo. Se lo debía a los dos. En aquella época se querían. Estaba convencido. No se imaginaba que jamás pudiera querer a otra mujer tanto como a ella. Y también se sentía querido. Luego, tras ocho años de matrimonio, Eileen se había ido de su lado. Como le decía en la carta, iba a «vivir su vida».

Después de hablar con Carol echó una mirada a los niños, que estaban dormidos. Luego fue a la cocina y se preparó un trago. Pensó en llamar a Eileen para contarle el problema de las niñeras, pero decidió no hacerlo. Tenía su número de teléfono y su dirección, desde luego. Pero sólo había llamado una vez hasta el momento, no había escrito una sola carta. Ello se debía en parte a la sensación de perplejidad que le producía la situación, y en parte a la ira y la humillación. Una vez, a principios de verano, después de unas copas, se arriesgó a la humillación y llamó. Richard Hoopes contestó al teléfono como si todavía fuesen amigos.

–Hola, Carlyle –dijo. Luego, como si se acordara de algo, añadió–: Espera un momento, ¿eh?

Se puso Eileen.

–¿Qué tal, Carlyle? ¿Cómo están los niños? Háblame de ti.

Le dijo que los niños estaban muy bien. Pero antes de que pudiera añadir nada más, lo interrumpió para decir:

–Ya sé que *ellos* están bien. Pero ¿y *tú*?

Luego empezó a decirle que tenía la cabeza en su sitio por primera vez desde hacía mucho tiempo. A continuación le habló de su cabeza, de la de él, y de su *karma*. Había penetrado en su *karma*. Iba a mejorar en cualquier momento. Carlyle la escuchó, incapaz de dar crédito a sus oídos.

–Tengo que irme ahora, Eileen –dijo, y colgó.

El teléfono sonó un momento después, pero lo dejó sonar. Cuando se paró, lo descolgó y lo dejó así hasta la hora de acostarse.

Ahora quería llamarla, pero le daba miedo. Aún la echaba de menos y sentía necesidad de confiar en ella. Ansiaba oír su voz –dulce, serena, sin los histerismos de los últimos meses–, pero si marcaba el número podría contestar Richard Hoopes. Carlyle no quería volver a oír la voz de aquel hombre. Durante tres años, Richard había sido su compañero y, según creía, una especie de amigo. Al menos era alguien con quien Carlyle almorzaba en el comedor del instituto, con quien hablaba de Tennessee Williams y de las fotografías de Ansel Adams. Pero aunque fuera Eileen quien contestara al teléfono, podría soltarle una perorata acerca de su *karma*.

Mientras estaba allí sentado con el vaso en la mano, tratando de recordar lo que era estar casado y tener una relación íntima con alguien, sonó el teléfono. Lo cogió, oyó ruidos en la línea y, antes de que quien llamaba dijera su nombre, supo que era Eileen.

–Precisamente estaba pensando en ti –dijo Carlyle, que al momento se arrepintió de sus palabras.

–¡Ves! Sabía que estabas pensando en mí, Carlyle. Bueno, yo también me acordaba de ti. Por eso te he llamado.

Carlyle contuvo el aliento. Eileen estaba perdiendo la cabeza. Eso era evidente.

–Y ahora, escucha –prosiguió ella–. La razón principal por la que llamo es que estoy segura de que las cosas no van muy bien ahora por ahí. No me preguntes cómo, pero lo sé. Lo siento, Carlyle. Pero ésta es la cuestión. Te sigue haciendo falta una buena asistenta que cuide a la vez de los niños, ¿no es cierto? ¡Pues tienes una en el barrio, prácticamente

mente ahí mismo! Bueno, si ya has encontrado alguna y te vale, tanto mejor. Pero mira, en caso de que encuentres dificultades en ese terreno, hay una mujer que trabajó para la madre de Richard. Le expliqué a Richard el problema que podría haber y empezó a movilizarse. ¿Quieres saber lo que hizo? ¿Me escuchas? Llamó a su madre, que tuvo a esa mujer de asistenta. La mujer es la señora Webster. Se ocupaba de las cosas de la madre de Richard antes de que su tía y su hija fuesen a vivir con ella. Richard tiene su número, que se lo ha dado su madre. Ha hablado hoy con la señora Webster. La señora Webster te llamará esta noche. Y si no, lo hará por la mañana. O lo uno o lo otro. En cualquier caso, te ofrecerá sus servicios, si la necesitas. Lo que es probable; nunca se sabe. Aunque tengas solucionada la situación, cosa que espero. Pero podrías necesitarla alguna vez. ¿Sabes lo que te digo? Si no te hace falta en este momento, tal vez la necesites más adelante. ¿De acuerdo? ¿Cómo están los niños? ¿Qué travesura están haciendo?

–Los niños están bien, Eileen. Están durmiendo.

Quizá debería decirle que todas las noches lloraban hasta quedarse dormidos. Se preguntó si debería decirle la verdad, que no habían preguntado por ella ni una sola vez en las dos últimas semanas. Decidió no decírselo.

–He llamado antes, pero estabas comunicando. Le comenté a Richard que probablemente estarías hablando con tu amiga –dijo Eileen, riendo–. Sé optimista. Pareces deprimido.

—Tengo que irme, Eileen.

Se dispuso a colgar, apartándose el aparato de la oreja. Pero ella seguía hablando.

—Di a Keith y Sarah que los quiero. Diles que les envío más dibujos. Díselo. No quiero que olviden que su madre es una artista. Quizá no muy importante todavía, pero da igual. Una artista, ya sabes. Es importante que no lo olviden.

—Se lo diré —dijo Carlyle.

—Saludos de Richard.

Carlyle no contestó. Lo repitió para sus adentros: *saludos*. ¿Qué querría decir aquel hombre con esa palabra?

—Gracias por llamar —dijo—. Gracias por hablar con esa mujer.

—¡La señora Webster!

—Sí. Será mejor que cuelgue ya. No quiero arruinarte.

Eileen rió.

—Sólo es dinero. El dinero no tiene importancia, salvo como un medio necesario de intercambio. Hay cosas más importantes que el dinero. Pero tú ya lo sabes.

Apartó el teléfono y lo sostuvo delante de él. Miró al aparato del que salía la voz.

—Las cosas te van a ir mejor, Carlyle. Lo *sé*. Quizá pienses que estoy loca o algo así. Pero acuérdate.

¿Acordarme de qué?, se preguntó alarmado Carlyle, pensando que se le debía haber escapado algo. Se acercó el aparato.

212

–Gracias por llamar, Eileen.

–Tenemos que estar en contacto –dijo ella–. Hemos de mantener abiertos todos los canales de comunicación. Creo que ya ha pasado lo peor. Para los dos. Yo también he sufrido. Pero vamos a conseguir todo lo que la vida nos tiene reservado a los dos, y a la larga saldremos *fortalecidos* de todo esto.

–Buenas noches –dijo él.

Colgó. Luego miró al teléfono. Esperó. No volvió a sonar. Pero lo hizo una hora después. Contestó.

–Señor Carlyle –dijo una voz de mujer mayor–. Usted no me conoce, pero soy la señora de Jim Webster. Me dijeron que lo llamase.

–La señora Webster, sí –dijo él, recordando lo que le había dicho Eileen–. Señora Webster, ¿puede usted venir a mi casa por la mañana? Temprano. ¿Digamos a las siete?

–Perfectamente –dijo la mujer–. A las siete. Deme su dirección.

–Me gustaría poder contar con usted –dijo Carlyle.

–Puede contar conmigo.

–No se cómo decirle lo importante que es.

–No se preocupe –dijo la mujer.

A la mañana siguiente, cuando sonó el despertador, le dieron ganas de no abrir los ojos y seguir soñando. El sueño tenía que ver con una granja. Y también había una cascada. Alguien, no sabía quién, caminaba por la carretera llevando algo. Tal vez fuese una cesta con la merienda. No era un sueño inquietante. En él parecía existir una sensación de bienestar.

Finalmente, se dio la vuelta y apagó el despertador. Se quedó tumbado un rato más. Luego se levantó, se puso las zapatillas y fue a la cocina a poner el café.

Se afeitó y se vistió. Después se sentó a la mesa de la cocina con el café y un cigarrillo. Los niños seguían acostados. Pero a los cinco minutos pensó en poner los cereales en la mesa, junto con tazones y cucharas, y luego ir a despertarlos para desayunar. No acababa de creer que la mujer que le había llamado la noche anterior apareciese esta mañana, tal como había dicho. Decidió esperar a las siete y cinco para llamar al instituto; se tomaría el día libre y haría todo lo imaginable para encontrar a alguien digno de confianza. Se llevó la taza a los labios.

Entonces oyó un rumor en la calle. Dejó la taza y se levantó de la mesa para mirar por la ventana. Una furgoneta se había detenido junto a la acera, frente a su casa. El motor seguía en marcha y el vehículo vibraba. Carlyle fue a la puerta, la abrió y saludó con la mano. Una mujer mayor le devolvió el saludo y luego salió de la furgoneta. Carlyle vio que el conductor se inclinaba y desaparecía bajo el salpicadero. El vehículo emitió un suspiro, sufrió una nueva sacudida y quedó inmóvil.

—¿Señor Carlyle? —dijo la mujer, subiendo despacio por el camino con un bolso grande.

—Pase, señora Webster —dijo él—. ¿Es su marido? Dígale que entre. Acabo de hacer café.

—Deje, deje. Lleva su termo.

Carlyle se encogió de hombros. Sostuvo la puerta para que ella pasase. Entró y se dieron la mano. La señora Webster sonrió. Carlyle asintió con la cabeza. Fueron a la cocina.

—¿Quiere que me quede hoy, entonces? —preguntó ella.

—Permítame despertar a los niños —contestó Carlyle—. Me gustaría que la conocieran antes de que me vaya al instituto.

—Eso estaría bien.

Echó una mirada por la cocina. Dejó el bolso en el escurridero de los platos.

—Voy a buscar a los niños. Tardaré un par de minutos.

Poco después llevó a los niños y los presentó. Aún estaban en pijama. Sarah se frotaba los ojos. Keith estaba completamente despierto.

—Éste es Keith —dijo Carlyle—. Y ésta es mi Sarah.

Tenía a Sarah cogida de la mano. Se volvió a la señora Webster.

—Necesitan a alguien, ¿sabe usted? Necesitamos a una persona en quien podamos confiar. Supongo que ése es nuestro problema.

La señora Webster se acercó a los niños. Abotonó el

215

último ojal del pijama de Keith. Le apartó a Sarah el pelo de la cara. Ellos no se lo impidieron.

—Y ahora no os preocupéis, niños. Todo irá perfectamente, señor Carlyle. Nos llevaremos bien. Denos un par de días para conocernos, nada más. Pero si me quedo, haga el favor de hacer una seña al señor Webster para que sepa que todo va bien. Salúdelo por la ventana.

Luego volvió a prestar atención a los niños.

Carlyle se acercó a la ventana y corrió la cortina. Un hombre mayor miraba la casa desde la cabina de la furgoneta. Se estaba llevando el vaso de un termo a los labios. Carlyle le hizo un gesto con el brazo, y el hombre le contestó con la mano que tenía libre. Carlyle le vio bajar la ventanilla y tirar lo que quedaba en el vaso del termo. Luego volvió a inclinarse bajo el salpicadero —Carlyle le imaginó cogiendo unos cables y juntándolos—, y al cabo de un momento arrancó el motor y la furgoneta empezó a agitarse. El anciano puso el vehículo en marcha y se alejó de la acera.

Carlyle se volvió de la ventana.

—Me alegro de que esté aquí, señora Webster —dijo.

—Yo también, señor Carlyle. Y ahora, váyase a trabajar antes de que se le haga tarde. No se preocupe por nada. Nos vamos a llevar muy bien, ¿verdad, niños?

Los niños asintieron con la cabeza. Keith se agarraba a su falda con una mano. Se metió en la boca el pulgar de la otra.

216

–Gracias –dijo Carlyle–. Me siento... Realmente me siento mucho mejor.

Movió la cabeza y sonrió. Tenía el pecho henchido de emoción al besar a sus hijos. Le comunicó a la señora Webster la hora en que volvería, se puso el abrigo, dijo adiós otra vez y salió de la casa. Por primera vez desde hacía meses, o eso le parecía, sentía que su carga se había aliviado un poco. De camino al instituto escuchó música en la radio del coche.

En el primer curso de historia del arte, se extendió pasando diapositivas de la pintura bizantina. Explicó con paciencia los motivos, los detalles y los matices. Subrayó la fuerza emotiva y la precisión de las obras. Pero se alargó tanto al tratar de situar a los anónimos artistas en su medio social, que algunos alumnos empezaron a arrastrar los pies o a carraspear. Aquel día sólo dieron la tercera parte de la lección prevista. Aún seguía hablando cuando sonó el timbre.

En la clase siguiente, pintura a la acuarela, se sintió sumamente tranquilo y perspicaz.

–Así, así –decía, guiando las manos de sus alumnos–. Con delicadeza. Como un soplo de aire sobre el papel. Sólo un toque. ¿Veis?

Y al decirlo él también se sentía al borde del hallazgo.

–Lo que importa es *sugerir* –dijo, llevando ligeramente la mano con que Sue Colvin sostenía el pincel–. Tenéis que trabajar vuestros propios errores hasta que parezcan hechos a propósito. ¿Entendido?

Al ponerse en la cola del comedor de profesores, vio a Carol un poco más adelante. Ella pagó la comida. Esperó impaciente hasta que le hicieron la cuenta. Cuando la alcanzó, Carol había atravesado la mitad de la sala. La tomó del codo y la condujo a una mesa vacía cerca de la ventana.

–¡Por Dios, Carlyle! –dijo ella cuando se sentaron.

Cogió su vaso de té con hielo. Tenía la cara encendida.

–¿Has visto la mirada que nos ha echado la señora Storr? ¿Qué te pasa? Se va a enterar todo el mundo.

Dio un sorbo de té y dejó el vaso.

–A la mierda con la señora Storr –dijo Carlyle–. Oye, deja que te cuente algo. Cariño, me siento infinitamente mejor que ayer a estas horas. ¡Santo Dios!

–¿Qué ha pasado? –preguntó Carol–. Cuéntamelo, Carlyle.

Apartó a un lado de la bandeja la macedonia de frutas y espolvoreó queso sobre los espaguetis. Pero no comió nada. Esperó a que él empezara.

–Dime qué es.

Le habló de la señora Webster. Y también del señor Webster. De cómo arrancaba la camioneta juntando cables. Carlyle se tomaba el consomé mientras hablaba. Luego comió pan untado con ajo. Se bebió el té con hielo de Carol antes de darse cuenta de lo que hacía.

–Estás chiflado, Carlyle –dijo ella, señalando con la cabeza al plato de espaguetis que él no había tocado.

Carlyle movió la cabeza.

–¡Por *Dios,* Carol! Dios, qué bien me siento, ¿sabes? Me siento mejor que en todo el verano. –Bajó la voz–. Ven esta noche a casa, ¿quieres?

Introdujo el brazo bajo la mesa y le puso la mano en la rodilla. Ella volvió a ruborizarse. Alzó la vista y echó una mirada por el comedor. Pero nadie les prestaba atención. Asintió rápidamente con la cabeza. Luego pasó el brazo bajo la mesa y le acarició la mano.

Al volver por la tarde, encontró la casa limpia y arreglada, y a sus hijos con ropa limpia. En la cocina, Keith y Sarah estaban de pie sobre unas sillas, ayudando a la señora Webster a hacer pastas de jengibre. Sarah tenía el pelo retirado de la cara y sujeto en la nuca con un pasador.

–¡Papá! –gritaron contentos sus hijos cuando lo vieron.

–Keith, Sarah. Señora Webster, yo...

Pero ella no le dejó terminar.

–Hemos pasado un día estupendo, señor Carlyle –se apresuró a decir la señora Webster.

Se limpió los dedos en el delantal. Era uno viejo de Eileen, con molinos de viento azules.

–¡Qué niños tan guapos! Son una preciosidad. Un verdadero tesoro.

–No sé qué decir.

Carlyle estaba junto al escurridero de los platos viendo a Sarah manipular la masa. Olió las especias. Se quitó el abrigo y se sentó a la mesa de la cocina. Se aflojó el nudo de la corbata.

—Hoy hemos pasado el día conociéndonos —explicó la señora Webster—. Para mañana tenemos otros planes. He pensado que podríamos dar un paseo por el parque. Deberíamos aprovechar el buen tiempo.

—Es una idea estupenda —dijo Carlyle—. Perfecto. Bien. Muy bien, señora Webster.

—Terminaré de meter las pastas en el horno, y para entonces ya estará aquí el señor Webster. ¿Dijo usted a las cuatro? Le dije que viniera a las cuatro.

Carlyle asintió, desbordante de agradecimiento.

—Ha tenido una llamada —le dijo ella mientras se acercaba a la pila con una fuente vacía—. La señora Carlyle.

—La señora Carlyle —dijo él.

Esperó a ver lo que la señora Webster diría a continuación.

—Sí. Le dije quién era yo, pero no pareció sorprendida de encontrarme aquí. Habló un poco con cada niño.

Carlyle miró a Keith y a Sarah, pero no prestaban atención. Estaban colocando pastas en otra bandeja de hornear.

—Dejó un recado —prosiguió la señora Webster—. Déjeme ver, lo anoté, pero creo que me acuerdo. Dijo: «Dígale», es decir, a usted, «que lo que ha de venir, acaba llegando». Me parece que es eso. Dijo que usted lo entendería.

Carlyle la miró fijamente. Oyó afuera la furgoneta del señor Webster.

220

—Es el señor Webster —dijo ella, quitándose el delantal.

Carlyle asintió con la cabeza.

—¿Mañana a las siete? —preguntó ella.

—Eso es —dijo él—. Y gracias otra vez.

Por la noche bañó a los niños, les puso el pijama y les leyó un cuento. Escuchó sus oraciones, les tapó con las mantas y apagó la luz. Eran casi las nueve. Se preparó una copa y vio algo en la televisión hasta que oyó parar en el camino el coche de Carol.

Hacia las diez, mientras aún seguían juntos en la cama, sonó el teléfono. Carlyle soltó una maldición, pero no se levantó a contestar. Siguió sonando.

—Podría ser importante —dijo Carol, incorporándose—. Quizá sea la niñera. Le he dado este número.

—Es mi mujer —afirmó Carlyle—. Estoy seguro de que es ella. Está perdiendo la cabeza. Se está volviendo loca. No voy a contestar.

—De todos modos, tengo que irme enseguida —dijo Carol—. Lo de esta noche ha sido muy bonito, cariño.

Ella le acarició la cara.

Era a mediados del primer trimestre. La señora Webster llevaba casi seis semanas en su casa. Durante ese tiempo, la vida de Carlyle había experimentado una serie de cambios. En primer lugar, empezaba a admitir el hecho de que Eileen se había ido y, hasta donde él alcanzaba a comprender, no tenía intención de volver. Ya no se hacía ilusiones de que las cosas pudieran ser de otro modo. Sólo a altas horas de la noche, cuando no estaba con Carol, deseaba que se extinguiera el amor que aún sentía por Eileen y se atormentaba al pensar en las razones de todo lo sucedido. Pero en general sus hijos y él eran felices; estaban estupendamente bajo los cuidados de la señora Webster. Últimamente, la mujer había tomado la costumbre de hacerles la cena y guardársela en el horno, caliente, hasta que Carlyle volvía del instituto. Abría la puerta y se encontraba con el aroma de algo bueno que venía de la cocina, y hallaba a Keith y a Sarah ayudando a poner la mesa del comedor. De vez en cuando preguntaba a la señora Webster si le importaría ir a trabajar el sábado. Ella aceptaba, mientras no tuviera que salir de su casa antes de mediodía. Los sábados por la mañana, decía, tenía que hacer cosas para el señor Webster y para ella. En esos días, Carol dejaba a Dodge con los hijos de Carlyle, todos al cuidado de la señora Webster, y Carol y él iban al campo a comer a un restaurante. Creía que su vida estaba empezando de nuevo. Aunque no tenía noticias de Eileen desde la llamada de hacía seis semanas, descubrió que era capaz de pensar en ella sin enfadarse ni sentirse al borde del llanto.

En el instituto, estaba terminando la época medieval y

a punto de entrar en el gótico. El Renacimiento aún quedaba lejos, hasta después de las vacaciones de Navidad, por lo menos. Fue entonces cuando Carlyle cayó enfermo. De la noche a la mañana, según le pareció, se le comprimió el pecho y empezó a dolerle la cabeza. Las articulaciones se le pusieron rígidas. Se mareaba al andar. La jaqueca empeoró. Un domingo se despertó así y pensó en llamar a la señora Webster para pedirle que fuese y se llevara a los niños a alguna parte. Se habían portado bien con él, llevándole vasos de zumo y gaseosa. Pero no podía ocuparse de ellos. Al segundo día, apenas fue capaz de llamar al instituto para decir que estaba enfermo. Dio su nombre, su especialidad y la naturaleza de su enfermedad a la persona que contestó al teléfono. Luego recomendó a Mel Fisher como sustituto. Fisher pintaba cuadros abstractos al óleo tres o cuatro veces por semana durante dieciséis horas al día, pero ni vendía ni exponía su obra. Era amigo de Carlyle.

–Ponga a Mel Fisher –dijo Carlyle a la mujer que atendió su llamada, y repitió en un murmullo–: Fisher.

Logró volver a la cama, se tapó con las mantas y se durmió.

En sueños, oyó la furgoneta en la calle y luego el ruido que hacía el motor al apagarse. Un poco más tarde oyó la voz de la puerta de su habitación.

–¿Señor Carlyle?

–Sí, señora Webster.

Le sonaba rara su propia voz.

–Hoy estoy enfermo. He llamado al instituto. Voy a quedarme en la cama.

–Entiendo. Entonces, no se preocupe. Yo me ocuparé de todo.

Cerró los ojos. Enseguida, todavía en un estado de duermevela, creyó oír que la puerta de la casa se abría y cerraba. Escuchó. En la cocina, oyó a un hombre decir algo en voz baja, y una silla que apartaban de la mesa. Poco después oyó las voces de los niños. Y más tarde –no estaba seguro de cuánto tiempo había pasado– oyó a la señora Webster delante de su puerta.

–Señor Carlyle, ¿quiere que llame al médico?

–No, está bien –contestó él–. Creo que no es más que un mal catarro. Pero estoy ardiendo. Creo que tengo muchas mantas. Y hace demasiado calor en la casa. ¿Podría usted bajar la calefacción?

Luego sintió que se adormecía de nuevo.

Al cabo de poco oyó a los niños hablar con la señora Webster en la sala de estar. ¿Entraban o salían?, se preguntó Carlyle. ¿Es que ya era el día siguiente?

Volvió a dormirse. Pero entonces notó que se abría la puerta. La señora Webster apareció junto a la cama. Le puso la mano en la frente.

–Está ardiendo –dijo–. Tiene fiebre.

–Se me quitará –afirmó Carlyle–. Sólo necesito dormir un poco más. Quizá podría usted bajar la calefacción.

224

Por favor, le agradecería que me trajese una aspirina. Tengo una jaqueca horrible.

La señora Webster salió de la habitación, pero dejó la puerta abierta. Carlyle oyó la televisión.

–Baja el sonido, Jim –la oyó decir.

Y el volumen bajó enseguida. Carlyle volvió a dormirse.

Pero no pudo dormir más de un minuto, porque la señora Webster volvió a aparecer de pronto en la habitación con una bandeja. Se sentó al borde de la cama. Se desperezó y trató de incorporarse. Ella le puso una almohada en la espalda.

–Tómeselas –le dijo, dándole unas pastillas–. Bébase esto. –Le tendió un vaso de zumo–. También le he traído gachas de trigo. Quiero que se las coma. Le sentarán bien.

Se tomó la aspirina y se bebió el zumo. Asintió con la cabeza. Pero cerró los ojos de nuevo. Iba a dormirse otra vez.

–Señor Carlyle –dijo ella.

Abrió los ojos.

–Estoy despierto. Lo siento –dijo, incorporándose un poco–. Tengo mucho calor, eso es todo. ¿Qué hora es? ¿No son las ocho y media todavía?

–Son las nueve y media pasadas.

–Las nueve y media –dijo él.

–Ahora le voy a dar los cereales con la cuchara. Y va usted a abrir la boca y a comérselos. Seis cucharadas, nada más. Venga, ahí va la primera. Abra. Se sentirá mejor después de haber comido. Luego lo dejaré dormir. Cómaselo y luego podrá dormir todo lo que quiera.

Comió los cereales que ella le daba a cucharadas y pidió más zumo. Se lo bebió y después volvió a tumbarse. Justo cuando se estaba durmiendo, notó que le tapaba con otra manta.

Cuando se despertó de nuevo, era por la tarde. Lo supo por la débil luz que entraba por la ventana. Alargó el brazo y descorrió la cortina. Vio que el cielo estaba cubierto; el pálido sol estaba oculto por las nubes. Se levantó de la cama despacio, encontró las zapatillas y se puso la bata. Fue al cuarto de baño y se miró al espejo. Luego se lavó la cara y tomó otra aspirina. Se secó con la toalla y se dirigió a la sala de estar.

La señora Webster había extendido unos periódicos sobre la mesa del comedor, y ella y los niños hacían juntos figuras de arcilla. Ya habían terminado algunas con cuellos largos y ojos saltones, y otras que parecían jirafas o dinosaurios. Cuando él se acercó a la mesa, la señora Webster alzó la vista.

–¿Cómo se encuentra? –le preguntó cuando se sentó en el sofá.

Veía la parte del comedor donde la señora Webster y los niños estaban sentados a la mesa.

–Mejor, gracias. Algo mejor. Todavía me duele la cabeza y siento algo de calentura –dijo, llevándose la mano a la frente–. Pero estoy mejor. Sí, estoy mejor. Gracias por atenderme esta mañana.

226

—¿Quiere que le traiga algo? —dijo la señora Webster—. ¿Un poco más de zumo, o té? No creo que el café le haga daño, pero me parece que el té le sentará mejor. Sería preferible un poco de zumo.

—No, no, gracias —dijo él—. Sólo me sentaré aquí un rato. Es un alivio no estar en la cama. Me encuentro un poco débil, eso es todo. ¿Señora Webster?

Ella lo miró y esperó.

—¿Era el señor Webster al que he oído esta mañana en la casa? Está bien, por supuesto. Sólo que lamento no haber tenido oportunidad de verlo y saludarlo.

—Era él. También quería conocerlo a usted. Le dije que pasara. Ha escogido el peor día, con usted enfermo y todo. Quería contarle algo de nuestros planes, pero esta mañana no era buen momento.

—¿Contarme qué? —dijo él, alerta, con el miedo aguijoneándole el corazón.

Ella movió la cabeza.

—No es nada. Puede esperar.

—¿Contarle qué? —dijo Sarah—. ¿Contarle qué?

—¿Qué, qué? —se sumó Keith.

Los niños dejaron lo que estaban haciendo.

—Un momento, vosotros dos —dijo la señora Webster, levantándose.

—¡Señora Webster, señora Webster! —gritó Keith.

—Escucha, hombrecito —le dijo ella—. Tengo que hablar con tu padre, que hoy está enfermo. Así que tómate las cosas con calma. Ve a jugar con la arcilla. Si no espabilas, tu hermana te va a adelantar con las figuras.

Justo cuando empezaba a dirigirse al cuarto de estar, sonó el teléfono. Carlyle alargó el brazo hacia un extremo de la mesa de centro y lo cogió.

Como la vez anterior, oyó un débil zumbido en la línea y supo que era Eileen.

–¿Sí? –dijo–. ¿Qué hay?

–Carlyle –dijo su mujer–, no me preguntes cómo, pero sé que las cosas no van muy bien en este momento. Estás enfermo, ¿verdad? Richard también ha estado malo. Es algo que ronda por ahí. No puede retener nada en el estómago. Ya ha perdido una semana de ensayos para esa obra que está montando. He tenido que ir yo a modificar escenas con su ayudante. Pero no te llamo para contarte eso. Dime cómo van las cosas por ahí.

–No hay nada que decir –contestó Carlyle–. Estoy enfermo, eso es todo. Tengo un poco de gripe. Pero ya voy mejor.

–¿Sigues escribiendo el diario? –le preguntó.

Eso le pilló de sorpresa. Varios años antes, él le contó que llevaba un diario. No una relación periódica, le dijo, sino un libro; como si eso explicara algo. Pero nunca se lo había enseñado, y hacía más de un año que no escribía ni una anotación. Lo había olvidado.

–Porque –dijo ella– deberías escribir algo en el diario durante esta etapa. Lo que sientes y lo que piensas. Ya sa-

228

bes, lo que te pasa por la cabeza durante el período de enfermedad. Recuerda que la enfermedad es un mensaje sobre tu salud y tu bienestar. Te dice cosas. Anótalo. ¿Sabes lo que quiero decir? Cuando estés bien, repásalo y mira cuál es el mensaje. Lo puedes leer después, cuando todo haya pasado. Colette lo hizo. Cuando tuvo fiebre una vez.

–¿Quién? –preguntó Carlyle–. ¿Cómo has dicho?

–Colette. La escritora francesa. Ya sabes a quién me refiero. Teníamos un libro suyo en casa. *Gigi* u otro. *Ése* no lo he leído, pero leo a Colette desde que he venido aquí. Escribió un librito sobre lo que le parecía, lo que pensaba y sentía durante todo el tiempo que tuvo fiebre. A veces le subía a cuarenta. A veces le bajaba. Quizá le subía a más de cuarenta. Pero nunca se tomó la temperatura por encima de cuarenta, y tampoco dijo que hubiese tenido más. De todos modos, escribió sobre la fiebre. Y eso es lo que te digo. Intenta anotar tus impresiones. Quizá salga algo –dijo Eileen, que inexplicablemente, según le pareció a Carlyle, se echó a reír–. Y más adelante tendrás un relato detallado de tu enfermedad. Para reflexionar. Al menos te quedará un testimonio. Ahora mismo no tienes más que molestias. Debes convertirlas en algo útil.

Se apretó la sien con los dedos y cerró los ojos. Pero ella seguía al teléfono, esperando que él dijera algo. ¿Y qué podía decir? Era evidente que estaba loca.

–Joder –dijo–. ¡Joder, Eileen! No sé qué contestarte. De verdad que no. Tengo que colgar. Gracias por llamar.

–De nada. Debemos mantener la capacidad de comunicación. Da un beso a los niños de mi parte. Diles que les quiero. Y Richard te envía sus saludos. Aunque no puede levantarse de la cama.

–Adiós –dijo Carlyle, y colgó.

Luego se llevó las manos a la cara. Por la razón que fuese, recordó que la muchacha gorda había hecho el mismo gesto cuando iba hacia el coche. Bajó las manos y miró a la señora Webster, que lo estaba observando.

–Espero que no sean malas noticias –dijo.

La mujer había acercado una silla hasta aproximarla a la parte del sofá donde él estaba.

Carlyle sacudió la cabeza.

–Bien –dijo la señora Webster–. Muy bien. Y ahora, señor Carlyle, quizá no sea éste el mejor momento para hablarle.

Echó una mirada al comedor. En la mesa, los niños tenían la cabeza inclinada sobre la arcilla.

–Pero como pronto tendremos que hablar de ello, y como le atañe a usted y a los niños, y usted ya está levantado, tengo algo que decirle. Jim y yo nos estamos haciendo viejos. El caso es que necesitamos algo más de lo que tenemos. ¿Entiende lo que quiero decir? Me resulta difícil.

Meneó la cabeza. Carlyle asintió despacio. Sabía que iba a decirle que se marchaba. Se secó el rostro con la manga.

–El hijo de Jim de un matrimonio anterior, Bob, que tiene cuarenta años, nos llamó ayer para invitarnos a ir a

Oregón a ayudarlo en la granja de visones. Jim se ocuparía de todo lo relacionado con los visones, y yo guisaría, limpiaría la casa, haría la compra y todo lo que fuese necesario. Es una oportunidad para los dos. Con casa, comida y algún dinero. Jim y yo no tendremos que preocuparnos más de lo que va a ser de nosotros. ¿Entiende? Ahora mismo, Jim no tiene nada. La semana pasada cumplió sesenta y dos años. Hace tiempo que no tiene nada. Esta mañana ha venido a decírselo personalmente, porque yo tenía que despedirme, ¿comprende? Pensamos –*pensé*– que sería más fácil si él estaba presente cuando yo se lo dijera a usted.

Esperó a que Carlyle dijera algo. Cuando lo hizo, prosiguió:

–Terminaré la semana y podría quedarme un par de días de la que viene, si es preciso. Pero luego, compréndalo, será absolutamente necesario que nos marchemos, y que usted nos desee buena suerte. Es decir, ¿nos imagina usted haciendo todo ese viaje hasta Oregón en ese viejo cacharro nuestro? Pero voy a echar de menos a los niños. ¡Son tan preciosos!

Al cabo del rato, cuando Carlyle ni siquiera había hecho ademán de contestarle, se levantó de la silla y fue a sentarse junto a él en el sofá. Le tocó la manga de la bata.

–¿Señor Carlyle?

–Lo comprendo –dijo él–. Quiero que sepa que su estancia aquí ha significado un gran cambio para los niños y para mí.

Le dolía tanto la cabeza que tenía que entornar los ojos.

–Esta jaqueca. Este dolor de cabeza me está matando.

La señora Webster alargó la mano y le tocó la frente.

–Aún tiene un poco de fiebre. Le traeré otra aspirina. Con eso bajará. Todavía estoy a cargo de todo –dijo–. Sigo siendo el médico.

–Mi mujer dice que debería escribir lo que siento. Cree que sería buena idea describir lo que es la fiebre. Para que luego lo lea y capte el mensaje.

Se echó a reír. Las lágrimas le afloraron a los ojos. Se las limpió con la mano.

–Voy a traerle la aspirina y un zumo y luego saldré con los niños –dijo la señora Webster–. Me parece que ya han perdido interés por la arcilla.

Carlyle sintió miedo de que se fuera a la otra habitación y lo dejara solo. Quería hablar con ella. Se aclaró la garganta.

–Señora Webster, hay algo que quiero que sepa. Durante mucho tiempo, mi mujer y yo nos quisimos más que a nada y más que a nadie en el mundo. Lo incluye a los niños. Creíamos, bueno, estábamos *seguros* de que envejeceríamos juntos. Y sabíamos que haríamos todo lo que quisiéramos, y que lo haríamos juntos.

Movió la cabeza. Eso le parecía lo más triste: de ahora en adelante, todo lo que hicieran lo harían separados.

–Vamos, no pasa nada –dijo la señora Webster. Le dio unas palmaditas en la mano.

232

Carlyle se inclinó hacia adelante y siguió hablando. Al cabo de un rato, los niños aparecieron en la sala de estar. La señora Webster atrajo su atención y se llevó un dedo a los labios. Carlyle los miró y continuó con el discurso. Que escuchen, pensó. También les concierne a ellos. Los niños parecieron entender que debían estar callados, incluso fingir interés, de modo que se sentaron a los pies de la señora Webster. Luego se tumbaron boca abajo en la alfombra y empezaron a soltar risitas. Pero la señora Webster les miró con severidad y se callaron.

Carlyle continuó hablando. Al principio, aún con dolor de cabeza, se sintió incómodo de estar en pijama, sentado en el sofá junto a aquella mujer mayor, que esperaba pacientemente sus próximas palabras. Pero luego le desapareció la jaqueca. Y enseguida dejó de encontrarse ridículo y se olvidó de cómo tenía que sentirse. Empezó la historia un poco por el medio, después del nacimiento de los niños. Pero luego retrocedió y empezó por el principio, cuando Eileen tenía dieciocho años y él diecinueve, un chico y una chica enamorados, consumidos de amor.

Se detuvo para limpiarse la frente. Se humedeció los labios.

—Continúe —le animó la señora Webster—. Sé de lo que habla. Prosiga, señor Carlyle. A veces es bueno hablar. En ocasiones es necesario. Además, quiero escucharlo. Y después se sentirá mejor. A mí me pasó una vez algo así, algo parecido a lo que está describiendo usted. Amor. Eso es lo que es.

Los niños se durmieron sobre la alfombra. Keith tenía el pulgar en la boca. Carlyle seguía hablando cuando el señor Webster apareció en la puerta, llamó y luego pasó a recoger a su mujer.

–Siéntate, Jim –dijo la señora Webster–. No hay prisa. Siga con lo que estaba diciendo, señor Carlyle.

Carlyle saludó con la cabeza al viejo, que le devolvió el saludo, cogió una silla del comedor y la llevó al cuarto de estar. La acercó al sofá y se sentó emitiendo un suspiro. Luego se quitó la gorra y cruzó cansinamente las piernas. Cuando Carlyle empezó a hablar de nuevo, el hombre puso los dos pies en el suelo. Los niños se despertaron. Se incorporaron en la alfombra y empezaron a mover la cabeza de un lado para otro. Pero Carlyle había concluido lo que tenía que decir, y se calló.

–Bien. Muy bien –dijo la señora Webster cuando vio que había terminado–. Usted es de buena pasta. Y ella también, la señora Carlyle. No lo olvide: todo irá bien entre ustedes cuando esto haya pasado.

Se levantó y se quitó el delantal que llevaba puesto. El señor Webster también se levantó y volvió a ponerse la gorra.

En la puerta, Carlyle les estrechó la mano.

–Hasta la vista –dijo Jim Webster, llevándose la mano a la visera.

–Buena suerte –dijo Carlyle.

La señora Webster le dijo que lo vería a la mañana siguiente, muy temprano, como de costumbre.

–¡Perfecto! –exclamó Carlyle, como si hubieran acordado algo importante.

La vieja pareja se dirigió despacio a la acera y subió a la furgoneta. Jim Webster se inclinó bajo el salpicadero. La señora Webster miró a Carlyle y lo saludó con la mano. Entonces, mientras estaba de pie junto a la ventana, sintió que algo había terminado. Tenía que ver con Eileen y con su vida anterior. ¿La había saludado alguna vez con la mano? Claro que sí, estaba seguro, pero ahora no se acordaba. Comprendió que todo había concluido y se sintió capaz de olvidarla. Estaba convencido de que su vida en común había transcurrido del modo en que lo había descrito. Pero era algo del pasado. Y ese pasado –aunque le hubiera parecido imposible y hubiera luchado contra ello– ahora se convertiría en parte de él, igual que todo lo que ya había dejado atrás.

Cuando la furgoneta arrancó con una sacudida, alzó el brazo una vez más. Vio a la pareja de ancianos inclinarse brevemente hacia él cuando se alejaban. Entonces bajó el brazo y se volvió hacia sus hijos.

LA BRIDA

Una ranchera vieja con matrícula de Minnesota se detiene en un espacio vacío frente a la ventana. Hay un hombre y una mujer en el asiento delantero, dos chicos en el trasero. Es julio, hace más de treinta y ocho grados. Los ocupantes parecen agotados. Hay ropa colgada en el interior; maletas, cajas y otras cosas apiladas en la parte de atrás. Por lo que Harley y yo dedujimos más tarde, eso es todo lo que poseen después de que el banco de Minnesota se quedara con su casa, su furgoneta, su tractor, su maquinaria agrícola y unas cuantas vacas.

En el coche, esa gente se queda inmóvil un momento, como reponiéndose. En nuestra casa, el aire acondicionado funciona a pleno rendimiento. Harley está en el jardín, cortando el césped. Hay una discusión en el asiento delantero y luego ella y él salen y se dirigen a la puerta de casa. Me paso la mano por el pelo para asegurarme de que está en orden y espero a que toquen el timbre por segunda vez. Luego voy a abrir.

—¿Buscan apartamento? —les digo—. Pasen, dentro hace fresco.

Los hago pasar al cuarto de estar. Allí es donde me ocupo del negocio, cobro el alquiler, extiendo los recibos y hablo con los interesados. También soy peluquera. Me considero *estilista*. Eso es lo que dicen mis tarjetas de visita. No me gusta la palabra *esthéticienne*. Es de otros tiempos. Tengo el sillón en un rincón del cuarto de estar, y un secador que puedo acercar al respaldo. También hay un lavabo que Harley instaló hace unos años. Junto al sillón, tengo una mesa con algunas revistas. Antiguas. Muchas no tienen portada. Pero cuando están bajo el secador, las mujeres miran cualquier cosa.

El hombre me dice su nombre.

—Me llamo Holits.

Me dice que ella es su mujer. Pero ella no me mira. En cambio, se contempla las uñas. Ella y Holits tampoco se sientan. Dice que les interesa un apartamento amueblado.

—¿Cuántos son ustedes?

Pero lo digo porque siempre pregunto lo mismo. Sé cuántos son. Vi a los dos chicos en el asiento trasero. Dos y dos son cuatro.

—Ella, yo y los chicos. Los chicos tienen trece y catorce años, y compartirán una habitación, como siempre.

Ella tiene los brazos cruzados sobre las mangas de la

blusa. Se fija en el sillón de peluquería y en el lavabo como si nunca hubiese visto cosa igual. Quizá no.

–Soy peluquera –le digo.

Ella asiente con la cabeza. Luego echa una mirada a mi camándula. Tiene cinco hojas, exactamente.

–Necesita agua –digo, acercándome y tocando una de las hojas–. Aquí todo necesita agua. El aire no tiene la humedad suficiente. Llueve tres veces al año, con suerte. Pero se acostumbrarán. Igual que nosotros. Aquí, en todas partes hay aire acondicionado.

–¿Cuánto cuesta el apartamento? –quiere saber Holits.

Se lo dije y se volvió hacia ella para ver lo que pensaba. Pero lo mismo le habría dado mirar a la pared. Ella no le devolvió la mirada.

–Creo que será mejor que nos lo enseñe –dijo él.

Así que voy por la llave del 17 y salimos.

Oigo a Harley antes de verlo.

Luego aparece entre los edificios. Va detrás del cortacésped en bermudas y camiseta, con el sombrero de paja que se compró en Nogales. Se pasa el tiempo cortando césped y realizando pequeñas tareas de mantenimiento. Trabajamos para una compañía, la Fulton Terrace. Es la propietaria de los edificios. Si se estropea algo importante, como el aire acondicionado, o pasa algo grave con la fontanería, tenemos una lista de números de teléfono.

239

Agito el brazo. No puedo hacer otra cosa, Harley retira una mano del mango de la máquina y me hace una seña. Luego se echa el sombrero sobre la frente y vuelve a prestar atención a su tarea. Llega al final de su recorrido, da media vuelta y emprende el camino hacia la calle.

—Es Harley.

No tengo más remedio que decirlo a gritos. Entramos por un lado del edificio y subimos unos escalones.

—¿En qué trabaja usted, señor Holits? —le pregunto.

—Es agricultor —dice ella.

—Ya no.

—Pues aquí no hay mucho que cultivar —digo sin pensar.

—Teníamos una granja en Minnesota. Cultivábamos trigo. Un poco de ganado. Y Holits entiende de caballos. De eso sabe todo lo que hay que saber.

—Ya está bien, Betty.

Entonces comprendo un poco la situación. Holits está en paro. No es cosa mía, y si es así —tal como resultó—, lo siento, pero como nos paramos delante del apartamento, tengo que decir algo.

—Si se deciden, tendrán que pagar el primer mes y el último, más ciento cincuenta dólares de fianza

Al decírselo, miro a la piscina. Hay gente sentada en las hamacas y alguno en el agua.

Holits se seca la cara con el dorso de la mano. El cortacésped de Harley suena lejos. Más allá, los coches pasan deprisa por Calle Verde. Los dos chicos han salido de la ranchera. Uno de ellos está en posición de firmes, con las piernas juntas y los brazos a los costados. Pero entonces veo que empieza a saltar y a agitar los brazos arriba y abajo, como si pretendiera echar a volar. El otro está en cuclillas junto al asiento del conductor de la ranchera, haciendo flexiones con las rodillas.

Me vuelvo hacia Holits.

—Vamos a echar un vistazo —me dice.

Giro la llave y la puerta se abre. No es más que un pequeño apartamento amueblado de dos habitaciones. Todo el mundo ha visto docenas de ellos. Holits se detiene en el cuarto de baño lo suficiente para tirar de la cadena. Mira hasta que el depósito se llena. Después, dice:

—Ésta podría ser nuestra habitación.

Se refiere a la que da a la piscina. En la cocina, la mujer se apoya en el borde del escurridero y mira por la ventana.

—Ésa es la piscina —le digo.

Asiente con la cabeza.

—Hemos estado en algunos hoteles que tenían piscina. Pero había mucho cloro en el agua.

Espero a que continúe. Pero eso es todo lo que dice. A mí tampoco se me ocurre nada.

—Me parece que no vamos a perder más tiempo. Creo que nos quedamos con él.

Holits mira a su mujer al hablar. Esta vez ella le devuelve la mirada. Asiente con la cabeza. Él deja escapar el aliento entre los dientes. Luego ella hace algo. Empieza a chasquear los dedos. Con una mano sigue agarrada al borde del escurridero, pero con la otra se pone a chasquear los dedos. Chas, chas, chas, como si llamara al perro o reclamase la atención de alguien. Luego se detiene y pasa las uñas por el escurridero.

No sé qué pensar. Y Holits tampoco. Mueve los pies.

–Volvamos a la oficina a firmar los papeles –digo–. Me alegro.

Y me alegraba. En esa época del año teníamos un montón de viviendas vacías. Y esa gente parecía digna de confianza. Con mala suerte, eso es todo. Pero eso no es una vergüenza.

Holits paga al contado, el primer y último mes y la fianza de ciento cincuenta dólares. Cuenta los billetes de cincuenta dólares mientras yo miro. Ulysses S. Grant, como los llama Harley, aunque nunca ha visto muchos de esos. Extiendo el recibo y le doy dos llaves.

–Ya está todo.

Él mira las llaves. Le da una a ella.

–Así que estamos en Arizona. No pensabas que alguna vez conocerías Arizona, ¿verdad?

Ella mueve la cabeza. Está tocando una hoja de la camándula.

–Le hace falta agua –digo.

Suelta la hoja y se vuelve hacia la ventana. Me acerco a ella. Harley sigue cortando el césped. Pero ahora está en la parte delantera. Como hemos hablado de agricultura, por un momento me imagino a Harley detrás de un arado en vez de su cortacésped Black and Decker.

Miro cómo descargan las cajas, las maletas y la ropa. Holits lleva algo con unas correas colgando. Tardo un momento, pero entonces me doy cuenta de que es una brida. No sé qué hacer ahora. No tengo ganas de hacer nada. Así que saco los Grant de la caja. Acabo de ponerlos ahí, pero los vuelvo a sacar. Los billetes han venido de Minnesota. ¿Quién sabe dónde estarán la semana que viene a estas horas? A lo mejor en Las Vegas. Lo único que conozco de Las Vegas es lo que veo por televisión, es decir, nada de nada. Me imagino uno de los Grant llegando hasta la playa de Waikiki, o a alguna otra parte. Miami o la ciudad de Nueva York. Nueva Orleans. Pienso en uno de esos billetes cambiando de mano en Martes de Carnaval. Pueden ir a cualquier sitio, y gracias a ellos puede ocurrir cualquier cosa. Escribo mi nombre con tinta en la ancha y marchita frente de Grant: MARGE. En letras de imprenta. Lo repito en todos y cada uno. Justo encima de las pobladas cejas. La gente se detendrá en el momento de pagar, preguntándose: ¿Quién es esta Marge? Eso es lo que se preguntarán, ¿quién es esta Marge?

Entra Harley y se lava las manos en mi lavabo. Sabe que eso no me gusta. Pero él lo hace de todos modos.

—Esos de Minnesota –dice–. Los suecos. Están muy lejos de su casa.

Se seca con una toalla de papel. Quiere que le cuente lo que sé. Pero no sé nada. Ni tienen aspecto de suecos ni hablan como suecos.

—No son suecos –le digo.

Pero se comporta como si no me escuchara.

—¿Y qué hace él?

—Es agricultor.

—Y tú qué sabrás.

Harley se quita el sombrero y lo deja en mi sillón. Se pasa una mano por el pelo. Luego mira el sombrero y se lo vuelve a poner. Bien podría tenerlo pegado a la cabeza.

—No hay mucho que cultivar por aquí. ¿Se lo has dicho?

Saca de la nevera una lata de gaseosa y va a sentarse a su mecedora. Coge el mando a distancia, aprieta un botón y la televisión emite un chisporroteo. Pulsa más botones hasta que encuentra lo que está buscando. Es un programa sobre hospitales.

—¿Qué más hace el sueco? Aparte de labrar la tierra.

No lo sé, así que no digo nada. Pero Harley ya está absorto en el programa. Probablemente ha olvidado la pregunta que me ha hecho. Suena una sirena. Oigo chirrido de ruedas. En la pantalla, una ambulancia se ha detenido frente a una entrada de urgencias, con las luces rojas centelleando. Un hombre salta del vehículo y corre a abrir la puerta de atrás.

244

A la tarde siguiente, los chicos piden prestada la manga para lavar la ranchera. La limpian por fuera y por dentro. Poco después, veo que ella se va en la ranchera. Lleva tacones altos y un vestido bonito. A buscar trabajo, diría yo. Al cabo del rato veo a los chicos dar una vuelta por la piscina en traje de baño.

Uno de ellos salta del trampolín y se hace un largo por debajo del agua. Emerge resoplando agua y sacudiendo la cabeza. El otro, el que ayer hacía flexiones con las rodillas, se tumba boca abajo en una toalla al otro extremo de la piscina. Pero el primero sigue nadando, haciendo largos, llegando a un extremo e impulsándose de nuevo con una patadita.

Hay otras dos personas. Están en hamacas, una a cada lado de la piscina. Uno de ellos es Irving Cobb, cocinero en Denny's. Se hace llamar Spuds. La gente le llama así, Spuds, en vez de Irv o de cualquier otro diminutivo. Tiene treinta y cinco años y es calvo. Tiene el color de la cecina, pero quiere más sol. En este momento, su nueva mujer, Linda Cobb, está trabajando en el supermercado. Spuds trabaja por la noche. Pero Linda y él se las han arreglado para tener libres los sábados y los domingos. Connie Nova está en la otra hamaca. Está sentada, dándose aceite en las piernas. Está casi desnuda, sólo la cubre el pequeño bañador de dos piezas. Connie Nova es camarera de bar. Se mudó aquí hace seis meses con su supuesto prometido, un abogado alcohólico. Pero lo mandó a paseo. Ahora vive con un estudiante universitario de pelo largo que se llama Rick. Da la casualidad de que sé que ahora está fuera, visitando a sus padres. Spuds y Connie llevan gafas oscuras. La radio portátil de Connie está sonando.

Cuando se mudó, hace un año o así, Spuds acababa de quedarse viudo. Pero al cabo de unos meses de ser soltero de nuevo, se casó con Linda. Es una pelirroja de treinta y tantos años. No sé cómo se conocieron. Pero una noche, hace un par de meses, Spuds y la nueva señora Cobb nos invitaron a Harley y a mí a una espléndida cena preparada por Spuds. Después de cenar, pasamos al cuarto de estar y tomamos bebidas sin alcohol en vasos grandes. Spuds nos preguntó si nos apetecía ver películas de aficionados. Dijimos que muy bien. Así que Spuds colocó la pantalla y el proyector. Linda Cobb nos sirvió más bebida. ¿Qué hay de malo?, me pregunté. Spuds empezó a pasarnos la película de un viaje que él y su difunta esposa habían hecho a Alaska. Empezaba en el momento en que ella abordaba el avión en Seattle. Spuds hablaba mientras manejaba el proyector. La fallecida tenía como cincuenta años; era guapa, aunque quizá un poco entrada en carnes. Tenía el pelo bonito.

—Es la primera mujer de Spuds —dijo Linda—. La primera señora Cobb.

—Ésa es Evelyn —dijo Spuds.

La primera mujer permaneció en pantalla durante mucho tiempo. Resultaba curioso verla y que ellos hablaran así de ella. Harley me miró de reojo, así que me di cuenta de que él también lo encontraba raro. Linda nos preguntó si queríamos beber más o tomar un almendrado. Dijimos que no. Spuds decía algo sobre la primera señora Cobb. Aún seguía a la entrada del avión, sonriendo y moviendo los labios, aunque lo único que se oía era el ruido que la película hacía al pasar por el proyector. La gente tenía que rodearla para entrar en el avión. Seguía agitando el brazo hacia la cámara, saludándonos en el cuarto de estar de Spuds. No paraba de mover la mano.

–Ahí está Evelyn otra vez –decía la nueva señora Cobb cada vez que su antecesora aparecía en pantalla.

Spuds nos habría estado pasando películas toda la noche, pero dijimos que teníamos que irnos. Harley dio una excusa.

No recuerdo lo que dijo.

Connie Nova se ha tumbado de espaldas en la hamaca, con las gafas oscuras tapándole la mitad de la cara. Sus piernas y su vientre brillan de aceite. Una noche, no mucho después de que viniera a vivir aquí, celebró una fiesta. Fue antes de que diera la patada al abogado y se liase con el melenudo. Dijo que la fiesta era para estrenar la casa. Nos invitó a Harley y a mí, junto con un montón de gente. Fuimos, pero no nos gustó la compañía. Encontramos un sitio para sentarnos cerca de la puerta, y allí nos quedamos hasta que nos marchamos. Tampoco fue mucho tiempo. El novio de Connie anunció que iba a dar un premio. Consistía en el ofrecimiento de sus servicios jurídicos, sin honorarios, para llevar un caso de divorcio. El de cualquiera. El que estuviera dispuesto, tenía que sacar una tarjeta de una ensaladera que él iría pasando. Cuando el recipiente llegó hasta nosotros, todo el mundo se echó a reír. Harley y yo nos miramos. No saqué ninguna tarjeta. Harley tampoco. Pero vi cómo miraba la ensaladera, el montón de tarjetas. Luego movió la cabeza y pasó el recipiente a la persona que estaba a su lado. Incluso Spuds y la nueva señora Cobb sacaron tarjetas. La ganadora tenía algo escrito al dorso. «El portador tiene derecho a un divorcio inapelable y gratuito», con la fecha y la firma del abogado. El abogado estaba borracho, pero yo digo que ésa no es manera de comportarse en la vida. Menos nosotros, todo el mundo había metido la mano en la ensaladera, como si fuera algo divertido. La mujer que sacó la tarjeta ganadora aplaudió. Era como un concurso de televisión.

—¡Maldita sea, ésta es la primera vez que gano algo en la vida!

Me dijeron que su marido era militar. No hay manera de saber si lo sigue teniendo o si consiguió el divorcio, porque Connie Nova se relacionó con un grupo diferente de amigos después de que el abogado y ella se fueran cada uno por su lado.

Nos marchamos de la fiesta inmediatamente después del sorteo. Estábamos tan impresionados que apenas podíamos hablar, hasta que uno de los dos dijo:

–No me creo que he visto lo que creo que he visto.

Quizá fuera yo.

Una semana después, Harley pregunta si el sueco –se refiere a Holits– ha encontrado ya trabajo. Acabamos de almorzar y Harley está en su mecedora con una lata de gaseosa. Pero no ha encendido la televisión. Digo que no lo sé. Y es verdad. Espero a ver qué más tiene que decir. Pero no dice nada. Mueve la cabeza. Parece pensar en algo. Luego aprieta un botón y se enciende la televisión.

Ella ha encontrado trabajo en un restaurante italiano a unas manzanas de aquí. De camarera. Trabaja con horario partido, sirve el almuerzo y se va a casa, luego vuelve al trabajo a la hora de la cena. No para de ir y venir. Los chicos se pasan el día en la piscina, y Holits se queda en el apartamento. No sé lo que hace allí. Una vez la peiné y me contó algunas cosas. Me dijo que empezó a trabajar de camarera cuando acabó el bachillerato, y así fue como conoció a Holits. Le sirvió tortitas en un local de Minnesota.

Esa mañana entró y me preguntó si podía hacerle un favor. Quería que la peinara después del turno de mediodía

y terminase antes del de la cena. ¿Podía hacerlo? Le dije que
miraría la agenda. La invité a pasar. Afuera ya debía de hacer cuarenta grados.

–Sé que no la he avisado con tiempo –dijo–. Pero
anoche, cuando llegué de trabajar, me miré al espejo y me
di cuenta de que se me veían las raíces. Tengo que ir a la
peluquería, me dije. Y no conozco otro sitio.

Encuentro el viernes, 14 de agosto. No hay nada en la
página.

–Podría atenderla a las dos y media o, si no, a las tres
–le digo.

–Mejor a las tres –contesta ella–. Ahora tengo que darme prisa, de lo contrario se me hará tarde. Mi jefe es un
verdadero cabrón. Hasta luego.

A las dos y media le digo a Harley que tengo una clien-
ta, de modo que tendrá que ver el partido de béisbol en la
habitación. Gruñe, pero enrolla el cable y sale empujando
la mesita de ruedas de la televisión. Cierra la puerta. Com-
pruebo que tengo todo lo que necesito. Coloco las revistas
para que se puedan coger cómodamente. Luego me siento
junto al secador y me limo las uñas. Llevo el uniforme de
color rosa que me pongo para peinar. Sigo limándome las
uñas y mirando por la ventana de cuando en cuando.

Ella pasa frente a la ventana y luego toca el timbre.

–Pase –grito–, está abierto.

Lleva el uniforme blanco y negro del trabajo. Reparo
en que las dos vamos de uniforme.

—Siéntese, encanto. Enseguida empezamos.

Mira la lima de uñas.

—También hago la manicura –digo.

Se sienta en el sillón y suspira.

—Recline la cabeza –le digo–. Eso es. Ahora cierre los ojos, ¿eh? Relájese. Primero la lavaré con champú y le retocaré las raíces. Luego ya veremos. ¿De cuánto tiempo dispone?

—A las cinco y media tengo que estar de nuevo en mi puesto.

—Quedará arreglada.

—Yo como en el trabajo. Pero no sé qué cenarán esta noche Holits y los chicos.

—Se las arreglarán sin usted.

Abro el grifo del agua caliente y entonces me doy cuenta de que Harley me ha dejado rastros de hierba y tierra en el lavabo. Lo limpio y empiezo de nuevo.

—Si quieren, pueden tomar una hamburguesa en el sitio de aquí al lado –le digo–. No les sentaría mal.

—No querrán. De todos modos, no me gustaría que fuesen allí.

No es cosa mía, así que no insisto. Hago un buen montón de espuma y me pongo a trabajar. Después de lavar, aclarar y marcar, la pongo debajo del secador. Tiene los ojos cerrados. Pienso que tal vez esté dormida. Así que le tomo una mano y empiezo.

—Manicura, no –dice, abriendo los ojos y retirando la mano.

—Está bien, querida mía, la primera manicura es siempre gratuita.

Me tiende la mano, coge una revista y la deja en el regazo.

—Son hijos suyos —dice—. De su primer matrimonio. Ya estaba divorciado cuando nos conocimos. Pero los quiero como si fueran míos. No podría quererlos más aunque me lo propusiera. Ni aunque fuese su verdadera madre.

Bajo un poco la intensidad del secador. Así no hace más que un ruidito apagado. Sigo con sus uñas. Empieza a relajar la mano.

—Hace diez años los dejó plantados, a Holits y a los chicos, en Año Nuevo. No han vuelto a saber de ella.

Veo que quiere contármelo. Y yo no tengo nada en contra. Les gusta hablar cuando están en el sillón. Sigo utilizando la lima.

—Holits consiguió el divorcio. Después empezamos a salir los dos. Luego nos casamos. Durante mucho tiempo, nos fue bien en la vida. Con altibajos. Pero nos esforzábamos por lograr un futuro mejor. —Sacude la cabeza—. Pero ocurrió algo. Algo le sucedió a Holits, quiero decir. Lo que pasó fue que le dio por los caballos. Hubo uno en particular, de carreras, que compró, ¿sabe?, una parte al contado y el resto a plazos mensuales. Lo llevaba al hipódromo. Seguía levantándose antes del alba, como siempre, haciendo su trabajo y eso. Yo creía que todo iba bien.

Pero yo no sé nada. Si quiere saber la verdad, ni siquiera se me da bien servir mesas. Creo que, si les diera motivo, esos italianos me despedirían sin pensarlo dos veces. O incluso sin razón. Y si me despiden, ¿qué?

—No se preocupe, encanto. No van a despedirla.

Poco después coge otra revista. Pero no la abre. Simplemente la tiene en la mano y sigue hablando.

—En cualquier caso, tenemos ese caballo. Betty Veloz. Lo de Betty es de chiste. Pero dice que será ganador si lo llama como yo. ¡Menudo ganador! El caso es que siempre que corría, perdía. Todas las carreras. Betty Tardón, así es como debió ponerle. Al principio fui a algunas carreras. Pero el caballo siempre corría a noventa y nueve contra uno. Apuestas así. Pero Holits es cabezota por encima de todo. No se daba por vencido. Seguía apostando y apostando por el caballo. Veinte dólares a ganador. Cincuenta dólares a ganador. Aparte de los demás gastos de mantenimiento del caballo. Sé que no parecen cantidades excesivas. Pero se iban acumulando. Y cuando las apuestas estaban así, noventa y nueve contra uno, ya sabe, a veces jugaba a ganador. Me preguntaba si me daba cuenta de cuánto dinero nos embolsaríamos si el caballo ganaba. Pero no lo hizo, y dejé de ir.

Sigo con la tarea. Me concentro en las uñas.

—Tiene unas cutículas muy bonitas —le digo—. Mírelas. ¿Se fija en lo pequeñas que tienen las medias lunas? Significa que tiene bien la sangre.

Se acerca la mano y la mira bien.

—¿Qué sabe usted de eso?

Se encoge de hombros. Deja que vuelva a cogerle la mano. Aún tiene cosas que contar.

—Una vez, cuando estaba en el instituto, una psicóloga me dijo que fuera a su despacho. Se lo decía a todas las chicas, a una cada vez. «¿Qué clase de sueños tienes?», me preguntó la mujer. «¿Qué piensas hacer dentro de diez años? ¿Y de veinte?» Yo tenía dieciséis o diecisiete años. No era más que una niña. No sabía qué contestar. Me quedé allí sentada como un pasmarote. La psicóloga tendría más o menos la edad que yo tengo ahora. Me parecía *vieja*. Es vieja, dije para mí. Sabía que ya había pasado la mitad de su vida. Y tuve la impresión de saber algo que ella no sabía. Algo que ella nunca llegaría a descubrir. Un secreto. Algo que nadie debía saber ni decir. Así que me quedé callada. Sólo moví la cabeza. Debió de catalogarme como idiota. Pero no dije nada. ¿Comprende lo que quiero decir? Creí saber cosas que ella ni siquiera adivinaba. Ahora, si alguien volviera a hacerme la misma pregunta, acerca de mis sueños y lo demás, se lo diría.

—¿Qué le diría, encanto?

Ahora tengo su otra mano. Pero no le estoy haciendo las uñas. Sólo se la tengo cogida, esperando que prosiga.

Se inclina hacia adelante en el sillón. Intenta retirar la mano.

—¿Qué le diría?

Suspira y se echa hacia atrás. Deja que le retenga la mano.

—Le diría: «Los sueños son eso de lo que uno se despierta.» Eso es lo que diría.

Se alisa la falda.

—Si me lo preguntaran, eso es lo que respondería. Pero no lo harán.

Suspira de nuevo.

—¿Falta mucho? —me dice.

—No.

—Usted no sabe lo que es eso.

—Sí, lo sé —le digo.

Acerco el taburete junto a sus piernas. Empiezo a contarle cómo era mi vida antes de que nos trasladáramos aquí, y por qué es siempre así. Pero Harley elige precisamente ese momento para salir de la habitación. No nos mira. Oigo el parloteo de la televisión en la alcoba. Harley va al lavabo y llena un vaso de agua. Echa la cabeza hacia atrás para beber. La nuez se le mueve al tragar.

Retiro el secador y le doy unos toques en el pelo a ambos lados de la cabeza. Levanto un poquito uno de los rizos.

—Ha quedado como nueva, encanto —le digo.

—Me hacía falta.

Los chicos no paran de bañarse todo el tiempo, todos los días, hasta que empiezan las clases. Ella sigue de camarera. Pero, por lo que sea, no ha vuelto para peinarse. No sé por qué. Tal vez piense que no le hice un buen trabajo. A veces me quedo despierta, mientras Harley duerme a mi lado como un tronco, y trato de ponerme en el pellejo de Betty. Me pregunto qué haría entonces.

Holits me envía a uno de sus hijos con el alquiler el primero de septiembre, y luego el primero de octubre. Sigue pagando al contado. Le cojo el dinero al muchacho, cuento los billetes justo delante de él, y luego extiendo el recibo. Holits ha encontrado algún tipo de trabajo. En cualquier caso, eso creo. Sale todas las mañanas con la ranchera. Lo veo marcharse temprano y volver a última hora de la tarde. Ella pasa frente a la ventana a las diez y media y vuelve a las tres. Si me ve, me saluda con un pequeño ademán. Pero no sonríe. Luego la vuelvo a ver a las cinco, cuando va otra vez al restaurante. Holits vuelve un poco más tarde. Todo continúa así hasta mediados de octubre.

Entretanto, el matrimonio Holits ha conocido a Connie Nova y a Rick, su melenudo amigo. Y también han trabado amistad con Spuds y la nueva señora Cobb. A veces, un domingo por la tarde, los veo sentados junto a la piscina, escuchando la radio portátil de Connie con una copa en la mano. Una vez dijo Harley que los vio detrás del edificio, en el rincón de la barbacoa. Y también estaban en bañador. Harley dijo que el sueco tenía un pecho de toro. Que comían perritos calientes y bebían whisky. Aseguró que estaban borrachos.

Era sábado, después de las once de la noche. Harley estaba dormido en la butaca. Pronto tendría que levantarme para apagar la televisión. Sabía que, cuando lo hiciera, se despertaría.

–¿Por qué apagas? Estaba viendo el programa.

Eso es lo que diría. Eso es lo que dice siempre. De todos modos, la televisión estaba en marcha, yo tenía los rulos puestos y, en el regazo, una revista. De vez en cuando miraba a la pantalla. Pero no llegaba a concentrarme en el programa. Todos andaban fuera, alrededor de la piscina: Spuds y Linda Cobb, Connie Nova y el melenudo, Holits y Betty. Tenemos por norma que nadie esté ahí después de las diez. Pero esa noche no les importaban las normas. Si se despertaba, Harley saldría a decirles algo. A mí me parecía que estaba muy bien que se divirtieran, pero ya era hora de que acabaran. No paraba de levantarme a mirar por la ventana. Menos Betty, todos estaban en bañador. Aún llevaba el uniforme. Pero se había quitado los zapatos, tenía un vaso en la mano y bebía como los demás. Yo iba aplazando el momento de apagar la televisión. Entonces uno de ellos gritó algo, y otro respondió y se echó a reír. Miré y vi a Holits terminar la copa. Puso el vaso en el suelo. Luego se dirigió a la caseta. Arrastró una mesa y se subió a ella. Luego –pareció hacerlo sin ningún esfuerzo– se encaramó al techo de la caseta. Es cierto, pensé; es fuerte. El melenudo aplaudió, como si fuese un partidario entusiasta de Holits. Los demás le aclamaron. Sabía que debía salir para poner fin a todo aquello.

Harley está repantigado en la butaca. La televisión sigue puesta. Abro la puerta suavemente, salgo y la cierro. Holits está de pie en el techo de la caseta. Los otros le jalean. Dicen: «Venga, lo puedes hacer.» «No te rajes ahora.» «Apuesto doble contra sencillo a que lo haces.» Cosas así.

Luego oigo la voz de Betty.

–Holits, mira lo que haces.

Pero Holits se queda en el techo de la caseta. Mira el agua. Parece calcular cuánta carrerilla debe tomar para alcanzar el objetivo. Retrocede hasta el otro extremo. Se escupe en las manos y se las frota.

–¡Eso es, muchacho! –grita Spuds–. ¡Ahora lo conseguirás!

Veo cómo Holits se estrella contra el borde de la piscina. Y también lo oigo.

–¡Holits! –grita Betty.

Todos se precipitan hacia él. Cuando llego allí, está sentado. Rick lo sostiene por los hombros y le grita a la cara:

–¡Holits! ¡Eh, tío!

258

Holits tiene un corte en la frente y los ojos vidriosos. Spuds y Rick lo ayudan a sentarse en una silla. Alguien le da una toalla. Holits la sostiene como si no supiera qué hacer con ella. Otro le da una copa. Pero Holits tampoco sabe qué hacer con ella. No dejan de decirle cosas. Se lleva la toalla a la cara. Luego la retira y mira la sangre. Pero sólo eso, la mira. Parece no entender nada.

—Déjenme que lo vea.

Me pongo delante de él. Mala cosa.

—¿Se encuentra bien, Holits?

Pero Holits sólo me mira y luego desvía la vista.

—Creo que lo mejor será llevarlo a urgencias.

Betty me mira cuando digo eso y empieza a mover la cabeza de un lado a otro. Vuelve a mirar a Holits. Le da otra toalla. Creo que está sobria. Pero los demás están borrachos. Borrachos es lo más suave que se puede decir de ellos.

Spuds se hace eco de mis palabras.

—Vamos a llevarlo a urgencias.

—Yo también voy —dice Rick.

—Vamos todos —sugiere Connie Nova.

—Será mejor que sigamos juntos —dice Linda Cobb.

—Holits —digo otra vez.

—No puedo hacerlo —dice Holits.

—¿Qué ha dicho? —me dice Connie Nova.

—Ha dicho que no puede hacerlo.

—¿Hacer qué? ¿De qué habla? —quiere saber Rick.

—Repítalo –dice Spuds–. No lo he oído.

—Dice que no puede hacerlo –le digo–. Creo que no sabe de qué habla. Más valdría que lo llevaran al hospital.

Luego me acuerdo de Harley y del reglamento.

—No deberían estar aquí fuera. Ninguno de ustedes. Tenemos ciertas normas. Ahora, llévenlo al hospital.

—Vamos a llevarlo al hospital –dice Spuds, como si se le acabara de ocurrir la idea.

Ha debido de beber más que los otros, porque no puede estarse quieto. Se tambalea. Y no para de levantar los pies y ponerlos otra vez en el suelo. El vello de su pecho parece blanco como la nieve a la luz de la piscina.

—Voy por el coche –dice el melenudo–. Dame las llaves, Connie.

—No puedo hacerlo –repite Holits.

La toalla se le ha escurrido hasta la barbilla. Pero el corte lo tiene en la frente.

—Ponedle ese albornoz. No puede ir así al hospital –dice Linda Cobb–. ¡Holits! ¡Holits! ¡Somos nosotros!

Espera un poco y luego coge el vaso de whisky de la mano de Holits y se lo bebe.

Veo que hay gente asomada a las ventanas, mirando el alboroto. Se encienden luces.

—¡Váyanse a la cama! –grita alguien.

Finalmente, el melenudo lleva el Datsun de Connie desde la parte de atrás de la casa y lo acerca a la piscina. Lleva los faros encendidos. Hace rugir el motor.

—¡Vayan a acostarse, por amor de Dios! —grita el de antes.

Hay más gente en las ventanas. Espero ver salir a Harley en cualquier momento, furioso, con el sombrero puesto. Luego pienso, no, dormirá hasta que todo termine. Olvídate de Harley.

Spuds y Connie Nova se ponen cada uno a un lado de Holits, que no puede andar derecho. Se tambalea. En parte porque está borracho. Pero no hay duda de que se ha hecho daño. Lo meten en el coche y después se amontonan todos dentro. Betty es la última en entrar. Tiene que sentarse en las piernas de alguien. Luego se van. El que estaba gritando cierra la ventana de golpe.

Durante toda la semana siguiente Holits no sale de su casa. Creo que Betty se ha despedido del trabajo, porque ya no la veo pasar frente a la ventana. Cuando veo a los chicos, salgo y les pregunto a bocajarro:

—¿Cómo está vuestro padre?

—Tiene una herida en la cabeza.

Me quedo esperando a que digan algo más. Pero no lo hacen. Se encogen de hombros y van a clase con la bolsa del almuerzo y los cuadernos. Luego lamento no haberles preguntado por su madrastra.

Cuando veo a Holits de pie en el balcón, con la cabeza vendada, ni siquiera me saluda con un gesto. Se comporta como si yo fuera una extraña. Como si no me conociera o no quisiera conocerme. Dice Harley que hace lo mismo con él. No le gusta.

—¿Qué le pasa? —pregunta Harley—. Maldito sueco. ¿Qué le ha ocurrido en la cabeza? ¿Le han dado una paliza, o qué?

Cuando dice eso, no le cuento nada. No lo menciono en absoluto.

Luego, un domingo por la tarde, veo a uno de los chicos sacar una caja y meterla en la ranchera. Vuelve a entrar. Pero enseguida sale de nuevo con otra, que también mete en el coche. Entonces caigo en la cuenta de que se están preparando para marcharse. Pero no le digo a Harley lo que sé. Bien pronto se enterará.

A la mañana siguiente, Betty me envía a uno de los chicos. Trae una nota en la que me dice que lo siente, pero que tienen que marcharse. Me da la dirección de su hermana en Indio, adonde he de enviarle la fianza. Subraya que se van ocho días antes de que se les acabe el alquiler. Espera que les reembolse algo, aunque no han avisado con treinta días de antelación. Dice: «Gracias por todo. Gracias por peinarme aquella vez.» Firma la nota: «Sinceramente suya, Betty Holits.»

—¿Cómo te llamas? —le pregunto al chico.

—Billy.

—Billy, dile que lo siento mucho.

Harley lee la nota y comenta que Fulton Terrace les devolverá el dinero cuando las ranas críen pelo. Dice que no entiende a esa gente.

—Son de los que andan por la vida como si el mundo les debiera algo.

Me pregunta adónde van. Pero no tengo ni idea. Quizá regresen a Minnesota. ¿Cómo voy a saber adónde van? Pero no creo que vuelvan a Minnesota. Creo que se dirigen a otro sitio, a probar suerte.

Connie Nova y Spuds están en las hamacas, en su sitio habitual, cada uno a un lado de la piscina. De cuando en cuando miran a los chicos de Holits, que llevan cosas a la ranchera. Luego sale Holits en persona con ropa colgada del brazo. Connie Nova y Spuds lo llaman a gritos y lo saludan con la mano. Holits los mira como si no los conociera. Pero entonces levanta la mano libre. Nada más. Ellos le contestan. Entonces Holits agita la mano. Sigue haciéndolo incluso cuando ellos se paran. Baja Betty y le coge del brazo. Ella no saluda. Ni siquiera los mira. Dice algo a Holits, que sube al coche. Connie Nova se recuesta en la hamaca y extiende la mano para encender la radio portátil. Spuds, con las gafas de sol en la mano, mira a Holits y a Betty durante un rato. Luego se ajusta las gafas detrás de las orejas. Se acomoda en la hamaca y sigue tostándose la curtida piel.

Finalmente, lo tienen todo cargado y están listos para marcharse. Los chicos van detrás, Holits al volante, Betty en el asiento del pasajero. Igual que cuando vinieron.

—¿Qué estás mirando? —dice Harley.

Se ha tomado un descanso. Está en la butaca, viendo la televisión. Pero se levanta y se acerca a la ventana.

—Bueno, ya se largan. No saben ni adónde van ni lo que piensan hacer. Suecos majaras.

Los veo salir del aparcamiento y tomar la carretera que conduce a la autopista. Luego vuelvo a mirar a Harley. Se está sentando en la butaca. Tiene la lata de gaseosa en la mano y el sombrero puesto. Se comporta como si nada hubiera pasado, como si nunca ocurriese nada.

—¿Harley?

Pero no me oye, claro. Me acerco y me planto delante de la butaca. Se sorprende. No sabe qué pensar. Se recuesta en el respaldo, mirándome.

El teléfono empieza a sonar.

—Cógelo, ¿quieres? —me dice.

No le contesto. ¿Por qué habría de hacerlo?

—Entonces, que suene —dice.

Voy a buscar la bayeta, trapos, esponjas y un cubo. El teléfono deja de sonar. Harley sigue sentado en la butaca. Pero ha apagado la televisión. Cojo la llave maestra, salgo y subo las escaleras hasta el 17. Entro y cruzo el cuarto de estar hasta su cocina, lo que era su cocina.

Las repisas están limpias, y también la pila y los armarios. Estupendo. Dejo las cosas de la limpieza en la cocina y voy a echar una mirada al baño. Nada que no pueda quitarse con un poco de estropajo de aluminio. Luego abro la puerta de la habitación que da a la piscina. Las persianas están levantadas, la cama descubierta. El suelo brilla.

—Gracias —digo en voz alta.

Adondequiera que vaya, le deseo suerte.

—Buena suerte, Betty.

Uno de los cajones de la cómoda está abierto y voy a cerrarlo. En el fondo del cajón veo la brida que Holits llevaba al venir. Se le debió de olvidar, con las prisas. Pero tal vez no. A lo mejor la dejó a propósito.

—Una brida —digo.

La llevo a la ventana y la miro a la luz. Nada extraordinario, sólo una vieja brida de cuero. No sé mucho de eso. Pero sé que una parte va a la boca del caballo. Y que esa parte se llama bocado. Es de acero. Las riendas van por encima de la cabeza hasta el cuello, donde se cogen entre los dedos. El jinete tira de las riendas a un lado y a otro y el caballo da la vuelta. Es sencillo. El bocado pesa y está frío. Si se tuviera eso entre los dientes, creo que se andaría deprisa. Cuando se sintiera el tirón, se sabría que había llegado el momento. El momento de ir a alguna parte.

CATEDRAL

Un ciego, antiguo amigo de mi mujer, iba a venir a pasar la noche en casa. Su esposa había muerto. De modo que estaba visitando a los parientes de ella en Connecticut. Llamó a mi mujer desde la casa de sus suegros. Se pusieron de acuerdo. Vendría en tren, un viaje de cinco horas y mi mujer le recibiría en la estación. No lo veía desde hacía diez años, después de un verano que trabajó para él en Seattle. Pero ella y el ciego habían estado en contacto. Grababan cintas magnetofónicas y se las enviaban. Su visita no me entusiasmaba. Yo no lo conocía. Y me inquietaba el hecho de que fuese ciego. La idea que yo tenía de la ceguera me venía de las películas. En el cine, los ciegos se mueven despacio y no sonríen jamás. A veces van guiados por perros. Un ciego en casa no era algo que esperase con ilusión.

Aquel verano en Seattle ella necesitaba trabajo. No tenía dinero. El hombre con quien iba a casarse al final del verano estaba en una escuela de formación de oficiales. Y tampoco tenía dinero. Pero ella estaba enamorada del tipo, y él estaba enamorado de ella, etc. Vio un anuncio en el periódico: *Se necesita lectora para ciego,* y un número de teléfono. Llamó, se presentó y la contrataron enseguida. Trabajó todo el verano para el ciego. Le leía multitud de documentos, expedientes, informes, ese tipo de cosas. Le ayudó a organizar un pequeño despacho en el departamento del servicio social del condado. Mi mujer y el ciego se hicieron buenos amigos. ¿Que cómo lo sé? Ella me lo ha contado. Y también otra cosa. En su último día de trabajo, el ciego le preguntó si podía tocarle la cara. Ella accedió. Me dijo que le pasó los dedos por toda la cara, la nariz, incluso el cuello. Ella nunca lo olvidó. Incluso intentó escribir un poema. Siempre estaba intentando escribir poesía. Escribía un poema o dos al año, sobre todo después de que le ocurriera algo importante.

Cuando empezamos a salir juntos, me lo enseñó. En el poema, recordaba sus dedos y el modo en que le recorrieron la cara. Contaba lo que había sentido en aquellos momentos, lo que le pasó por la cabeza cuando el ciego le tocó la nariz y los labios. Recuerdo que el poema no me impresionó mucho. Claro que no se lo dije. Tal vez sea que no entiendo la poesía. Admito que no es lo primero que elijo cuando quiero algo para leer.

En cualquier caso, el hombre que primero disfrutó de sus favores, el futuro oficial, había sido su amor de la infancia. Así que, vale. Estaba diciendo que al final del verano ella permitió que el ciego le pasara las manos por la cara, luego se despidió de él, se casó con su amor, etc., ya teniente, y se fue de Seattle. Pero el ciego y ella siguieron en contacto. Ella dio el primer paso al cabo del año o así. Lo llamó una noche por teléfono desde una base de las Fuerzas Aéreas en Alabama. Tenía ganas de hablar. Hablaron. Él le pidió que le enviara una cinta y le contara cosas de su vida. Así lo hizo. Le envió la cinta. En ella le contaba al ciego cosas de su marido y de su vida en común en la base aérea. Le contó al ciego que quería a su marido, pero que no le gustaba el sitio donde vivían, ni tampoco que él formase parte del entramado militar e industrial. Contó al ciego que había escrito un poema que trataba de él. Le dijo que estaba escribiendo un poema sobre la vida de la mujer de un oficial de las Fuerzas Aéreas. Todavía no lo había terminado. Aún seguía trabajando en él. El ciego grabó una cinta. Se la envió. Ella grabó otra. Y así durante años. Al oficial lo destinaron a una base y luego a otra. Ella envió cintas desde Moody ACB, McGuire, McConnell, y finalmente, Travis, cerca de Sacramento, donde una noche se sintió sola y aislada de las amistades que iba perdiendo en aquella vida viajera. Creía que ya no podía aguantar más. Entró en casa y se tragó todas las píldoras y cápsulas que había en el armario de las medicinas, con ayuda de una botella de ginebra. Luego tomó un baño caliente y perdió el sentido.

Pero en vez de morirse, le dieron náuseas. Vomitó. Su oficial –¿por qué iba a tener nombre? Era el amor de su infancia, ¿qué más quiere?– llegó a casa, la encontró y llamó a una ambulancia. A su debido tiempo, ella lo grabó todo y envió la cinta al ciego. A lo largo de los años, iba grabando toda clase de cosas y enviando cintas a buen ritmo. Aparte de escribir un poema al año, creo que ésa era su distracción favorita. En una cinta le decía al ciego que había decidido separarse del oficial por una temporada. En otra, le hablaba de divorcio. Ella y yo empezamos a salir, y por supuesto se lo contó al ciego. Se lo contaba todo. O eso me parecía a mí. Una vez me preguntó si me gustaría oír la última cinta del ciego. Eso fue hace un año. Hablaba de mí, me dijo. Así que dije, bueno, la escucharé. Puse unas copas y nos sentamos en el cuarto de estar. Nos preparamos para escuchar. Primero introdujo la cinta en el magnetófono y tocó un par de botones. Luego accionó una palanquita. La cinta chirrió y alguien empezó a hablar con voz sonora. Ella bajó el volumen. Tras unos minutos de cháchara sin importancia, oí mi nombre en boca de ese desconocido, del ciego a quien jamás había visto. Y luego esto: «Por todo lo que me has contado de él, sólo puedo deducir...» Pero una llamada a la puerta nos interrumpió, y no volvimos a poner la cinta. Quizá fuese mejor así. Ya había oído todo lo que quería oír.

Y ahora ese mismo ciego venía a dormir a mi casa.

–A lo mejor puedo llevarlo a la bolera –dije a mi mujer. Estaba frente al escurridero, cortando patatas para hacerlas al gratén.

Dejó el cuchillo y se volvió.

—Si me quieres —dijo ella—, hazlo por mí. Si no me quieres, no pasa nada. Pero si tuvieras un amigo, cualquiera que fuese, y viniera a visitarte, yo trataría de que se sintiera a gusto.

Se secó las manos con el paño de los platos.

—Yo no tengo ningún amigo ciego.

—Tú no tienes *ningún* amigo. Y punto. Además —dijo—, ¡maldita sea, su mujer se acaba de morir! ¿No lo entiendes? ¡Ha perdido a su mujer!

No contesté. Me había hablado un poco de su mujer. Se llamaba Beulah. ¡Beulah! Es nombre de negra.

—¿Era negra su mujer? —pregunté.

—¿Estás loco? —dijo mi mujer—. ¿Te has vuelto chaveta o algo así?

Cogió una patata. Vi cómo caía al suelo y luego rodaba bajo el fogón.

—¿Qué te pasa? —dijo ella—. ¿Estás borracho?

—Sólo pregunto —dije.

Entonces mi mujer empezó a darme más detalles de los que yo quería saber. Me serví una copa y me senté a la mesa de la cocina, a escuchar. Partes de la historia empezaron a encajar.

Beulah fue a trabajar para el ciego después de que mi mujer se despidiera. Poco más tarde, Beulah y el ciego se casaron por la iglesia. Fue una boda sencilla –¿quién iba a ir a una boda así?–, sólo los dos, más el ministro y su mujer. Pero de todos modos fue un matrimonio religioso. Lo que Beulah quería, había dicho él. Pero es posible que en aquel momento Beulah llevara ya el cáncer en las glándulas. Tras haber sido inseparables durante ocho años –ésa fue la palabra que empleó mi mujer, *inseparables*–, la salud de Beulah empezó a declinar rápidamente. Murió en una habitación de hospital de Seattle, mientras el ciego, sentado junto a la cama, le cogía la mano. Se habían casado, habían vivido y trabajado juntos, habían dormido juntos –y hecho el amor, claro– y luego el ciego había tenido que enterrarla. Todo esto sin haber visto ni una sola vez el aspecto que tenía la dichosa señora. Era algo que yo no llegaba a entender. Al oírlo, sentí un poco de lástima por el ciego. Y luego me sorprendí pensando qué vida tan lamentable debió de llevar ella. Difícil de imaginarse a una mujer que jamás pudo verse según la veían los ojos de su amado. Una mujer que veía pasar los días sin recibir el menor cumplido del hombre que ama. Una mujer cuyo marido jamás leyó la expresión de su cara, ya fuera de sufrimiento o de algo bueno. Una mujer que podía ponerse o no maquillaje, ¿qué más le daba a él? Si se le antojaba, podía llevar sombra verde en un ojo, un alfiler en la nariz, pantalones amarillos y zapatos morados, no importaba. Para luego esperar la muerte, la mano del ciego sobre la suya, los ojos ciegos derramando lágrimas

–me lo estoy imaginando–, y mientras iba en el expreso hacia la tumba su último pensamiento quizá fuera que él nunca había sabido cómo era. Robert se quedó con una pequeña póliza de seguros y la mitad de una moneda mejicana de veinte pesos. La otra mitad se quedó en el ataúd con ella. Patético.

Así que, cuando llegó el momento, mi mujer fue a la estación a recogerlo. Sin nada que hacer salvo esperar –claro que de eso me quejaba–, estaba tomando una copa y viendo la televisión cuando oí parar al coche en el camino de entrada. Sin dejar la copa, me levanté del sofá y fui a la ventana a echar una mirada.

Vi reír a mi mujer mientras aparcaba el coche. La vi salir y cerrar la puerta. Seguía sonriendo. Qué increíble. Rodeó el coche y fue a la puerta por la que el ciego ya estaba empezando a salir. ¡El ciego, figúrate, llevaba barba crecida! ¡Un ciego con barba! Es demasiado, diría yo. El ciego alargó el brazo hacia el asiento de atrás y sacó una maleta. Mi mujer lo cogió del brazo, cerró la puerta y, sin dejar de hablar durante todo el camino, lo condujo hacia las escaleras y el porche. Apagué la televisión. Terminé la copa, lavé el vaso, me sequé las manos. Luego fui a la puerta.

–Te presento a Robert –dijo mi mujer–. Robert, éste es mi marido. Ya te he hablado de él.

Estaba radiante de alegría. Llevaba al ciego cogido por la manga del abrigo.

El ciego dejó la maleta en el suelo y me tendió la mano.

Se la estreché. Me dio un buen apretón, retuvo mi mano y luego la soltó.

—Tengo la impresión de que ya nos conocemos —dijo con voz grave.

—Yo también —dije. No se me ocurrió otra cosa. Luego dije—: Bienvenido. He oído hablar mucho de usted.

Entonces, formando un pequeño grupo, pasamos del porche al cuarto de estar, mi mujer conduciéndolo del brazo. El ciego llevaba la maleta en la otra mano. Mi mujer decía cosas como: «A tu izquierda, Robert. Eso es. Ahora, cuidado, hay una silla. Ya está. Siéntate ahí mismo. Es el sofá. Acabamos de comprarlo hace dos semanas.»

Quise decir algo sobre el sofá viejo. Me gustaba. Pero no dije nada. Luego quise decir otra cosa, sin importancia, sobre la panorámica del Hudson que se veía durante el viaje. Y que para ir a Nueva York había que sentarse en la parte derecha del tren, y, al venir de Nueva York, en la parte izquierda.

—¿Ha tenido buen viaje? —le pregunté—. A propósito, ¿en qué lado del tren ha venido sentado?

—¡Vaya pregunta, en qué lado! —exclamó mi mujer—. ¿Qué importancia tiene?

—Era una pregunta.

—En el lado derecho —dijo el ciego—. Hacía casi cuarenta años que no iba en tren. Desde que era niño. Con mis padres. Demasiado tiempo. Casi había olvidado la sensación. Ya tengo canas en la barba. O eso me han dicho, en todo caso. ¿Tengo aspecto distinguido, querida mía? —preguntó el ciego a mi mujer.

—Tienes un aire muy distinguido, Robert —dijo ella—. Robert, ¡qué contenta estoy de verte, Robert!

Finalmente, mi mujer apartó la vista del ciego y me miró. Tuve la impresión de que no le gustaba lo que veía. Me encogí de hombros.

Nunca me han presentado ni he conocido personalmente a ningún ciego. Aquél tenía cuarenta y tantos años, era de constitución fuerte, casi calvo, de hombros hundidos, como si llevara un gran peso. Llevaba pantalones y zapatos marrones, camisa de color castaño claro, corbata y chaqueta de sport. Impresionante. Y también una barba tupida. Pero no utilizaba bastón ni llevaba gafas oscuras. Siempre pensé que las gafas oscuras eran indispensables para los ciegos. El caso es que me hubiera gustado que las llevara. A primera vista, sus ojos parecían normales, como los de todo el mundo, pero si uno se fijaba tenían algo diferente. Demasiado blanco en el iris, para empezar, y las pupilas parecían moverse en sus órbitas como si no se diera cuenta o fuese incapaz de evitarlo. Horrible. Mientras contemplaba su cara, vi que su pupila izquierda giraba hacia la nariz mientras la otra procuraba mantenerse en su sitio. Pero era un intento vano, pues el ojo vagaba por su cuenta sin que él lo supiera o quisiera saberlo.

—Voy a servirle una copa —dije—. ¿Qué prefiere? Tenemos un poco de todo. Es uno de nuestros pasatiempos.

—Sólo bebo whisky escocés, muchacho —se apresuró a decir con su voz sonora.

—De acuerdo —dije. ¡Muchacho!—. Claro que sí, lo sabía.

Tocó con los dedos la maleta, que estaba junto al sofá. Se hacía su composición de lugar. No se lo reproché.

—La llevaré a tu habitación —le dijo mi mujer.

—No, está bien —dijo el ciego en voz alta—. Ya la llevaré yo cuando suba.

—¿Con un poco de agua, el whisky? —le dije.

—Muy poca.

—Lo sabía.

—Sólo una gota —dijo él—. Ese actor irlandés, ¿Barry Fitzgerald? Soy como él. Cuando bebo agua, decía Fitzgerald, bebo agua. Cuando bebo whisky, bebo whisky.

Mi mujer se echó a reír. El ciego se llevó la mano bajo la barba. La alzó despacio y la dejó caer.

Preparé las copas, tres vasos grandes de whisky con un chorrito de agua en cada uno. Luego nos pusimos cómodos y hablamos de los viajes de Robert. Primero, el largo vuelo desde la costa Oeste a Connecticut. Luego, de Connecticut aquí, en tren. Tomamos otra copa para esa parte del viaje.

Recordé haber leído en algún sitio que los ciegos no fuman debido, según dicen, a que no pueden ver el humo que exhalan. Creí que al menos sabía eso de los ciegos.

Pero este ciego en particular fumaba el cigarrillo hasta el filtro y luego encendía otro. Llenó el cenicero y mi mujer lo vació.

Cuando nos sentamos a la mesa para cenar, tomamos otra copa. Mi mujer llenó el plato de Robert con un filete grueso, patatas al gratén, judías verdes. Le unté con mantequilla dos rebanadas de pan.

—Ahí tiene pan y mantequilla —le dije, bebiendo parte de mi copa—. Y ahora recemos.

El ciego inclinó la cabeza. Mi mujer me miró con la boca abierta.

—Roguemos para que el teléfono no suene y la comida no esté fría —dije.

Nos pusimos al ataque. Nos comimos todo lo que había en la mesa. Lo devoramos como si no hubiera un mañana. No hablamos. Comimos. Nos atiborramos. Como animales. Nos dedicamos a comer en serio. El ciego localizaba inmediatamente la comida, sabía exactamente dónde estaba todo en el plato. Lo observé con admiración mientras manipulaba la carne con el cuchillo y el tenedor. Cortaba dos trozos de filete, se llevaba la carne a la boca con el tenedor, se dedicaba luego a las patatas gratinadas y a las judías verdes, y después partía un trozo grande de pan con mantequilla y se lo comía. Lo acompañaba con un buen trago de leche. Y de vez en cuando no le importaba utilizar los dedos.

Terminamos con todo, incluyendo media tarta de fresas. Durante unos momentos permanecimos inmóviles, como atontados. El sudor nos perlaba el rostro. Al fin nos levantamos de la mesa, dejando los platos sucios. No miramos atrás. Pasamos al cuarto de estar y nos dejamos caer de nuevo en nuestro sitio. Robert y mi mujer, en el sofá. Yo ocupé la butaca grande. Tomamos dos o tres copas más mientras ellos charlaban de las cosas más importantes que les habían pasado durante los últimos diez años. En general, me limité a escuchar. De vez en cuando intervenía. No quería que él pensase que me había ido de la habitación, y no quería que ella creyera que me sentía al margen. Hablaron de cosas que les habían ocurrido –¡a ellos!– durante esos diez años. En vano esperé oír mi nombre en los dulces labios de mi mujer: «Y entonces mi querido esposo apareció en mi vida», algo así. Pero no escuché nada por el estilo. Hablaron más de Robert. Al parecer, Robert había hecho un poco de todo, un verdadero ciego aprendiz de todo y maestro de nada. Pero en época reciente su mujer y él distribuían los productos Amway, con lo que se ganaban la vida más o menos, según pude entender. El ciego también era aficionado a la radio. Hablaba con su voz grave de las conversaciones que había mantenido con otros radioaficionados de Guam, de Filipinas, Alaska e incluso de Tahití. Dijo que tenía muchos amigos por allí, si alguna vez quería visitar esos países. De cuando en cuando volvía su rostro ciego hacia mí, se ponía la mano bajo la barba y me preguntaba algo. ¿Desde cuándo tenía mi empleo actual? (Tres años.) ¿Me gustaba mi trabajo? (No.) ¿Tenía intención de conservarlo? (¿Qué remedio me quedaba?) Finalmente, cuando pensé que empezaba a quedarse sin cuerda, me levanté y encendí la televisión.

Mi mujer me miró con irritación. Empezaba a acalorarse. Luego miró al ciego y dijo:

—¿Tienes televisión, Robert?

—Querida mía —dijo el ciego—, tengo dos televisores. Uno en color y otro en blanco y negro, una vieja reliquia. Es curioso, pero cuando pongo la tele, y siempre estoy poniéndola, conecto el aparato en color. ¿No te parece curioso?

No supe qué responder a eso. No tenía absolutamente nada que decir. Ninguna opinión. Así que vi las noticias y traté de escuchar lo que decía el locutor.

—Esta televisión es en color —dijo el ciego—. No me preguntéis cómo, pero lo sé.

—La hemos comprado hace poco —dije.

El ciego bebió un sorbo de su vaso. Se alzó la barba, la olió y la dejó caer. Se inclinó hacia adelante en el sofá. Localizó el cenicero en la mesa y aplicó el mechero al cigarrillo. Se recostó en el sofá y cruzó las piernas, poniendo el tobillo de una sobre la rodilla de la otra.

Mi mujer se cubrió la boca y bostezó. Se estiró.

—Voy a subir a ponerme la bata. Me apetece cambiarme. Ponte cómodo, Robert —dijo.

—Estoy cómodo —dijo el ciego.

—Quiero que te sientas a gusto en esta casa.

—Lo estoy —dijo el ciego.

Cuando salió de la habitación, escuchamos el informe del tiempo y luego el resumen de los deportes. Para entonces, ella había estado ausente tanto tiempo que yo no sabía si iba a volver. Pensé que se habría acostado. Deseaba que bajara. No quería quedarme solo con el ciego. Le pregunté si quería otra copa y me respondió que naturalmente que sí. Luego le pregunté si le apetecía fumar un poco de mandanga conmigo. Le dije que acababa de liar un porro. No lo había hecho, pero pensaba hacerlo en un periquete.

—Probaré un poco —dijo.

—Bien dicho. Así se habla.

Serví las copas y me senté a su lado en el sofá. Luego lié dos canutos gordos. Encendí uno y se lo pasé. Se lo puse entre los dedos. Lo cogió e inhaló.

—Reténgalo todo lo que pueda —le dije.

Vi que no sabía nada del asunto.

Mi mujer bajó llevando la bata rosa con las zapatillas del mismo color.

—¿A qué huele? —dijo ella.

—Pensamos fumar un poco de hierba —dije.

Mi mujer me lanzó una mirada furiosa. Luego miró al ciego y dijo:

—No sabía que fumaras, Robert.

—Ahora lo hago, querida mía. Siempre hay una primera vez. Pero todavía no siento nada.

—Este material es bastante suave –expliqué–. Es flojo. Con esta mandanga se puede razonar. No le confunde a uno.

—No hace mucho efecto, muchacho –dijo, riéndose.

Mi mujer se sentó en el sofá, entre los dos. Le pasé el canuto. Lo cogió, le dio una calada y me lo volvió a pasar.

—¿En qué dirección va esto? –preguntó–. No debería fumar. Apenas puedo tener los ojos abiertos. La cena ha acabado conmigo. No he debido comer tanto.

—Ha sido la tarta de fresas –dijo el ciego–. Eso ha sido la puntilla.

Soltó una enorme carcajada. Luego meneó la cabeza.

—Hay más tarta –le dije.

—¿Quieres un poco más, Robert? –le dijo mi mujer.

—Quizá dentro de un poco.

Prestamos atención a la televisión. Mi mujer bostezó otra vez.

—Cuando tengas ganas de acostarte, Robert, tu cama está hecha –dijo–. Sé que has tenido un día duro. Cuando estés listo para ir a la cama, dilo. –Le tiró del brazo–. ¿Robert?

Volvió de su ensimismamiento y dijo:

—Lo he pasado verdaderamente bien. Esto es mejor que las cintas, ¿verdad?

—Le toca a usted –le dije, poniéndole el porro entre los dedos.

Inhaló, retuvo el humo y luego lo soltó. Era como si lo estuviese haciendo desde los nueve años.

—Gracias, muchacho. Pero creo que esto es todo para mí. Me parece que empiezo a sentir el efecto.

Pasó a mi mujer el canuto chisporroteante.

—Lo mismo digo —dijo ella—. Ídem de ídem. Yo también.

Cogió el porro y me lo pasó.

—Me quedaré sentada un poco entre vosotros dos con los ojos cerrados. Pero no me prestéis atención, ¿eh? Ninguno de los dos. Si os molesto, decidlo. Si no, es posible que me quede aquí sentada con los ojos cerrados hasta que os vayáis a acostar. Tu cama está hecha, Robert, para cuando quieras. Está al lado de nuestra habitación, al final de las escaleras. Te acompañaremos cuando estés listo. Si me duermo, despertadme, chicos.

Al decir eso, cerró los ojos y se durmió.

Terminaron las noticias. Me levanté y cambié de canal. Volví a sentarme en el sofá. Deseé que mi mujer no se hubiera quedado dormida. Tenía la cabeza apoyada en el respaldo del sofá y la boca abierta. Se había dado la vuelta, de modo que la bata se le había abierto revelando un muslo apetitoso. Alargué la mano para volverla a tapar y entonces miré al ciego. ¡Qué coño! Dejé la bata como estaba.

—Cuando quiera un poco de tarta, dígalo —le dije.

—Lo haré.

—¿Está cansado? ¿Quiere que lo lleve a la cama? ¿Le apetece irse a la piltra?

—Todavía no —contestó—. No, me quedaré contigo, chaval. Si no te parece mal. Me quedaré hasta que te vayas a acostar. No hemos tenido oportunidad de hablar. ¿Comprendes lo que quiero decir? Tengo la impresión de que ella y yo hemos monopolizado la velada.

Se alzó la barba y la dejó caer. Cogió los cigarrillos y el mechero.

—Me parece bien —dije, y añadí—: Me alegro de tener compañía.

Y supongo que así era. Todas las noches fumaba hierba y me quedaba levantado hasta que me venía el sueño. Mi mujer y yo rara vez nos acostábamos al mismo tiempo. Cuando me dormía, empezaba a soñar. A veces me despertaba con el corazón encogido.

En la televisión había algo sobre la Iglesia y la Edad Media. No era un programa corriente. Yo quería ver otra cosa. Puse otros canales. Pero tampoco había nada en los demás. Así que volví a poner el primero y me disculpé.

—No importa, muchacho —dijo el ciego—. A mí me parece bien. Mira lo que quieras. Yo siempre aprendo algo. Nunca se acaba de aprender cosas. No me vendría mal aprender algo esta noche. Tengo oídos.

No dijimos nada durante un rato. Estaba inclinado hacia adelante, con la cara vuelta hacia mí, la oreja derecha apuntando en dirección al aparato. Muy desconcertante. De cuando en cuando dejaba caer los párpados para abrirlos luego de golpe, como si pensara en algo que oía en la televisión.

En la pantalla, unos hombres con capuchas eran atacados y torturados por otros vestidos con trajes de esqueleto y de demonios. Los demonios llevaban máscaras de diablo, y tenían cuernos y largos rabos. El espectáculo formaba parte de una procesión. El narrador inglés dijo que se celebraba en España una vez al año. Traté de explicarle al ciego lo que sucedía.

–Esqueletos. Ya sé –dijo, moviendo la cabeza.

La televisión mostró una catedral. Luego hubo un plano largo y lento de otra. Finalmente, salió la imagen de la más famosa, la de París, con sus arbotantes y sus agujas que llegaban hasta las nubes. La cámara retrocedió para mostrar el conjunto de la catedral destacando en el horizonte.

A veces, el inglés que contaba la historia se callaba, dejando simplemente que el objetivo se moviera en torno a las catedrales. O bien la cámara hacía un recorrido por el campo y aparecían hombres caminando detrás de los bueyes. Esperé cuanto pude. Luego me sentí obligado a decir algo:

–Ahora aparece el exterior de esa catedral. Gárgolas. Pequeñas estatuas en forma de monstruos. Supongo que ahora están en Italia. Sí, en Italia. Hay pinturas en los muros de esa iglesia.

–¿Son frescos, muchacho? –me preguntó, dando un sorbo de su copa.

Cogí mi vaso, pero estaba vacío. Intenté recordar lo que pude.

–¿Me pregunta si son frescos? –le dije–. Ésa sí que es buena. No lo sé.

La cámara enfocó una catedral a las afueras de Lisboa. Comparada con la francesa y la italiana, la portuguesa no mostraba grandes diferencias. Pero existían. Sobre todo en el interior. Entonces se me ocurrió algo.

–Se me acaba de ocurrir algo. ¿Tiene usted idea de lo que es una catedral? ¿El aspecto que tiene, quiero decir? ¿Me sigue? Si alguien le dice la palabra catedral, ¿sabe usted de qué le hablan? ¿Conoce usted la diferencia entre una catedral y una iglesia baptista, por ejemplo?

Dejó que el humo se le escapara despacio entre los labios.

–Sé que para construirla han hecho falta centenares de obreros y cincuenta o cien años –contestó–. Acabo de oírselo decir al narrador, claro está. Sé que en una catedral trabajaban generaciones de una misma familia. También lo ha dicho el comentarista. Los que empezaban, no vivían para ver terminada la obra. En ese sentido, muchacho, no son diferentes de nosotros, ¿verdad?

Se echó a reír. Sus párpados volvieron a cerrarse. Su cabeza se movía. Parecía dormitar. Tal vez se figuraba estar en Portugal. Ahora la televisión mostraba otra catedral.

En Alemania, esta vez. La voz del inglés seguía sonando monótonamente.

—Catedrales —dijo el ciego.

Se incorporó, moviendo la cabeza de atrás adelante.

—Si quieres saber la verdad, muchacho, eso es todo lo que sé. Lo que acabo de decir. Pero tal vez quieras describirme una. Me gustaría. Ya que me lo preguntas, en realidad no tengo una idea muy clara.

Me fijé en la toma de la catedral en la televisión. ¿Cómo podía empezar a describírsela? Supongamos que mi vida dependiera de ello. Supongamos que mi vida estuviese amenazada por un loco que me ordenara hacerlo, o si no...

Observé la catedral un poco más hasta que la imagen pasó al campo. Era inútil. Me volví hacia el ciego y dije:

—Para empezar, son muy altas.

Eché una mirada por el cuarto para encontrar ideas.

—Se alzan mucho. Muy alto. Hacia el cielo. Algunas son tan grandes que han de tener apoyo. Para sostenerlas, por decirlo así. El apoyo se llama arbotante. Me recuerdan a los viaductos, no sé por qué. Pero quizá tampoco sepa usted lo que son los viaductos. A veces, las catedrales tienen demonios y cosas así en la fachada. En ocasiones, caballeros y damas. No me pregunte por qué.

Él asentía con la cabeza. Todo su torso parecía moverse de atrás adelante.

—No se lo explico muy bien, ¿verdad? —le dije.

Dejó de asentir y se inclinó hacia adelante, al borde del sofá. Mientras me escuchaba, se pasaba los dedos por la barba. No lograba hacerme entender, eso estaba claro. Pero de todos modos esperó a que continuara. Asintió como si tratara de animarme. Intenté pensar en otra cosa que decir.

–Son realmente grandes. Pesadas. Están hechas de piedra. De mármol también, a veces. En aquella época, al construir catedrales los hombres querían acercarse a Dios. En esos días, Dios era una parte importante en la vida de todo el mundo. Eso se ve en la construcción de catedrales. Lo siento –dije–, pero creo que eso es todo lo que puedo decirle. Esto no se me da bien.

–No importa, muchacho –dijo el ciego–. Escucha, espero que no te moleste que te pregunte. ¿Puedo hacerte una pregunta? Deja que te haga una sencilla. Contéstame sí o no. Sólo por curiosidad y sin ánimo de ofenderte. Eres mi anfitrión. Pero ¿eres creyente en algún sentido? ¿No te molesta que te lo pregunte?

Sacudí la cabeza. Pero él no podía verlo. Para un ciego, es lo mismo un guiño que un movimiento de cabeza.

–Supongo que no soy creyente. No creo en nada. A veces resulta difícil. ¿Sabe lo que quiero decir?

–Claro que sí –dijo él.

–Pues eso.

El inglés seguía hablando. Mi mujer suspiró, dormida. Respiró hondo y siguió durmiendo.

—Tendrá que perdonarme –le dije–. Pero no puedo explicarle cómo es una catedral. Soy incapaz. No puedo hacer más de lo que he hecho.

El ciego permanecía inmóvil mientras me escuchaba, con la cabeza inclinada.

—Lo cierto es –proseguí– que las catedrales no significan nada especial para mí. Nada. Catedrales. Es algo que se ve en la televisión a última hora de la noche. Eso es todo.

Entonces fue cuando el ciego se aclaró la garganta. Sacó algo del bolsillo de atrás. Un pañuelo. Luego dijo:

—Lo comprendo, muchacho. Esas cosas pasan. No te preocupes. Oye, escúchame. ¿Querrías hacerme un favor? Tengo una idea. ¿Por qué no vas a buscar un papel grueso? Y una pluma. Haremos algo. Dibujaremos juntos una catedral. Trae papel grueso y una pluma. Vamos, muchacho, tráelo.

Así que fui arriba. Tenía las piernas como sin fuerza. Como si acabara de venir de correr. Eché una mirada en la habitación de mi mujer. Encontré bolígrafos encima de su mesa, en una cestita. Luego pensé dónde buscar la clase de papel que me había pedido.

Abajo, en la cocina, encontré una bolsa de la compra con cáscaras de cebolla en el fondo. La vacié y la sacudí. La llevé al cuarto de estar y me senté con ella a sus pies. Aparté unas cosas, alisé las arrugas del papel de la bolsa y lo extendí sobre la mesita.

El ciego se bajó del sofá y se sentó en la alfombra, a mi lado.

Pasó los dedos por el papel, de arriba abajo. Recorrió los lados del papel. Incluso los bordes, hasta los cantos. Manoseó las esquinas.

–Muy bien –dijo–. De acuerdo, vamos a hacerla.

Me cogió la mano, la que tenía el bolígrafo. La apretó.

–Adelante, muchacho, dibuja –me dijo–. Dibuja. Ya verás. Yo te seguiré. Saldrá bien. Empieza ya, como te digo. Ya verás. Dibuja.

Así que empecé. Primero tracé un rectángulo que parecía una casa. Podía ser la casa en la que vivo. Luego le puse el tejado. En cada extremo del tejado, dibujé agujas góticas. De locos.

–Estupendo –dijo él–. Magnífico. Lo haces estupendamente. Nunca en la vida habías pensado hacer algo así, ¿verdad, muchacho? Bueno, la vida es rara, ya lo sabemos. Venga. Sigue.

Puse ventanas con arcos. Dibujé arbotantes. Suspendí puertas enormes. No podía parar. El canal de la televisión dejó de emitir. Dejé el bolígrafo para abrir y cerrar los dedos. El ciego palpó el papel. Movía las puntas de los dedos por encima, por donde yo había dibujado, asintiendo con la cabeza.

–Esto va muy bien –dijo.

Volví a coger el bolígrafo y él encontró mi mano. Seguí con ello. No soy ningún artista, pero continué dibujando de todos modos.

Mi mujer abrió los ojos y nos miró. Se incorporó en el sofá, con la bata abierta.

–¿Qué estáis haciendo? –dijo–. Contádmelo. Quiero saberlo.

No le contesté.

–Estamos dibujando una catedral –dijo el ciego–. Lo estamos haciendo él y yo. Aprieta fuerte –me dijo a mí–. Eso es. Así va bien. Naturalmente. Ya lo tienes, muchacho. Lo sé. Creías que eras incapaz. Pero puedes, ¿verdad? Ahora vas echando chispas. ¿Entiendes lo que quiero decir? Verdaderamente vamos a tener algo aquí dentro de un momento. ¿Cómo va ese brazo? –me preguntó–. Ahora pon gente por ahí. ¿Qué es una catedral sin gente?

–¿Qué pasa? –inquirió mi mujer–. ¿Qué estás haciendo, Robert? ¿Qué ocurre?

–Todo va bien –le dijo el ciego. Y añadió, dirigiéndose a mí–: Ahora cierra los ojos.

Lo hice. Los cerré, tal como me decía.

–¿Los tienes cerrados? –me dijo–. No hagas trampa.

–Los tengo cerrados.

–Mantenlos así. No pares ahora. Dibuja.

Y continuamos. Sus dedos apretaban los míos mientras mi mano recorría el papel. No se parecía a nada que hubiese hecho en la vida hasta aquel momento.

Luego dijo:

–Creo que ya está. Me parece que lo has conseguido. Echa una mirada. ¿Qué te parece?

Pero yo tenía los ojos cerrados. Pensé mantenerlos así un poco más. Creí que era algo que debía hacer.

—¿Y bien? —dijo—. ¿Estás mirándolo?

Yo seguía con los ojos cerrados. Estaba en mi casa. Lo sabía. Pero no tenía la impresión de encontrarme dentro de algo.

—Es verdaderamente extraordinario —dije.

ÍNDICE

Plumas 9

La casa de Chef 41

Conservación 49

El compartimiento 65

Parece una tontería 79

Vitaminas 119

Cuidado 143

Desde donde llamo 161

El tren 187

Fiebre 199

La brida 237

Catedral 267